父・福田恆存—目次

第一部　父からの手紙

第二部　鉢木會・断章

父・福田恆存

第一部

父からの手紙

これはじゆうのめがみです

私が大磯の実家を、つまり両親の許を離れたのは生涯に一度、およそ十年ほどである。大学の二年になつた時、八時半に授業が始まる東京の大学への通学に悲鳴を上げた、といふより、東京暮しがしたかつたといふのが本音だらう。最初は下宿暮しをしたが、その大家一家と反りが合はず、一年後には気楽な六畳一間のアパート暮しを始めた。アパートと言つても、テレビなし電話なし便所は共同、風呂も勿論なしの銭湯通ひだつた。入口に半間の空間があり、その左手に奥行一尺五寸ほどのガスレンジと水道のシンクが付いてゐた。洗濯も煮炊きも、時には行水まで、その半間の空間で済ませた。電話は隣に住む大家のところに架かつて来て取次いでもらふといつた、何とも懐かしい数年だつた。その木造モルタル造りのアパートにおよそ五年弱、大学院の三年目には、いはゆる学生結婚をして、押しも押されもせぬ正真正銘の髪結ひの亭主となり果《おほ》せ、大学の非常勤講師や家庭教師といつたアルバイトの稼ぎも、家人の稼ぎを前にしては物の数にも入らなかつた。

結婚して五年ほどは、六畳二間の、これは一応鉄筋三階建ての「マンション」なる名の付ぐアパートに移り、髪結ひの亭主状態は変らぬにも拘はらず、そのうち子供まで二人も生れ、さすが髪結ひも立ち行かなくなる。大学の専任の口もなかなか見つからず、こんな生活も長く続けられるはずもないのに、しかも一方では、血筋か知らぬが根つからの芝居好きが嵩じて、父の劇団に首を突込み始め、相変らず、自分で稼ぐ金と出ていく金の収支など考へもしなかつた。能天気を絵に描いたやうな人間ゆゑ、につちもさつちも行かなくなり、かくなる上は親の脛をかじるにしくはなしとばかりに、東京から大磯の親元に一家四人で転げ込んだのが、二十九歳だつた。かうして、この十九歳から二十九歳までの十年ほどを除くと、その前後半世紀近くを親と共に暮し、大磯で父の死を看取つてゐる。

つまり、父とは殆どいつも同じ屋根の下にゐた。右に述べた東京暮しの間も劇団の付合ひもあつて、父とは東京で頻繁に会つてゐた。父自身も、この十年間を中に挟んで、昭和三十八年から昭和五十八年頃までは大磯と東京と半々の生活をしてゐた。

従つて、父が私に手紙を書く必然性も殆どなかつた。例外は父が海外に行つた折、あるいは少し長い国内旅行に出た時、そして、私の方が長期に日本を離れた時くらゐである。今手許に残つてゐる父のくれた書簡は二十通もない。

＊

最初の一通は「自由の女神」の写つてゐる絵葉書で、昭和二十八年（一九五三）十月十四日付である。その年の九月に父はロックフェラー財団の給費生として欧米視察に出立した。横浜港から、恐らく当時としてはかなり豪華な客船「クリーヴランド号」に乗つて太平洋を渡り、アメリカ西海岸から東へと列車で各地を見物し、確かひと月近くかけてニューヨークに到着したと聞く。アパートが決まるまではホテル暮しだつたが、当時の日記の十月十四日の項に「子供に手紙」とある。この絵葉書には以下のやうに書いてゐる——

これはじゆうのめがみです。
十一日におとうさんは大きなふねにのつて、これをみにいきました。このえはがきはやんくんにあげます
よるねるときおかあさんのいうことをきかない

ようですね。おみやげは
ほしくないのですか。
おへんじください　さようなら

父が私にくれた、これが初めての手紙である――恆存が、なんと表音主義者になつてゐる。幼稚園の子供には正仮名遣ひは読めないとでも考へたのだらう。
二通目は、それから約三ヶ月後、昭和二十九年（一九五四）一月の絵葉書、マンハッタンの南端を上空から写したもので、昭和二十九年当時の高層ビル群の写真を見るだに、アメリカと戦ふなど、なんと無謀なことをしたかと思はざるを得ない。

やんくん　おたんじょうび
おめでとう　ほつぺたを
たたかないで　はなを
ひつぱりなさい
――――
さつきでんわかけたら
かんくんも　やんくんも
ねぼけてゐておとうさんの

いうことに　おへんじでき
なかつたね　ざんねんだ

欄外上に横書きで（おとうさんから）とあり、欄外下に（24日あさ）とある。消印が明瞭でJAN24／9・30 PM／1954 NEW YORK 1. N.Y. となつてゐる。私の誕生日は一月三十一日、つまり、当時郵便は約一週間ほど掛かつたのだと思ふ、父は几帳面に一週間前に投函し、六歳になる私の誕生日前後に着くやうに考へてくれたに違ひない。推測だが、先の一通目の手紙を書いた十月十四日には、間違ひないと思ふが、父は兄に一葉書いたはずだ。十月二十日の兄の誕生日に合せたと思ふ。一通目、私宛の「自由の女神」は、その折の付け足しだつたのだらう。

この二通にある「かんくん」「やんくん」といふ呼び名だが、愛称と言へば聞こえがいいし可愛いかもしれぬ。が、私の「やんくん」となると必ずしもさうとは言へない――二人の綽名《あだな》の由来を書いておく。

先年（平成二十五年）亡くなつた兄の名は適、「かなふ」と読ませる。勿論、正仮名だが、発音は、表音表記をすれば「カノウ」「カノー」とでもならうか。相撲の千秋楽の最後の三番、「大関にカノー」（今では「役相撲にカノー」に変化）といふあれである。さう言はれてもぴんとこない方も多からう。あれは「大関に適《かな》ふ＝該当する・相当する」といふわけだ。

兄は病院などできちんと正仮名で振り仮名を振ると、呼び出される時に、「フクダカナフさ〜ん」と呼ばれて悩み、といつて「かのう」と音通りに「な」を「の」にする事には抵抗があつたらしく、せめて間を取つて「かなう」としてゐたらしい。

その「かなふ」君＝カノー君は、小さいころ周りの大人からカノー君と呼ばれても、自分では発音できない、その結果自分のことを舌足らずに「かんくん」と呼び出したらしく、これはまことに微笑ましく可愛らしい。で、弟の私は「逸」と書いて「はやる」と読む。振り仮名には悩まぬが誰にも読めない珍しい名前である。しかし、愛称は「かんくん」のひそみに倣つて「はんくん」とはならなかつた。といつて、ハヤルのヤを取つて「やんくん」となつた訳でもない。話はもつと簡単、私はかなりの癇癪持ちで利かん気の意地つ張り、性格も激しく、何事でも「いやだ、いやだ」と駄々をこねる。（未だにそれは治つてゐない。）「いやだ、いやだ」、つまり「やだー、やだー」の「やんくん」といふ情けない話である。

二通目の私の誕生日の葉書にある「ほつぺたをたたかないで　はなをひつぱりなさい」とは、かすかな記憶だが、子供の頃、ほつぺたが膨らんで鼻が低いと勝手に決め込んでゐたらしく、頬を叩いてへこまさうとした。それを母がアメリカの父に子供の近況報告でもしたのだらう、それを茶化して鼻を引張れと言つて寄越したわけである。

なほ、ニューヨークからの夜中の国際電話の記憶は、朧げながら残つてゐる。寝惚けて父にきちんと受け応へが出来なかつた。母に抱かれて、高いところに据ゑつけられた電話の受話器を耳にあて、父からの電話だとは分かりつつも、何をどう応へるも、そもそも頭が起きてゐないといふ妙にもどかしいやうな、「煩い、眠いんだよ～」といふやうな気分の記憶と、そしてあの箱型の木製茶色の電話機――箱の左側面のフックに受話器を掛け、右側面には交換手を呼び出すために回すハンドル、そして前面には大きな目玉のやうなベルが二つ付いてゐて、その下にラッパのやうな送話口が突き出してゐる――その電話の色と形とを鮮明に憶えてゐるのは、この折の国際電話ゆゑの記憶であることは間違ひない。

もう一通、イギリスから送られたものに日付不明の葉書がある。この一通は恐らく母宛の封書か荷物にでも入れられたものだらう。宛名なしで葉書の左側から書き出し、足りなくなつたところで右の宛名欄に傍線以下が書かれてゐる。

やんくんへ
おとうさんはいまとても
げんきです
まいにちきげんよくがっこうへ
かよつていますか
もしそうなら　おとう

さんが　かえったら
はこねへつれていつて
あげます
――――
このしやしんは
イギリスのゆうめいな
おてらです
あげるから　だいじに
とつておきなさい

有名な寺とはソールズベリーの寺院を空から写したモノクロの絵葉書である。父はこの寺院が好きで、昭和四十三年（一九六八）に私を伴つてトロント大学に三ヶ月ほど日本文学の講義に行つた折、往き帰りを英国経由にして、この寺院にも私を連れて行つてくれた。ソールズベリーから遠からぬストーンヘンジまでも足を延ばしたが、当時は、ストーンヘンジも現在のように観光地化してをらず、といふよりは人つ子一人ゐない原つぱの中の荒涼としたストーンサークルで、近づいてあの巨大な石に触れることも出来れば、低い石の上に登る事もできた。

父と同様この寺院が気に入つた私は、その後、数回ここを訪れ、近辺をレンタカーで走り回つてゐる。ストーンヘンジは今では地下からの通路を通り、入場料を払はされる。さうして長蛇の列をなして漸く「入場」したところで、ストーンサークルの周囲を柵で遮られたままぐるりと回つて少し離れたところから見物できるだけ、石柱等に触れることはおろか、近づくことも出来なくなつてゐる。しかも、シーズンにもよるが、大抵観光客でごつた返してゐる。人つ子一人ゐないサークルの巨石を背に父と交替で記念撮影をした昔が懐かしい。

昭和二十八年九月から一年に亙る欧米視察の間に父がくれた葉書がもう一枚ある。その内容に触れる前に私のことを少し書いておく。

昭和二十九年四月、私は小学校に入学し、直に右足股関節の病気に罹《かか》つた。ペルテスといふ、股関節の頭部が変形する疾患で、十万人に五人の確率で発現、女子より男子に圧倒的に多いらしく、しかもそのピークがまさに六歳といふデータがあるといふ。さらに喫煙者の家庭の子供が罹る確率が高い、つまり「受動喫煙」に起因する可能性があるらしい。といふことは父・恆存に責任があるといふことになるまいか。

小学入学直後と記憶するが、それまで通つてゐた幼稚園に遊びに行き、滑り台を滑り降りる時に両脚を開いて手摺に掛けて降りようとした。その刹那、激しい痛みに襲はれ……その後の細かな記憶はないが、以後丸一年ギプスを装着しての生活を送つた。その結果、現在に至るまで相応の苦労を背負ひ込む――どういふ姿勢をとつても左右のバランスが悪く、常に背中から肩まで張りや痛みと付合つて、六十年余りを生きてきた。ズボンの裾上げをする時は、必ず右を五ミリから七ミリ短めにしてもらふ。胡坐がかけない、靴は必ず中敷で調節、かうしてパソコンに向つてゐても、必ず左右どちらかの背中に負担が来るし、背筋が緩いS字を描いてゐるため、どうしても良い姿勢を保つことができないといふ情けない状態である。

で、昭和二十九年、イギリスからヨーロッパを回つて帰国する父に、母から私の病状が報告されたのだらう。この折の父からの葉書は八月二十五日と記され、イタリアから送られたものである――

お母さんのてがみで、あしがわるいことをききました　お父さんはかなしくなりました。でも、元気をだしてください　そしてお父さんがかえるころまでにはなおるように。

このしやしんのちようこくのようにあしのわるいのをいいことにしていつもお母さんにだっこしたりあまえたりしているのでしよう　いけませんね

もうじきかえります。いい子だ
つたら、ほうぼうえつれていつて
あげます。かのうくんによろしく
八月二十五日

上欄外に「5時半の飛行機でヴェニスへいつて、明日はフロレンス、30日はまたローマにもどります」とあるが、小学一年の私に分かる訳はなく、恐らくこれは母に報せてゐるのだらう。ちなみに八月二十五日は父の誕生日に当たる。

今となつては、この葉書に私は特別の思ひ入れがある。文中にある「このしやしんのちようこく」とは、ヴァチカンのサン・ピエトロ大聖堂にあるミケランジェロのピエタ像、陰影のくつきりしたモノクロ写真だつた。御存じだらうが、十字架から降ろされたキリストを聖母マリアが膝に抱いて見下ろしてゐる。マリアの悲哀が像全体から伝はる見事な彫刻である。「お母さんにだつこしたり」とあるが、小学一年の私にキリストの生涯やマリアの「哀しみ」が分からうはずもなく、父はピエタの彫刻を冗談の種にしたのだらう。が、後年、先ほど述べたトロント大学の講義を終へての帰途、イギリスまで一緒に戻つた父は先に帰国し、私一人にイタリア旅行をさせてくれた。ローマ、フィレンツェ、ラヴェンナ、ヴェニス、シエナなど訪ねるべき土地も父が入れ知恵してくれ、ほぼそれに従つた。

もちろん、サン・ピエトロ大聖堂は私の旅程に入つてゐた。かうして、私はミケランジェロのピエタ像に出会ひ、マリアの哀しみに思ひを致すと共に、深い感慨に囚はれた。最初は、「脚を悪くした時、親父がくれた絵葉書のあの有名な彫刻が見られるのだな」といふ程の気持で寺院に入つた。

が、彫刻を見て父のくれた絵葉書のことを思ひ出した時のことだつたか、その後のことか、今となつては曖昧ではあるが——父の気持が胸に迫つた。異国にあつて、遠い日本であまり聞いたことがない病を患つた息子の身を、父は案じてくれたのだらう、「ピエタ」(Pieta) の絵葉書を特別に選んで送つたに違ひないし、私の病を知つて、幼い息子に「悲哀＝pity」を覚えたのだ。葉書にはつきりと「お父さんはかなしくなりました」とある。父は、イエスを思ふマリアの心情に己が思ひを仮託したに相違ない、私は二十歳を過ぎて漸くそのことに思ひ至つたわけである。

以上が父の最初の「洋行」の折に私に送つてくれた葉書のほぼすべてである。

洋行の前になるのか、後になるのか——恐らく出発前のことだと推測するが、幼かつた私の記憶に、ある風景が残つてゐる。茶の間で両親が真剣な顔で我家の経済状態を話してゐた記憶があるのだ。幼いなりにさう理解したのだらう。洋行前後の父の仕事量には相当のものがあり、新聞小説にまで手を出してゐる。恐らく、留守宅の経済問題はそれなりに厳しいものがあつたに違ひない。

米国滞在中もT・S・エリオットの『寺院の殺人』の翻訳を進めてゐるが、昭和二十八年末に吉田健一と遣取りした往復書簡を見ると、同じ文学全集の同じ巻にそれぞれエリオット作品の翻訳を収録したらしい。当時文学全集ばやりとはいへ、数万部の印刷とか、印税が百数十万(当時の金で!)になるとかならぬとか、その取り分の比率がどうのかうのと、そんな話が書かれてゐる。これは留守宅の我家の経済を大いに助けたはずだ。

横道はさておき、手許にある父の手紙の中には紹介するまでもないものも少なくないが、もう一、二度、稿を改めていかにも恆存らしいと思はれるものを選んで纏めておく。

ロープは最後まで放してはいけません

　昭和二十九年（一九五四）の秋口にヨーロッパから戻つた父は、早速シェイクスピアの翻訳と演出、そして、「平和論」論争に取り掛かる。九月初旬に帰国し、「中央公論」十二月号に『平和論の進め方についての疑問』（後に『平和論にたいする疑問』と改題）を発表、翌三十年一月号の「文學界」には詩劇『崖のうへ』が掲載され、文学座のユニットで中部日本放送でラジオ放送。二十九年の年末には同じ大磯町の中で引越しをし、翌年の二月には「平和論」の続編、『ふたたび平和論者に送る』を発表してゐる。

　さういふ状態だから、翌年五月に東横ホールで上演に漕ぎ着けた文学座の『ハムレット』（芥川比呂志主演）の翻訳に取り掛かつたのは、正月が明けて暫くしてのことと思はれる。『ハムレット』の東京公演は五月だつたが、関西で四月十三日から巡業を始めてゐる。後出の「恆存のボヤキ――中村光夫（一）」に詳しく書くが、この『ハムレット』の翻訳が完成するのが稽古の最中といふか終盤に近い四月一日のことだつた。逆算すると『ふたたび平和論者に送る』を書いた後、一月か二月に翻訳に手を付けたといふ推測も成り立つのだらうか。

『ハムレット』の後、同じ年のうちに『じゃじゃ馬ならし』『マクベス』と立て続けに翻訳刊行、一方では『崖のうへ』に補筆して、初期戯曲の代表作ともいふべき『明暗』を書き上げ「文學界」の昭和三十一年（一九五六）一月号に載せてゐる。昭和三十年の一年間に書いた原稿は長短合せ、月平均六本余り、単行本は九冊ほど刊行してゐる。翌三十一年も、同じやうな忙しさで、当然、私に宛てられた葉書などまつたくない。英米滞在時にくれたやうな呑気な葉書一枚書く余裕はなかつたらう。年譜によると、この昭和三十一年も前年同様の執筆量が続いてをり、その仕事ぶりは、謂はばやつつけ仕事並みと言つたら、泉下で父が怒るだらうか。

「やつつけ仕事」といへば、事のついでに、父が本当に怒りかねないことを敢へて記しておく――未公開の渡米中の日記から一部引用する。昭和二十八年（一九五三）の十一月十五日、日曜日にかうある。

「9時に眼がさめてしまふ。エリオット依然として難航。疲れてゐるせい《（ママ）》もあらう。今年にはい《（ママ）》てから、アメリカへ来るために、仕事を引受け、そしてアメリカへ来るために早く仕あげようとして、どれもこれもやつつけ仕事になつてしまつたよう《（ママ）》な気がして憂ウツ。僕にゆつくり落ちついて仕事をさせたらなあとつくづく思ふ。」

昭和三十二年（一九五七）には『夏の夜の夢』に始まる単行本の刊行が八冊、一方、原稿執筆はそれまでの半数になり、晩秋十一月十二月のふた月は、ほんの数本に減る。ただ、七月八月は八世松本幸四郎（後の初代白鸚）主演の『明智光秀』の演出に忙しかつたはずだ。年末に原稿が激減したのには、それなりの理由があつたと思はれる。欧米から帰国して直ぐ引越した家の売買に行き違ひがあり、昭和三十、三十一年、あるいはこの三十二年の前半辺りまでは資金捻出に必死だつたと思はれる。これについては「恆存のボヤキ――中村光夫（二）」で改めて少し詳しく触れる。その資金捻出も一段落したのか、十一月には、高校の旧師の依頼を受け、佐賀に講演に出掛けてをり、母も同行し、長崎から雲仙、熊本、阿蘇などを回つてゐる。恐らく経済問題も目途が付き、シェイクスピア翻訳も順調に滑り出し、「平和論」論争も一段落したところで、帰国以来の忙しさを逃れるためにか、講演を口実に夫婦で長旅に出たのでもあらう。

その折、両親が長崎から、父の母まさに宛てた絵葉書（グラバー邸の写真）と私に宛てた絵葉書（長崎の蛇踊の写真）がある。恐らく兄に宛てたものもあるのだらうが、先年急逝した兄に聞くよしもない。昭和三十二年といふと私が九歳、小学一年の時に悪くした脚の病も一年ほどで治り、既に二年近くが経つ。まづ、祖母宛の葉書から読んで頂いた方がいいだらう。前半が父の、後半が母の手になるもの――

　お元気ですか、出かけるとき
　なんだか弱つていらした
やうですが。夜汽車も割合

ねむれて、元気でをります
ご安心下さい。長崎は
この前来たときほど、よくない
のでがつかりしてをります

――――

恆存はせつかちで、汽車を
降りるとすぐ自動車にのつて、
「交通公社に行つてくれ」「交通公社は
こゝです」これはひどい例
ですが、似たりよつたりの事をたびたび
するので、おつきあひする方はいゝ迷惑。

昭和三十二年十一月九日の消印がある。次に、同じ日に私に宛てた二人の葉書、こちらは前半が母である――

遠足で風邪をひどくしません
でしたか。関門トンネルは、
いかにも海の底をくぐるというふう

に、どんどん下つて行き、急に音が変つて、どんどん上りだしたと思つたら、もう九州になつていました。四分もかからなかつたようです

――お父さんはあわてもので、おかあさんにしかられてばかりいます。早くみんなが大きくなつて、家族五人でりよこうできるといいと思います。そしたらおとうさんもそうはしかられずにすむでしょう。先生のいうことをきかないとテンバツテキメンです。

冒頭の母の「風邪をひどく」云々は、喉が弱く直ぐに扁桃腺を腫らせてゐた私を気遣つてのこと。遠足といつても三、四十分で登れる大磯の背後にある千畳敷といふ頂上が広々と平らな丘陵に登るだけである。今では湘南平といふ野暮な名前が付いて桜を沢山植樹したお花見の公園と化し、自然天然の丘陵ではなくなつてしまつた。嘗ては「千畳

敷」の名にふさはしい、人工物など何もない平坦な頂上で、ずつと先に見える富士山まで、そのまま真直ぐに歩いて行けさうな錯覚を幼心に抱いた記憶がある。頂上の南面を一段下りたところに高射砲台跡があり、その砲台跡は子供にとつて恰好の遊び場になつてゐた。この高射砲は相模湾から上陸してくる（であらう）米軍を山の上から狙ひ撃つためのものと聞いた。大磯の海岸から街の中心部に向ふ切通しには、上陸して来た米兵を狙撃するために日本兵が身を隠す壕が幾つも掘られてゐた。今では崩落の危険からだらうが、コンクリートを埋め込んでしまつてある。戦後生れの私には、砲台跡にしても狙撃壕にしても、ささやかながら一種の「戦争体験」なのだが、どちらも跡形もない。淋しい限りである。

葉書に戻るが、父の粗忽ぶりは、以前「かまくら春秋」誌にも書いた。平成二十七年（二〇一五）の五月に河出書房新社から出した『総特集――福田恆存　人間・この劇的なるもの』に再録されてゐる、是非、御一読を。また「先生のいうことを」とあるのは、かうして、両親が長期の旅行に出る時は、謂はば家庭教師と用心棒代はりに若い男の大学生などが我家に泊まり込んでくれた。恐らくそのことを言つてゐるのだらう。

この時期までの葉書は、戦後教育を受けて育つた私の為を考へてか、ほぼ新仮名遣ひで書かれてゐるが、次に来る昭和三十四年（一九五九）のものになると正仮名遣ひに変る。尤も、私のことを慮つてといふより、前年三十三年の十月から同人誌「聲《こゑ》」に連載を始めた『私の國語教室』ゆゑであらう。大岡昇平の言葉を借りれば連載当時の父はかなりの神経衰弱気味だつたといふから（尤も、大岡昇平氏、少々大袈裟なところもあるやに見受けはしたが）、息子たちに付合つて新仮名を使ふなど言語道断だと決め込んだのかもしれない。

消印は昭和三十四年六月二十九日とある。年譜で調べると、六月の欄に「文藝春秋新社の講演会にて秋田、横手、村山、山形、米澤に赴く。同行、大佛次郎、大江健三郎」とある。この葉書は兄と私二人宛になつてゐて、差出人のところには「天童にて　福田恆存」とある。墨痕鮮やかに筆で書かれたもので――

村山を皆より一足先に
出て　大佛さんと一緒に
はせをの山寺を見て
きました　今その近くの
天童駅前で皆を
待つてゐるところ
天童は将棋のこまの
産地　日本中のこまの
大部分がこゝで出来ます
山寺ではせをが作つた

句は何か（せみに関係あり）
おばあさんおかあさんに
よろしく

「はせを」とは芭蕉のこと、芭蕉自身が「はせを」と自署したことに倣つたのであらう。この徹底ぶり、やはり大岡氏の神経衰弱説は真実かもしれない。

なほ、この絵葉書は山寺立石寺のもので、「胎内くぐり」と「すべり台」が写つてゐる。このすべり台、「奇岩怪石を左右に眺めながらスリル満点のすべり台」と説明書きが付いてゐてスカート姿の女性二人が滑り降りてゐる。調べたところ、このすべり台は戦後直に出来、全長三百メートル、標高差百五十メートル、ところによつては斜度三十度といふかなりキツイものであつたらしく、人気はあつたものの、けが人（尻に火傷など）が続出してやがて昭和四十年の半ばころまでには使用中止になつたらしい。今でも遺構が残つてゐるとか。当時としては遊園地のジェットコースター的気分で楽しまれたのだらうか。実はその写真の横に父がかう書いてゐる、「このオスベリ高さ150米をすべりました」と。火傷はしなかつたのだらうか。興味のある方は、ネットで検索して頂きたい。「山寺　立石寺　すべり台」と入れて検索すると、今は観光客が近づけない鬱蒼とした木々や雑草に覆はれたすべり台を御丁寧に探索して、写真から短い動画まで掲載した頁があるが、それを見る限り、相当に無茶な勾配とカーブである。一説に死者も出たといふ話もあるらしいが真偽のほどは分からない。滑る時に筵のやうなものを尻の下に敷いたといふ説も出てゐるが、急でカーブの激しいところを尻の下から筵が外れないものか、かなり疑問ではある。

父からの次の葉書は、それから四年余り後の昭和三十八年（一九六三）十二月十四日の日付である。ビッグベンと議事堂の写真の絵葉書で、ロンドンから届いてゐる。私が十五歳、高校一年の暮れといふことになる。高校一年の暮れに、恐らく二年生になる時の進学コースの選択で迷つてゐた私に意見したのだらう。はつきりした記憶はないが、多分二年生から理系文系、あるいは国立か私立かの将来の進学志望によつて、授業のクラス編成が決まつてくるかしたやうな気がする。

この前の手紙に書いたやうに
ロープは最後まで放してはいけません
数学のコースは是非とつて下さい
お父さんもお母さんも数学は得意
でした。数学は数学者や科学者の
ためにのみ有益なのではありません
お父さんが今、他の文士より「頭が

良くて」哲学的にものを考へ、
思索的な文章や作品が書けるのも
学生時代に数学を一所懸命
やつたためです。よく考へて下さい
お母さんに伝言、「天誅組（不二）は
出発前茶間の机のそばに積んでおいた雑誌や本の中にあります」

この英国行きについては年譜を見ると、「今後の演劇国際交流計画を立てるため、フォード財団の援助により松原正と共に一ケ月の予定にてイギリス、アメリカに赴く」とある。松原正は、御存じの方も多いと思ふ。父の弟子筋とでもいふか、ただ、父自身は一再ならず「オレに弟子はゐない」、「弟子は取らない」と口にしてをり、松原氏自身も我家では弟子といふより友人といふ態度で振る舞つてゐた。氏は早稲田大学で教鞭を取つてゐたが、この渡航直前には父との共訳で、バーナード・ショーの『聖女ジャンヌ・ダーク』を刊行してゐる。渡航自体、文学座から分裂した劇団雲の旗揚げ第二弾の公演となつた『ジャンヌ』の舞台の初日を開けて二週間ほど、まだ公演中のことであつた。（松原氏はこの稿を書いた半年ほど後の平成二十八年〈二〇一六〉六月八日に逝去された、冥福を祈る。）

「頭が良くて」云々は、いはば息子への冗談、家族ゆゑの軽口だらう。さういへば、さらに後年のことだつたと思ふ。父は、何の仕事をしてゐた時だつたか、知人を介して数学に強い青年を家庭教師にして、数学を改めて教へてもらつてゐたことがある。何に必要だつたのか、なにゆゑの事か、もはや分からぬが、確か、微積分をもう一度勉強し直してゐた。

最後の二行、母への伝言、「不二」とは雑誌名。大東塾の関連団体「不二歌道会」が出してゐる月刊誌のことと推定できる。その昭和三十八年十一月号が全巻「天忠組」特集号となつてをり、そこに、「大岡昇平の〝挙兵〟を駁す」といふ一文が掲載され、大岡への厳しい批判が展開されてゐる。父が「それを取つておいてくれ」と母に電話でも頼んで、母が見つからないと言ふので、かう書いたのではないか。

なほ、右の葉書冒頭の「この前の手紙に書いたやうに」とある、その肝心の手紙が紛失してゐる。数少ない父からの手紙類、一纏めにしてあるのに、どうしてその手紙が無くなつてゐるのか、我ながら合点がいかない。

結局、私は受験科目として数学を学ばず、父の忠告を無にすることになる。私が文系志望であるのは当然のこととして、自分で言ふのもどうかと思ふが、とにかく地道な努力を嫌ふといふか、ダメなのである。要は、頑張る、努力する、粘る、といつたことが根つから不得手だつた。何事にしても努力なしでささつと、それなりの結果を出す「才能」にだけは恵まれてゐたのだらう。

受験に関しては、父から数学のコースのことだけではなく、「東大を受けろ」と散々言はれたことをよく憶えてゐる。その理由が如何にも父らしい。「東大に行けば、教師は駄目だが、いい友達に恵まれるぞ」と言ふのだ。その通りかもしれない。また、この忠告は父自身の経験に基づく実感なのだらう。それでも、私には東大といふ選択肢は零《ゼロ》だつた。たとへ、父の忠告を入れて数学を棄てずに東大を受けたとしても、合格したとは思へない。五科目受験なんて面倒だと、文系私立を、しかも上智大学の英文科のみを受験した。早慶も大学巡りはしたものの、何かピンと来るものがない。上智にしても単にこぢんまりしたキャンパスの雰囲気が好きだつたといふ、進路や将来の道とは何の連関もない理由からなのだが、どういふわけか上智大学に行きたかつた。

　敢へて言へば、私の反骨精神は左翼思想に染まるといふ形では現れず、東大にしても早稲田慶応にしても、有名大学に進むこと自体に、どこか反発を覚えてゐたのだと思ふ。あるいは進学校だつた高校の友人たちのさういふ志向そのものが気に食はなかつたのかもしれない。順風満帆の人生を送るために、有名大学に入つて優良企業に勤めてといふ発想自体に反発を感じてゐたのだらう。何が東大だ、早慶がどうした、といつた「反骨精神」から、当時は決して受験校の上位には数へられず、地方ではほとんど無名の上智大学を選んだ。やはり、捻くれてゐるとでも言ふほかない。

　父の手紙に戻るが、先の渡英から半年後、つまり昭和三十九年の六月に父は再び海外へ行つてゐる。昭和三十九年といふことは一九六四年、シェイクスピアの生誕四百年祭の年である。この時は母と二人招待され、アメリカに行つて、その後、イギリス、フランス、スペイン、イタリア、スイス、ベルリンと巡り七月に帰国してゐる。その時、スペインはマドリードからくれた絵葉書、高校二年になつた私にかう書いてゐる——

マドリッド発十二日〔七月＝筆者註〕
スペインは万事驚くほど廉い。一流の
下のホテルが二人部屋で一晩千八百円位、
晩飯タラフク食つて酒代も入れて
八百円位。こちらに引越したいくらゐ
逸君文学やるなら、いつそスペイン
文学やつたら如何。日本では希少価値
あり。文学でやりそこなつても貿易で
引張りだこの現状なり。文学は
シェイクスピアに匹敵するセルバンテス
あり、ローペ・デ・べーガあり、一考を促す㊞

消印は七月の十四日、絵葉書といふより、闘牛士と女性のフラメンコ・ダンサーの手描きの絵に、衣装の部分のみ、派手な刺繡を施した代物である。

スペイン文学を勧める父の言葉をどう受け止めたのか、既に記憶はないが、父の訳でシェイクスピア戯曲の影響を少なからず受けてゐた私は、大学では勿論、英文学を専攻し、シェイクスピアとチェスタトン（そしてロレンスを少々）を主に学んだ。

保守思想家としてのチェスタトンを福田恆存に教へたのは、実は上智でチェスタトンに出会ひ、神田で何冊も彼のエッセイを買ひ込んで読んでゐた私である。世間では、『ブラウン神父』シリーズを中村保男と共訳といふ形で出版してゐた父が、当然、チェスタトンの著作を読んでゐると思ひ込んでゐるやうだが、父の書斎には彼の著作は一冊もなく、保守思想家としてのチェスタトンについて父から話題が出たことも、それ以前には一度もない。私が父に、「親父、あのチェスタトンて親父と同じやうなことを言つてゐるぞ」と教へたのであり、上智大学の恩師安西徹雄と父の共訳（名前のみ）で『正統とは何か』が出たのもその後のことである。私の卒論はチェスタトンのエッセイ二編を実際に訳して、その問題点を洗ひ出して論じた翻訳論であつた。

この稿で扱ふ最後の「父からの手紙」に移る。大学紛争（七十年安保闘争）の少し前、昭和四十一年（一九六六）、私が上智大学に入学したばかりの五月に、父が伊豆の下賀茂からくれた封書がある。年譜によると、六月に「南伊豆に滞在、毎日放送十五周年記念として十月より放映の「雲」「欅《けやき》」ユニットによるテレビ番組「怒濤日本史」のうち古代篇「蘇我物部の争ひ」「入鹿誅殺」を書く。「潮」十月号に発表」とあるから、五月六日の消印の封書は、その下準備か何かで下賀茂に滞在したのか、他の原稿執筆のために滞在したのか、あるいは年譜が間違つてゐるのか今や不明。ただ、秋にも『ヘンリー四世』翻訳のために下賀茂の定宿と化したホテル伊古奈に滞在してゐる。自宅に書斎があるのに、資料を持ち込んでの翻訳や脚本、戯曲の執筆はなんとも贅沢といふほかないが、東京から離れた南伊豆で、雑事に追はれることもなく仕事に専念できたのだらう。ちなみに、このホテル伊古奈は翌年に書かれる戯曲『億万長者夫人』の最終幕の舞台、旅館「みぎは」のモデルとなつてをり、劇中の室名「秘色《ひそく》」は、その後ホテル伊古奈で実際に使はれたと聞いてゐる。残念なことに、このホテル伊古奈、倒産したのか、今では閉鎖されてゐるらしい。

さて、その封書は宛名も差出人も毛筆で書かれたものだが、宛名住所は「相州大磯山王　福田逸殿　侍史」、裏は「緘　端午　節句」「下賀茂　伊古奈　福田恆存」と厳めしく気取つて書いてゐる。が、中身はいはゆる手紙ではなく、読売新聞（五月四日・水）夕刊の切抜き。「ふたたびマルセル博士を迎える」と題した、思想家西谷啓治（明治三十三年・一九〇〇生―平成二年・一九九〇没）の論文といふかエッセイであつた。

かなり長い記事だが、九年ぶりになるガブリエル・マルセルの日本再訪に際して書かれたものである。前段は、マルセルの人柄から説き起こして、その自然体の人柄こそ「カルチュア」が、つまり西洋の長い歴史文化が生み出したものだといふ事、さらに言へば、その「カルチュア」そのものの営み自体もまた「自然なものの一部」になつてゐると観じ、「文化が、そのきわまりにおいて、人間の「しわざ」である文化の痕をすら残さぬ、ということ」と断じてゐる。さらに、「単なる生まれつきの自然ではなく、文化のきわまりから出てくる自然ということになれば」もはやそこには西洋も東洋もなく、そこに我々東洋の日本人もマルセルに感銘し親密を感じるのだと考へる。

後段は、マルセルの「相互主体性」といふ概念に言及する。私流に書きなほせば、他者（客体）を客体として突き放した対象とする限り、自分（主体）と客体の「関与」は存在しない。つまり、相互に相手の存在の円周の中に入り込むことで、初めて自分の枠を切り開き——言ひ換へれば、自分を解放することで他者に関与でき、その結果、他者が確たる「存在」として現前し、自分も真の「存在」の場に立ち現れ得る。さういふ存在と存在の邂逅にこそ「親密さ」があり得、西谷の言葉を使へば、「自分が自分でありながら他でもあり、他が他でありながら自分でもある」といふ事になる。マルセル本人の言葉を使へば、「非常に深い意味で、われわれは、われわれがそれでないようなものでもある」といふ事になるが、さらにマルセル自身はこれを、「われわれ自身の逆-実在（コントル-リアリテ）」といふ言葉に置き換へる。つまり、我々個々人の実在の限界を見ると同時に他者との本質的（逆-実在的）繋がりを獲得することで、有限の個人が無限の可能性を保持すると言はんとしてゐる——概ね以上のやうな主旨と私は受け取つた。ふたたびマルセルの言葉を使へば、「われわれの存在は、その深い基底において、すべての他との繋《つなが》りのうちにある」とし、これを「存在の神秘」の領域として、それを最もよく現すものは、バッハや晩年のベートーベンの作品のごとく最も偉大な音楽しかないといふ、さう西谷は解説し、エッセイの締めくくりとして、結局、「自分とは何か」といふ問題の他に哲学の問ひはないといふマルセルの言葉を挙げ、さらに劇作家としてのマルセルの場合も、「自分自身でないものも自分だというような自分」にこそ劇作の源泉があり、哲学においても劇作においてもマルセルの思索は同じ泉から湧き出してゐると結んでゐる。

この読売新聞の切抜きは、さすが昭和四十一年のものだけあつて、元号表示のみ、西暦など出てこないし、マルセルの写真やエッセイのタイトル、小見出し等々もあるが実に八段組み、活字は恐らく八ポイント以下の細かさで、相当に深い思索を長々と載せてゐる。その切抜きを父はただ切抜いて送つて寄越したのではない。全段の半分近くの文章に赤のボールペンでここを理解しろと言はんばかりに傍線を施してゐる。さらに一ヶ所、西谷の「客体とか対象とかいうのは、いわば相手がそっぽを向いた姿である」といふ一文には、傍線に加へて、「言ひかへれば、相手は死んでゐる」と欄外にいかにも恆存らしいメモを書いてゐる。この記事の横にマルセルの滞在中、五月から六月までひと月の間に十一回行はれる講演日程が載つてゐるのだが、五月三十一日午後三時からの上智大学における講演を赤字で囲んであり、切抜き上の欄外にコメ印を付け、黒インクで「たとへ話の内容が解らなくとも、その人柄に接しておくだけでも為にならむ、本物なればなり。尤も通訳は付く」と、父の私宛のメモ書きがある。

今調べたら、その年の私の手帳が偶然残つてゐた。昭和四十一年、四十二年の二冊を除くと、後は仕事を始めた昭和五十年辺りからのものしかないので、まさに偶然としか言ひやうがないのだが、その五月の三十一日の項には「十五時マルセル講演会」と記入してゐる。間違ひなく聴きに行つたのだらう。しかし、健忘症を自認する私らしく、何を聞いたかはおろか、受講に行つたか否かさへ、もはやまつたく記憶にない。

ちなみに、恆存の評論を読み込んでゐる方は気が付いたかもしれぬが、この西谷によるマルセル紹介を読むと恆存がしばしば言及した、歴史と自然と言葉が我々を育み支へるのであつて、歴史や言葉を我々人間が作り出すなどと考へるなといふ言説と見事に呼応してゐる。だからこそ、父は私にこの切抜きを送つて寄越したのだらう。

しかも、右の記事の横に掲載されてゐる連載コラムの「東風西風」、恆存が担当してゐる時期で、この日のタイトルが「町名の責任」といふもの。町名を政府が勝手に変へる権利はなく、その町名に付合つて来た無数の人々、町に住み、そこに関はつた過去の人々すべての所有物で、町名は「その町に自分の情感や憶出《おもいで》を託した歴史上の人間すべてに責任を負っている。／歴史とは極端に言えばそういう名前の集積以外の何物でもない」と書いてゐる。マルセルや西谷の言葉に通底するのはお分かりだらう。

今、ふと思つた。マルセルの記事を送つて寄越した父は、ともすると舞台（演劇）への道を真つしぐらに突き進まうとする私を引き止め、もつと深く思索の世界に沈潜することを期待してゐたのではあるまいか。

今回、改めて父の遺品や手紙類を整理しながら、前項「これはじゆうのめがみです」とこの回を書き進め、父の葉書を読むにつけ——父と私の親子関係は、世上一般のそれとは少々違つてゐたのかもしれないと思つた。そのことが、やがて、二人の間に決定的な亀裂を齎《もたら》してしまつたのかもしれないが、それはまた先の話にしておく。さういへば、正確な記憶ではないが、何かの芝居の初日ロビーで、丸谷才一だつたらうか、「友達のやうな親子ですなぁ」と、どういふつもりで言つたのかは知らぬが、さう評された。確かに、さういふところがあつたのも事実である。

會食頗る愉快の想ひに御座候

「ロープは最後まで放してはいけません」の最後に書いたマルセルに関する新聞の切抜きの入つた封書は「相州大磯」宛で、上智大学に進学したばかりの私に送られたものだが、「これはじゆうのめがみです」に書いた通り、大学の二年目から私は東京暮しを始めた。次は、その最初に住んだ下宿宛に届いた父の封書である。どうといふ事のない家族の風景と思つてお読み頂きたい――

啓　過日ハ久方ぶりにて親子三人の
會食頗る愉快の想ひに御座候
その節は沙翁全集完結祝ひの記念品
頂戴仕り　予期せざりし事にて一入《ひとしほ》
喜びを深うし御芳志茲《ここ》に改めて
御禮申し述べたく一筆如斯《かくのごとく》に御座候
猶下宿の事一応夏まで今の處にて

我慢し　九月よりはも少しましな處に
住める様　小生も家探しに協力致す所存に
候へば一先づは休心の程願上候
右取り急ぎ御礼まで　匆々
　十八日午前一時半　福田恆存

追伸　カフス・ボタン（プラチナといふのは生れてはじめて也）
趣味よろしく今日より早速
使用仕るべく候

一読内容は明らかだらうが、一、二補足しておく。この封書は昭和四十二年（一九六七）五月十八日付になつてゐる。

手紙の二行目、「會食」とあるのは、外で食事をしたのではないと思ふのだが、実家に戻つてなら、祖母がまだ存命、「親子三人の」といふのはをかしい。あるいは、元気で飛び歩いてゐた祖母が父の妹たちの家に遊びに行つて留守だつたのかもしれない。なほ、兄、適は当時北海道大学工学部の学生で、札幌にゐて不在だつた。

また、「沙翁全集完結」であるが、英国から帰国の翌年つまり昭和三十年（一九五五）五月、父は早速『ハムレット』を翻訳し河出書房から出し始める。その後、『じやじや馬ならし』『マクベス』『リチャード三世』『夏の夜の夢』と昭和三十二年の一月までの短期間に五作品を出版する。が、河出の第一次倒産により頓挫、昭和三十四年の十月より新潮社から改めて全集の出版に取り掛かり、昭和四十二年四月の『ヘンリー四世』まで十五巻を出し終へた。昔の記憶に飛ぶが、河出書房倒産時のことは当時九歳だつた私にも微かながら残つてゐる。父は、恐らく、意気揚々たる思ひで「沙翁全集」完成を目指し「破竹の進撃」をしてゐる気分だつたに違ひない。その父が、母を相手に困惑した顔で、全集出版の頓挫について話し合つてゐた、謂はば、その当惑の雰囲気が未だ記憶に残つてゐる。恐らく新潮社での再出発が決まるまで、父はかなり落胆してゐたのではあるまいか。

ところで、「沙翁全集」とはいふものの、もともと、父はシェイクスピアの戯曲全てを訳すつもりはなかつた。一応の区切りとして『ヘンリー四世』までを第一期とし、その後はめぼしいものを数冊、恐らく多くても十作品くらゐの翻訳を考へてゐたらしい。

現実には、文学座脱退と財団法人現代演劇協會の設立、劇団雲創立、劇団欅創立、三百人劇場建設、雲の分裂——その残留組と欅を統合して劇団昴《すばる》に改組、と打ち続く困難と経営難に時を費やされ、一方、時事的評論等々の執筆も相変らず継続的にしてをり、シェイクスピアの翻訳に割ける時間が減つた。時事評論にしてもかなり忙しい仕事だつたと思ふ。一例としては、次に挙げる手紙からも分かるやうに、渡米して政財界の人々に会ひ、その結果を評論として連載したりもしてゐる。そのため、結果としては、最初の十五冊の他には四作品しか訳せずに終る。尤も、時間があつたとしても、臆測でものを言ふのは危ぶまれるが、父が訳したかつたのは、既訳十九冊の他には精々『末よければすべてよし』『尺には尺を』『シンベリン』『ペリクリーズ』『冬物語』くらゐだつたと思ふ。

後で引用する昭和四十八年（一九七三）八月、ロンドンからの葉書でも分かるが、当初『タイタス・アンドロニカス』は父の翻訳計画の中に入つてはゐなかつたはずだ。従つて父の翻訳作品選別は、甚だ恣意的なもので、勿論代表作は全て訳すつもりであり、それは第一期十五巻で概ね果たしてゐると言へよう。が、『タイタス』のやうな飛込みがある一方で、『ヘンリー四世』は二部作のうち第一部しか訳してをらず、しかも、第一部といふ断りもない。これでは二部作であることを福田訳の読者は気づかぬこともあり得るわけだが、さういふことは意に介さぬのが恆存らしさといへようか。さうなると新潮社版の十五巻を『シェイクスピア全集』と銘打つたのは一種の「詐欺」と言へなくもないが、福田の選択眼がこの十五冊（あるいは計十九冊）をシェイクスピア作品の中でも、上演のために翻訳をしておくべきものと見做した、むしろこれは恆存の矜持と考へるべきかもしれない。これだけ訳せば十分といふ自負であると同時に、これも、父がどこかに書いてゐたが、シェイクスピアに殉ずるつもりはないといふのも本音であらう。飽くまで、歌舞伎向きの逍遥訳の他に現代の（当時の）日本で上演可能な翻訳がない、つまり、せりふ劇として躍動する舞台を役者が生きられる翻訳がないといふ当時の実情を前にして、しかし、シェイクスピア戯曲の持つリズム、文体は日本の文学と演劇をより豊饒なものにするといふ確信を、英国滞在で得た恆存にとつては、自分の上演したいもの、上演に値すると思へるものを、自分の人生の残り時間と秤に掛けながら、出来るところまでやつたとでもいふほかないだらう。（「詩劇について少々抱負を――中村光夫（二）」を参照。）

文中の「全集完結祝ひ」のカフスボタンとは、兄と私で相談して、といふか、この種のことは必ず私から言ひ出す。せつかちで気が早く、思ひつきで行動してしまふ私はまさに名は体を表すで「逸」、つまり気が逸るのだ。兄の名については「これはじゆうのめがみです」でも触れたが、「適」と書いて「かなふ」。そこに書いた通り、相撲の千秋楽の「これより三役」の力士らを行司が呼び出す時の「役相撲に適《かな》ふ」であるが、吾々兄弟が高校生になつた頃だらうか、両親は二人の性格を見て、「適は確かに与へられた役割を安んじて受け入れる、まさに、役に相応するだな」などと言ひ、「逸は気が早い、やはり名は体を表すだ」と……つまり、私への評価は「気が早く、誰に似たのか喧嘩つぱやく、さらには安逸を好む」と思つてゐたらしい。まさにその通り、なんとも否定のしやうがない。しかし、憚りながら、喧嘩つぱやさは父親譲り。といふか、そのまた父、すなはち私の祖父譲りとか。私の癇癪持ちは、私の生れる前年の七月に亡くなつたその祖父そつくりらしい。なにしろ、祖父は何か気にくはぬことがあると、卓袱台を引繰り返したと聞いてゐる。

なほ、「下宿の事一応夏まで今の處にて／我慢し　九月よりはも少しましな處に／住める様」云々とあるのは、「これはじゆうのめがみです」にも触れたが、四月から下宿暮しを始めた私が、早々に音を上げて、その下宿を出たい、アパート暮しをしたいと言ひ出したのである。かうして移つたアパートは木造モルタル二階建て、その二階の角部屋。テレビなし、FMとAM波のラジオのみの生活で、FMラジオをよく聴いてゐた。テレビがないため、三島由紀夫の自決も浅間山荘事件も、行きつけの洋食屋などに入り浸つて視るほかなかつた。

ここで少々時間が飛ぶが、昭和四十八年（一九七三）七月三十日付のニューヨークからの手紙が一通残つてゐる。私が二十五歳の時のものである。この月、父は吉田国際教育基金とアジア財団の援助で米国に行き、政財界人、学者、知識人の多くと会談、帰路は英国に渡つて芝居を楽しんでゐる。この米国行きの結果が『日米両国民に訴へる』として帰国直後に「文藝春秋」十一月号から翌年新年号に掛けて連載され、後に大幅に加筆されて単行本になる。

私の大学院時代は、恐らく私と父が最も頻繁に、あるいは親しく激しく議論を交した時期だと思ふ。そんな折に米国各地で相当過密なスケジュールをこなした後、ロンドンに移動する前に一息ついて書いたのであらう。オレゴン州アシュランドのバーヅ・イン（Bard's Inn）といふモーテルの便箋と封筒で送られてゐる。Bard とは吟遊詩人や大詩人を意味し、シェイクスピアのことをその生誕地 Stratford-upon-Avon にちなんで the Bard of Avon と呼んだりするが（Avon はストラットフォードを流れる川の名前）、このオレゴン州のアシュランドは毎年「オレゴン・シェイクスピア・フェスティヴァル」が開催されることで有名である。従つて父が宿泊したモーテルはシェイクスピアにちなんで名づけられたものであらう。

当時私は既に結婚して世田谷に住んでゐた。封書の宛名書きも手紙の文章も夫婦二人宛に書かれてゐる。

お二人とも元気と思ひます。昨二十八日午后ニューヨーク着。
今日、これから人に会ひ、明日ロンドンに向かひます
ロンドン着は三十一日あさです。帰国は早くて十二日、遅くとも十五、六日です
十六日には文化会議に是非出席を頼まれてゐるので、十三、四日か十七日、十八日頃
大磯へ来ませんか。政治の話、芝居の話、いろ〳〵たまつてをります。アメリカでは
キング・リア二つ、ウィンザーの陽気な女房達一つ見ただけ サン・フランシスコのリアは
非常によかつた。しかし、あと二つは語るに値しません 政治の方はキシンジャー

には
会へませんでしたが（田中訪米の為もあり）国務次官、ニクソン側近の上院議員、
キシンジャーの下で対日政策進言者グループには会へました。全部で四十人
近くの学者、政治家、ジャーナリストに会ひましたが、そのうち日本の政治
社会状勢について　小生の言葉を理解しえた者は僅か五六人しかゐ
なかつた。日本研究家でも全くダメ。いづれ帰つてから詳しく話します
しかし田中訪米
たいした事は
なさそう。今
自民党を窮地に
陥入れたら危ないといふ
考へがあり、アジア安定に
おける日本の役割（米の
肩代）を要求したら、野党の
好餌にならうと心配してゐるからです
（ニクソン、キシンジャー側近は）。小生それにには
同感。しかし考へてみれば、さういふ甘やかしが
日本を、そして与野党をダメにして来たのだと

いつたら、向うも I agree with you. どこまでつゞく蟻地獄なりや。

本文は一応ここまでなのだが、途中から短い行が続き、再び少しづつ長くなるのは便箋の真ん中よりやや左にあるシェイクスピアの似顔絵を避けて書いてゐるからである。そして、先の「ウィンザーの陽気な女房達」にコメ印を付け、似顔絵の下に次のやうに書いてゐる。

ウィンザー　素人
劇団でつまらなかつた
けれど、坪三千円の
片田舎で、シェイクスピア
時代の野外劇場再現し
シェイクスピア・フェスティ
ヴァルを数箇月
続け、そこへ近隣から大人が観にくる
といふのは全く羨ましき限り、
西海岸 Medford（Oregon）空港
から二三十分（シスコから車で六時間）の

アシュランドでの話です

いづれ詳しく。ケンカもしました。それも帰つてから。

（相変らず、失敗続き、臼井君がカヴァーしてくれてゐます）㊐

田中角栄はこの年、外相の大平正芳と訪米、この手紙の日付の翌日、三十一日、八月一日と首脳会談を行つてゐる。この前年昭和四十七年（一九七二）がニクソン訪中、日中国交正常化の年であり、先述の『日米両国民に訴へる』はさういふ世界史の動きの中での我国への、あるいは自由主義陣営への警世の書だつた。ロッキード事件は数年先の話であるが、ウォーターゲート事件はこの前年に発覚してゐる。なほ、括弧書きの「（ニクソン、キシンジャー側近は）」とあるのは前文の「心配してゐる」の主語を書き加へたものであり、続けて「小生それには同感」と感想を述べ、次の、アメリカのさういふ日本甘やかしが日本をダメにしてきた、といふ文脈となつてゐる。

最後に出てくる臼井君とは当時早稲田大学で教鞭を取つてゐた臼井善隆氏のこと。氏は英語の達人で、父が通訳を依頼したと同時に、恐らくは一人旅をしたくないがための道連れを頼んだのだらう。ここでも「ロープは最後まで放してはいけません」といふ前章の葉書にあるやうな失敗を連発したとみえる。臼井氏、さぞ迷惑なことであつたらうが、大いに笑ひもしたに違ひない。

恐らく私は父の帰国に合せて実家に戻つて、みやげ話を聞き、自由主義陣営あるいは日米韓台四国のあり得べき姿などを議論したのだらうと思はれるが、具体的記憶は全くない。言ふまでもなく、議論といつても、それは私がさう思ひ込んでゐたに過ぎず、それなりの議論はしたには違ひなからうが、内実は父の話を聞いて私が「ウン、ウン」と頷いてゐただけのことではあるまいか。

平成二十七年（二〇一五）の二月に刊行した『人間の生き方、ものの考え方』（文藝春秋）の解説にも書いたが、確かに父とは高校大学、大学院、その後しばらく様々の議論をしてはゐる。しかし、どこまでが対等の、あるいは父を考へ込ませるやうな議論をしてゐたのかとなると、私も定かな記憶はない。芝居についてはそれなりに深い話が出来たのかもしれぬ。しかし、政治の話となると、はなはだ心許ない。父は、私を鍛へるためにわざわざ来ないかと誘つてまで話を聞かせてくれたのだらう。右の書の解説にも書いたが、父には私相手に頭の整理をしてゐたといふ一面もあるかと思はれる。こちらが大人になるに従つて、議論がかみ合ひ、丁々発止の遣取りをしたことも無きにしも非ずではあるが、それはまだしばらく後のことだつたと思ふ。

いづれにしても、私は言論、評論の世界には進まず、大学院を出ると様々の大学で教壇に立ちつつ、ほぼ同じ期間、芝居の世界に足を踏み込み、二足の草鞋と言へば聞こえがいいが、蝙蝠の如くどちらが自分の世界なのか、甚だ曖昧な人生を送り、どちらにも迷惑を掛けることになる。虻蜂取らずですら、あつたかもしれぬ。

さて、右の手紙の十日程後にイギリスから八月九日消印の葉書が来る。前述の『タイタス・アンドロニカス』に触れたものである。

ロンドン来るたびにわるくなるけれど
やはり根はいまだ崩れず、大いに
エンジョイしてゐます　タイタス・アンドロニ
カス、RSCのを観ました。演出は
トレバー・ナン。感心しました。この頃は
すつかり正統派に戻つてしまつた由、
I am very glad Trever Nun has become
Clever Nun と言つたら、大いに受けました。
あれに感心した日本の劇評家や役者、
これを知つたら裏切者といふでせう
十六日夜遅くなりますので、もし
よかつたら十七日以降大磯へいらつ
しやい。一週間位はのんびりしてゐます。
（おみやげあるぞ）

五行目の「感心しました」の横に※印があり、欄外に「同時にこの作品見直した。やはり沙翁の面目躍如」と書き足してある。この時の主役タイタスを演じたのがコリン・ブレイクリー、ゴート人の女王タマラはマーガレット・タイザック、タイタスの娘ラヴィニアがジャネット・スズマンとジュディ・ギースンのダブル・キャスト、ムーア人の悪党エアロンにはカルヴィン・ロックハートといふ配役、父はロイヤル・シェイクスピア・カンパニー（RSC）の本拠地、ストラットフォード・アポン・エイボンの劇場ではなく、当時RSCのロンドンにおける常打ち小屋となつてゐたオルドウィッチ劇場での上演を観たものと思はれる。タイタスの愛娘ラヴィニアが、凌辱された上に両手首と舌まで切り落とされ、その惨酷な事実を、血みどろの両の腕《かひな》に抱へた棒を使つて必死の思ひで大地に書きつける。事の顛末を知らされたコリン・ブレイクリー演ずるタイタスが、怒りと復讐心に燃えて立ち上がる。その時のブレイクリーの後姿の演技がどれほど素晴らしかつたか、父は嬉しさうに語つて聞かせた。その記憶は今でもはつきりと残つてゐる。そのタイタスの姿を父はリア王の狂乱にも似たといふ形容をしてゐた。

父が『タイタス・アンドロニカス』を訳したのは四年後の昭和五十二年（一九七七）のことだが、福田訳シェイクスピアで、私が下訳をやつた唯一の作品である。私は前年の夏の休暇に下訳を済ませて渡したが、それを見て父は頭を抱へた。曰く、「これぢや、手の入れやうがない、お前の訳でいいよ」。とは言つたものの、それなりに手は加へたものと思ふ。劇団昴による上演は出版に先立ち、昭和五十一年の十一月だつた。父の言葉はお世辞と受け取つてゐるが、出版時に父が私にくれた『タイタス』には一応「御協力多謝」と書いてはある。

「あれに感心した日本の劇評家や役者、／これを知つたら裏切者といふでせう」の件は説明が必要かもしれない。ＲＳＣが来日して本格的な本場の舞台を見せてくれたのが、昭和四十五年（一九七〇）の一月、演目は『冬物語』と『ウィンザーの陽気な女房たち』だが、『冬物語』が当時ＲＳＣの芸術監督だつたトレヴァー・ナンの演出によるものだつた。「あれに感心した云々」の「あれ」とはその『冬物語』を指す。その舞台に当時の多くの演劇人が熱狂した。が、父はこの舞台創りが嫌ひだつた。私も正直あまりいいとは思はなかつた。一例を挙げると、バリー・インガム演ずる主人公のシシリア王レオンティーズがジュディ・デンチ演ずる妃ハーマイオニーへの嫉妬に捉はれる場面で、唐突にストップモーションを用ゐ、装置も衣装も全体に白い舞台だつたが、それを一瞬にして真つ赤に染める。一言で評すれば、「説明的」、あるいは「あざとい」といふほかない。その手のことが、当時我国では「斬新」と受け止められたのだらう。

シェイクスピアを上演し続ける英国の演出家の宿命とでもいふか、彼らは常に新しい試みを求められると同時に、自分の名前を舞台のクレジットにしたがる。少なくともさういふ傾向は英国ばかりではなく、古今東西を問はず、演劇に限らず「パフォーマンス」芸術では常に見受けられ、常に「新しい息吹」を吹き込むことを求められる。トレヴァー・ナンの『冬物語』にはさういふ臭ひが強かつた。それを恆存は嫌つた、奇を衒《てら》つた舞台を恆存は何よりも嫌ふ。といふより、この場合、英国の舞台といふだけで無闇に有難がつた日本の演劇人に腹を立てたと言つてもよからう。それで、ほんの数年後、ロンドンで観た『タイタス・アンドロニカス』が何の外連《けれん》もない舞台で、しかも、シェイクスピアの作品の中で名作でもないのに見事な悲劇に仕立て上げられてゐたことに驚き且つ感動したのだらう。それで、あの『冬物語』に感動した日本の演劇人は、このイギリスではよくお目に掛かるまともな演出と言つてもよい、この『タイタス』の舞台創りを観たら、トレヴァー・ナンのことを「裏切者」と呼ぶだらうといふわけである。

ついでに、父は冗談や駄洒落がことのほか好きだつた。それがこの葉書にある通り、英語のジョークにまでなつて現れる。勿論トレヴァー・ナンをクレヴァー・ナンともじつた英文の箇所だが、また、それが受けたことに、かなり御満悦だつたのだらう。もう一つ、似たような英語の駄洒落で父が嬉しげに聞かせたのが、昭和二十八年の渡米の折のことだと思ふが、確かセルフサーヴィスのカフェテリアのやうなところでの自慢話。父が紅茶を注がうとしたら空だつたといふ。そこで、店員や周囲の客の前で、I like tea rather than empty. と言つて、tea と empty と韻を踏んで爆笑を誘つたとか。

この葉書の後、十年以上父からの手紙は残つてゐない、といふより、頻繁に行き来してゐて私と父には手紙の必要がなかつた。その頃は、私が暮してゐた東京のアパートの部屋にも電話が引かれ、互ひに電話で話したり、父が上京中、あるいは稽古中は頻繁に会つてゐた。

最後に残つてゐる二通の手紙は、終章に書く予定の「恆存の晩年」で引用するつもりでゐる。この二通だけ取り出して稿を改めても纏まりが付かないこともあるが、時期的にも、本稿からの歳月の間に父と私との親子関係が劇的に変化していく。謂はば愛憎相半ばする確執と軋轢の「旅路」のさなかに書かれた手紙であるから――十年余りの歳月といふ濁流が親子をどこまで呑み込み、どこまで運んで行つたか、それは最後にお読み頂きたい。

第二部

鉢木會・断章

晩年の和解――大岡昇平

福田恆存の年譜によると、鉢木會《はちのきくわい》が生れたのは戦後も間もない昭和二十二年（一九四七）、その「親睦の集り」の仲間は中村光夫と吉田健一との三人、「月に一度の清談雑談を楽しむ」ことになり、持ち回りでそれぞれの家でなけなしの馳走でもてなし合つた。後に、順序は分からぬが吉川逸治、神西清、大岡昇平、三島由紀夫が加はる。昭和二十六年には神西、中村、吉田、三島と共に北軽井沢にある岸田國士の別荘を訪ねたり、昭和二十七年には神西、中村、大岡と四人で京都、奈良に遊んだりしてゐる。

臆測は危ふいが、戦後、四、五年の間は連れ立つて呑気に旅など出来なかつたといふことか。（恆存自身は昭和二十二年の八月に一人で奈良を訪れてゐる。）昭和二十三年辺りから恆存の執筆が急激に増えてをり、戦後漸く仕事が出来るやうになつて、旅行どころではなかつたのだらう。戦中の出版事情などを考へると、この状況は鉢木會のメンバー全員に言へたことなのかもしれない。

いづれにせよ、かうして始まつた鉢木會は、昭和三十二年（一九五七）の神西清の死などを経て、長い歳月のうちに自然に消滅して行つたらしい。鉢木會同人の編纂で、丸善から季刊誌「聲《こゑ》」を出してゐたのが翌昭和三十三年から二年余り。恆存が劇団雲を創り、いよいよ忙しくなるのが昭和三十八年（一九六三）、その数年前から文学座からの分裂の動きはあつたわけで、恐らく鉢木會が頻繁に開かれなくなつたのは、この昭和三十年代の半ばなのではあるまいか。ただし、これは飽くまで私の想像である。恆存と、例へば中村光夫との交流は晩年まで続いた。文学座を脱退して劇団雲を創つた折に、母体となつた財団法人現代演劇協會の初代理事は、小林秀雄、武田泰淳の他は大岡昇平、中村光夫、吉田健一の三人だつた。この時期には、恐らく鉢木會は既に開かれなくなつてゐたのではないか。

神西清は既に亡く、三島由紀夫は分裂の蚊帳の外に置かれてゐた。勿論、大岡昇平、中村光夫はその後劇団雲のために戯曲を書いてゐるし、吉田健一が亡くなるのは昭和五十二年（一九七七）のことである。それぞれに交流があつたことは間違ひない。

三島由紀夫と福田恆存とが互ひに距離を置くやうになつたのがいつ頃からか、私はよく知らないが、劇団雲設立が大きな転機になつたことは否めまい。その種のことに私は興味が持てなく、敢へて調べる気も起らぬが、少なくとも、その種のこと（ある意味で父にとつて「どうでもいいこと」）は、当時も我家での話題にはならなかつた。また、仲違ひが始まつた当初、あるいは現在進行形の不仲について、人は誰しも余り口にはしたがらぬのも事実だらう。いづれにしても、文学座からの分裂時に声を掛けられなかつた三島と福田との距離が、この頃から離れ始めたことは想像に難くない。なほ、三島の死当日のことは、別に触れる機会があらうかと思ふ。横道はここまでにして、大岡の書簡に入らう。

大岡が財団法人現代演劇協會の理事を辞任するのは、昭和四十四年（一九六九）の五月二十三日付となつてゐる。その二年前の一月には大岡作の戯曲『遥かなる団地』が福田演出で上演されてゐる。この上演から理事辞任の間の事情は全く知らない。『遥かなる団地』の上演時、既に何らかの行き違ひがあつたのかもしれない。父が大岡の戯曲の出来栄えをあまり評価してゐなかつたことは、それとなく知れた。いづれにせよ、以下の数通の大岡の手紙と、間に挟まる恆存の一通の返信から、大岡と福田の関係が途絶えた事情が政治的傾向――誤解を怖れずに言へば――進歩派と保守派、左と右、理想主義的反戦主義者と現実主義的戦争肯定論者の仲違ひであつたことは事実だらう。

ただし、この数通の書簡をここに載せるのは、二人の離反と諍《いさか》ひを後世に残さんがためではない。晩年の二人の和解の味はひを、それぞれのファンに知つて頂きたいがゆゑである。

大岡の数通の封書のうち一通だけ、書かれた年が不明のものがあるが、恐らくその一通が一番最初に来ると思はれる。その理由は、第一に、後述する年代推定から、第二に、大岡の筆跡に力があり、衰へたとはいへ未だ筆力気力が強く感じられること、第三に、その一通が残り数通の後に来ると文脈が不自然であること、そして最後に、後に記す通り、後掲の大岡福田による数通の遣取りの翌年、恆存は大岡夫妻の来訪を受けてゐること、主としてこの四点である。

＊

以上の推測に従つて、その差出年不明の一通から挙げる。世田谷区成城の自宅から、日付だけは封筒にも手紙の末尾にも七月二十八日とある。残り数通は全て昭和六十二年（一九八七）の九月から十二月に掛けてのものだが、この一通がその年の七月ではあり得ないのは、内容から、また後述の理由からも推断できる。この書簡は、原稿用紙二枚に行をはみ出して書かれてゐるが、「拝復」と始まるところから、恆存が先づ「ひさしぶり」の手紙を書いたのは間違ひなからう。

拝復、ひさしぶりのお便りなつかしく
拝見。丁度富永君が　来たので、ぎつくり
腰で芝居を見にゆくのは　ちよつと無理と
ことずけを伝へておきましたが、その後も老体は
もはやがたがたにて、一時間も坐っていると
腰が痛くなる始末、ついつい御返事おくれ
申訳ありません。老生　白内障は右眼は

失敗していて不便な上に、俘虜の時に発見された心臓ベンマク症が暴れ出してもはや病人であります。大兄との気まずい感情などは　もはや　すっかり忘れました。機会がありましたら、一度歓談したいものだと思っています。江藤のインチキについては「小林秀雄」が出来上がった頃から油断してなかったのですが、どうもみんなが変におとなしいのでやってみただけです。しかし　心臓にさわるから、こんごはケンカの相手はしないつもりです。末筆ながら奥さんにもよろしく

大岡昇平

七月二十八日

福田恆存様

この往復書簡の後、二人の交流が復活したとは思はれない。恐らく、その「和解」は後に挙げる書簡の遣取りを待たねばならなかつたのではないか。

書簡中にある富永君とは、嘗て現代演劇協會に勤めていた富永一矢のことだらう。彼は詩人富永太郎の弟、美術評論家富永次郎の子息である。大岡には『富永太郎』の著作があり、次郎とは旧制高校で知り合つたといふが、渋谷の松濤の坂の上と下に住む富永と大岡は小学校から京都帝国大学に至るまで同じ学校だつたさうだ。その縁で全共闘世代の一矢が芝居好きながら、政治運動にのめり込んでゐた頃、大岡が「お前は政治家になるつもりか、それとも演劇をやりたいのか」と詰問し、「もちろん、芝居だ」と一矢が答へると、大岡は「よし、それなら、オレに身を預けろ」と言つて、一矢を福田に紹介。一矢は始め役者として、その後舞台技術部に所属し、やがて事務局員となり、最後は三百人劇場の支配人をやつてゐる。

富永氏に「ことずけを伝へて」ゐるからには、後半部に「大兄との気まずい感情」とはあるものの、最低限の交流はあつたのだらう。少なくとも「雲」「欅」の公演の招待状は送られてゐたと思はれる。（さすが進歩派の大岡氏、すつかり「現代かなづかい」派になつてゐるが、傍点部に混乱が見られる。これこそ「現代かなづかい」の弱点だらう。現代かなづかひでも「ず」は「づ」であり、「伝へ」は「伝え」になるはずのところ。）

いづれにしても、「ひさしぶり」の手紙の中で恆存が、まづ「気まずい感情」に触れてゐるのは確かだらうが、二人の仲がいつ頃から疎遠になり、手紙の遣取りがどの程度であつたのか、それは謎のままとしか言ひやうがない。

また、終りに出てくる「江藤」は言ふまでもなく江藤淳のことであり、この手紙は、江藤の『漱石とアーサー王伝説』が昭和五十年（一九七五）に刊行され、それに大岡が批判を加へて始まつた「大岡・江藤論争」から、それほど時を経ぬ時期に書かれたものと考へて間違ひなからう。

「『小林秀雄』が出来上がった頃から」といふ文言からしても、江藤の『小林秀雄』は昭和三十六年刊であるから、実は、大岡はその頃からずつと江藤のことが気にくはず、その思ひは恐らく恆存も同じだつたのだらう。二人の「気まずい感情」の緩衝役が気の毒なことに江藤の話題となつたのではあるまいか。「拝復」の前の恆存の「拝啓」の手紙があれば、大分内容もはつきりするのだが。

昭和五十年十一月二十一日の朝日新聞紙上に大岡は「江藤淳著『漱石とアーサー王伝説』批判」を書いてゐる。それに対して、江藤が十二月一日同紙上で反論を書くのだが、その冒頭で、江藤は（大岡が）「老来白内障を病まれているということを聞いて、ひそかにその容態を案じていた」と、あたかも白内障ゆゑに大岡が論文を読み損なつたかのやうな揶揄をした上に、続けて「その大岡氏が、眼疾をおして、相当の大部にのぼる拙著を早速読破されたのみならず、長文の批評を草して本欄に寄せられた異常な熱意には、著者として感激のほかはない」とまで書いてゐる。（この「異常な熱意」云々の言葉には客観的に見ても江藤の屈折がありありと窺へる。）この江藤の反論に対し、大岡は同じく八日の紙上で再反論を行ふが、その冒頭では大岡は皮肉を込めて「本紙十二月一日付文化欄の江藤淳氏の反論に答える前に、氏がそこで私が眼が悪いために読み落としたらしいといっているものは、書くに値しないから「書かなかった」ものにすぎないことをお断りしておく。／年齢とか身体障害とか、論点以外のものを導入して、論争を有利にみちびこうとする卑怯《ひきよう》な論法は、新しい文学博士にはふさわしくないものであるといっておく」と咬みついた。文学論争を江藤が肉体の衰への問題へと堕せしめ、嫌味を言はれたことに相当の不快感を憶えたのだらうが、ここは大岡の言説こそ、真つ当だと思はれる。

この紙上の応酬を踏まへて福田に宛てた手紙を読むと、大岡が書く「白内障は右眼は／失敗していて不便な上に」といふ記述や、その他、様々の身体の不調を嘆いてゐる件《くだり》など、なんとも痛ましく読めてくる。

一つの大胆な推論——大岡の江藤批判の論文が収録された評論集『文学における虚と実』が昭和五十一年六月に講談社から刊行されてゐる。二人の仲が疎遠になつたのがこれより前なのか後なのか俄かには推断出来ないが、それはさておき、その評論集刊行の折に大岡が福田に一部贈呈してゐたと仮定する……それに福田が礼状を出したとすれば、その礼状の中で、大岡の「江藤批判」に対して福田が「昨年の新聞掲載時にも二人の「論争」は読んだが、貴兄の言ふ通りだ」といつた主旨のエールを送つた可能性が出て来る。もしこの仮定が間違つてゐなければ、「江藤のインチキ」以下の件が書かれた経緯も、すんなり腑に落ちる。さうなると、前掲の大岡の手紙が書かれたのは、この昭和五十一年の七月末であると推定できるのではないか。

いづれにしろ、「ケンカ屋コーソン」と「ケンカ大岡」の距離が少し縮まつた時期の江藤談義といふところだらう。推測はさておき、鉢木會が出来て以来、現代演劇協會・劇団雲設立を越えて、大岡の協會理事辞任までは、この手紙を書く必然性もなからう。昭和四十四年の大岡の協會理事辞任から疎遠な関係が数年続き、昭和五十一年頃のこの手紙になるのではなからうか。少なくとも、この手紙が以下の一連の手紙よりも大分以前のものといふことは間違ひあるまい。

＊

それから十年余り——以下列挙する手紙は全て昭和六十二年の九月から十二月に掛けてのものである。大岡からの第一信、封書の消印は昭和六十二年九月二十四日、便箋三枚の手紙である。ちなみに大岡七十八歳、福田七十五歳（いづれも満年齢）の時である。

全集、なん冊もありがとう。もっと早くお礼をいわなければならなかったのだが、すこし固くなり、書きにくい工合もあった。おくれて

しまって申訳ありません。　ずいぶんご無沙汰し
ているけれど、うわさは聞いている。こっちも同じだが
病身になっていると聞いて悲しい気持ちになって
います。こっちもすっかり弱って、心不全、白内障
歩行失調、難聴と重って、机に向うだけが楽しみ
だが、それも二、三枚書くとばててしまう。この十一日には
新宿へ出たら、下り階段をふみはずし、尾てい骨の
横を打って十日間坐れなかった。そこでこの
礼状もますますおくれた次第です。立派な
全集が出てお目出度う　雑兵とちがって　わが道を
行く気概が通っていて気持ちがいい。鉢の木も
それぞれ孤独になってしまった。ぼくはいつか

きみにしばらく理想家を演じてみせるといった
記憶があるけれど　仮面が肉についてしまった
感じです。もっとも　その言葉はてれで、いいわけで
あったことが　わかって来たということかも知れない
けれど、しかし近代文学の連中としっくり行ってる

わけでもありません。孤立しているのです。「レイテ戦記」以来向うの取りこみに引っかゝった感じです。鎌倉組ともはなれ、病身になって孤独に堪えているのです。これが老人の自然状態と思います。第四巻を見ると　純文学論争の頃も、お世話（へんな言葉ですが）になっていることがわかる野火、武蔵野夫人の頃から、外国旅行中いろいろお世話になりました。政治的理由で疎遠にならねばならなかったのは悲しいがことにこんどの全集にきみのまっすぐなところを快く感じられるにつけ、そう思うのだけれどこれも例のないことではない。政治的小文集が最近出たけれど、不愉快だろうと思って贈らなかった。全集もこれから以後　政治色が強くなり、文学を離れると贈って貰えないと思っています、そうして下さい。いろいろ失敬なことを書いたかも知れ

ないが、昔ながらのくせと思って勘辨して
下さい。どうもぼくと附き合って得をした人は
少ない。おれは悪い奴だったのではないか、正直
思うことがあります。右おくればせながら
御礼、お詫びまで。奥さん二世諸君にも
よろしく

一九八七年九月二十三日

昇平

福田恆存様

大岡の年齢ゆゑだらう、筆圧が弱く字の崩しも極端な箇所もあり、私が判読し損なってゐる可能性も皆無とは言へないが、まづ、確かかと思ふ。たとへ間違ひの箇所があるとしても、「近代文学の連中と」云々や「政治的理由で疎遠に」の件が確かなだけでも、この手紙を公にする意味はあるだらう。いや、むしろ、二度繰り返される「悲しい」といふ言葉や「おれは悪い奴だったのでは」の件と共に、感謝と共に絶対にせばまることのない二人の距離を感じてゐながら、まさに寂寥の感に大岡が「堪え」てゐることが伝はれば十分と思ふ。

「病身になっていると聞いて悲しい気持ちになって」といふ件、あるいは「こんどの全

集にきみのまっすぐなところを快く感じられる」といふ一節に、「政治的理由」を越えて福田を慮る気持ちが手に取るやうに見える。かうして書き写してゐる私まで悲しくなりかねない。

さらに、「政治色が強くなり、文学を離れると贈って貰えないと思っています、そうして下さい」となると、大岡の心情を察するに余りある。昔、私が高校生の頃だったか、自宅の玄関の方で「おーい、おーい」と野太い声で呼ぶ男の声がした。それを聞きつけた私が出ようとすると、玄関から続く廊下を歩きながら「上がるぞー」と着流しの和服姿でづかづかと歩いて来た大岡氏の姿が思ひ出され、今さらながら、なにやら切ない気分になる。づかづかといふのは言葉通り、その時、正直なところ、私は随分無礼なといふ印象を持つと同時に、その豪放磊落な態度に父にはないものを感じてゐた。しかし、その豪放磊落も、大岡さんの「てれ」の裏返しだつたのかもしれない。

兄と私のことまで気遣ひ「二世諸君にも」と書いてくれてゐたとは知らなかつた。子供の頃、両親と共に大岡邸を訪ひ、子息の貞一さんに遊んでもらつたり、一時は家族ぐるみの付合ひをしてゐた。成城に越す前、大岡一家は私達と同じ大磯に住んでゐたのだ。

なほ、「うわさは聞いている……病身になっていると」とあるが、この時期の父は、極軽い脳梗塞を患つてから五年以上を経て、CTを取つても、その形跡一つなくなつてゐたのだが、年を追ふに従つて衰へは歴然として来てゐた。昭和五十六年（一九八一）五月の罹患から二年後、昭和五十八年に小林秀雄の弔辞を読む頃までは、ほぼ完全な恢復を見せたといつてもよからう。が、最初に私が危なさを感じたのは、その昭和五十八年の秋に劇団昴が上演する『オイディプス王』の翻訳の時だつた。

大岡からの書簡はそれからさらに四年後のこと、父は文春の全集の「覚書」に苦心惨憺してゐた頃で、体力気力、筆力、すべて衰へきつてゐた。この事は稿を改めて書く。

大岡の書簡の「第四巻を見ると　純文学論争の頃も、お世話になって」だが、これについては詳述すると、それだけで一章をなしかねない。興味ある方は文藝春秋刊『福田恆存全集』第四巻に再録されてゐる『文壇的な、余りに文壇的な』を参照願ひたい。誤解を怖れずに、簡単に触れると、昭和三十六年ごろから、「純文学」を巡る論争が平野謙と伊藤整を中心にあつた。その論争には加はらなかつた福田が、この論争は「文壇」と「文士」といふ特殊な閉ざされた世界の諍ひに過ぎず、党派内の小さな嵐で文学論争にさへなつてゐないと批判したのだが、その中で福田は大岡をも批判しつつ、そもそも論争の火付役になつた大岡を（あるいはその論文を）、他の全ての「文士」が無視して論争を続けてゐることにも奇異の念を表明、大岡の存在を何故無視するのかと咬みついた。つまり、最初に大岡がきちんと文学論争として議論を始めてゐるではないかといふわけである。そこを大岡は「へんな言葉」だが「お世話になっ」たと書いたのだらう。

なほ、この「純文学論争」に関しては父の書斎にあつた一纏めにした封筒に、当時の雑誌や新聞の切抜き、『文壇的な、余りに文壇的な』執筆のための詳細なメモ（A5サイズのノート）十数ページをきちんと綴ぢたもの、書き損じの原稿数枚が残されてゐたのを、今回この項を書いてゐる最中に見つけた。これらのものは、いづれ、神奈川近代文学館に往復書簡ともども寄贈することにしてゐる。

大岡の手紙に戻る。「近代文学の連中としっくり行ってるわけでも」なく、「孤立している」といふ記述だが、「近代文学」とは、平野謙・本多秋五・埴谷雄高等七名が同人となつて昭和二十一年（一九四六）初頭から創刊された雑誌の名前で、後に野間宏・花田清輝・武田泰淳・安部公房・三島由紀夫等、その後の日本文学を担ふ作家が加はつてゐる。いはば日本の文学界の中核的存在だつたと言へよう。従つて、この同人には純文学論争に「参戦」した作家も多くゐた。その「近代文学の連中としっくり行ってるわけでも」とは、老境の大岡が、福田と政治的理由から疎遠になつてゐるだけではない、ほかの文壇の人々とも「しっくり」行つてゐないので、君とだけではないのだよと、いはば言ひわけ半分に書いた言葉と捉へることも出来よう。

『野火』『武蔵野夫人』は言ふまでもなく大岡の作品であるが、昭和二十六年（一九五一）一月号から八月号に掛けて雑誌「展望」に連載された『野火』に関しては、福田が同年七月二十七日の朝日新聞の文藝時評に「『野火』の完結」を書き、翌年には「文學界」三月号に『ストイシズムの文学――大岡昇平論』を書き、九月に筑摩書房から刊行された大岡の『武蔵野夫人・野火』の解説も書いてゐる。のみならず、福田は昭和二十六年、『武蔵野夫人』を脚色、『戯曲　武蔵野夫人』を刊行、この作品は五月に戌井市郎の演出で、三越劇場において上演（文学座）されるに至つた。それも「お世話になりました」

といふわけである。「外国旅行」は言ふまでもなく、恆存に遅れること数ヶ月で、同じロックフェラーの奨学金で大岡も渡米した話で、二人は確かニューヨークで合流、芝居見物など異国での暮しを楽しんでゐる。二人と音楽評論の大家吉田秀和とのニューヨーク滞在中の座談があるが、これは正直、日本を離れた三人に余り迫力がないと評さざるを得ない。興味のある方は、玉川大学出版部から出てゐる『福田恆存対談・座談集』の第一巻をご覧頂きたい。「アメリカで語る」と題されてゐる。

＊

さて、この大岡からの手紙に福田がどういふ返事を書いたのか、普通なら分からない。子息の貞二さんにでも問合はせて、残つてゐるか訊くでもしなくてはならない所だが、実は、恆存が送つた返信のコピーが、大岡の一連の手紙と共に我家に残されてゐる。

父はどういふつもりでコピーを残したのか。時折父はかういふことをやる。理由は分からない。いざといふ時に備へて証拠を手許に残したのだらうか。今回は触れないが、文学座脱退以前に交した杉村春子との往復書簡でも、やはり父は自分の書いた書簡のコピーを残してゐる。杉村春子宛はいざといふ時の「証拠」としてか、あるいは自分の記憶のためだらうが、大岡氏に宛てたものは、「和解」の「記念」に手許に残したかつたのではないか。それほど、感傷的であるのも不思議ではあるが、年齢、老いを考へると、その可能性もあり得ないことではない。言ふまでもないが、大岡からの思ひ掛けぬ手紙を複雑ではあれ、喜んだに違ひない。

この返信は、当時家にあつたゼロックスで取つたものと思はれるが、父にはコピー機を使ふこと自体を面白がつてゐた可能性も十分ある。その種の子供つぽいところが父にはあつた。以下がその返信である。榛原《はいばら》製の便箋五枚に書かれ、各頁左上に番号が振つてある。一行アケは、頁が変るのではなく、父が一行開けてゐる書き方に拠つてゐる。従つて行アケごとに、文意が一応一纏まりになつてゐる。

お手紙本当にありがたう。だが、まるでこれが最後の手紙だと言はんばかり、終りの方に俺とつきあつて得をしたやつは少ないなどと、なぜそんなことをいふのか、それなら私はその少数者の一人だ。それに全集、これからは話が文学から離れ、政治の話になるだらうからとは、一人合点も甚だしい。僕は政治ではたしかに大岡さんとは違つた意見をしばしば述べてゐるけれど、政治の上で、意見が逆になつたら、それだけで、その人とは何もかも相容れないと思ひこむほど、それほど政治を最高の基準にして、物事を判断する人間ではありません。とにかく全集は最後まで送ります。最終巻の「総統いまだ死せず」では、大層お世話になりました。

大岡さんは心不全だの何だのと言ふけれど、手紙の文章はちやんとしてゐる
こちらはそれに引換へ、脳梗塞の後遺症といふのでせう、頭が働かない
のです。この手紙にしても、今まで書きだして十枚もムダにして、どう書いたらよいのか
全く方途がつかず、話が前後入り乱れ、何が何だかわからないものに
なりさうです。やはり言語障害をきたしてゐるのす（ママ）。それに右手が不自由
なので、下手な汚い手紙になつて済みません。
大岡さんは新宿で階段をふみはづして尾骶骨の横を打つたといひますが、
それで十日ばかり坐れなかつた由、私のは椎カンバンヘルニヤといふやつで、
脚腰をやられ、今日まで二ヶ月も坐れず、物がかけません。今も両脚なげだして
机に向かつて横向きに坐り、この手紙書いてゐるのです。食事の時も、坐ると尻が
痛くて仕方なく腰掛けたり、立ち上がつたりの不様な姿です（細い体がいやが上に
やせて、三十九キロになりました。もとは四十二キロあつたのですが、それで尻に
肉がなくなり、痛くて坐つてゐられない）。こんなこと書くとあなたの事だからさぞかし、面白がつて
方々へ吹聴することでせう。もつともこれは

脳梗塞のせゐではないのです。去年の冬に肺炎みたいなものにかゝり、今年の一月には入院の憂きめに遭ひました。そのあと、今日まで東京へも一、二度しか出ず、大人しくしてゐます。あすからはカブキ座の演出とかいふ仕事で引っ張り出されますが、これは名目だけ、たぶん、一日二日で済むことと思ひますので、右の愚痴も言葉ほどではなく、御心配にならぬやう。

こちらのことで「まつすぐなところを快く感じた」とありますが、私の書くものなどすべて場当たりのその時々の思ひつきだけ、それに比べて大岡さんの仕事は及びもつかぬほど立派なものと思ひます。一緒に外国を歩いてゐた頃はさほどに思はなかつた
だから大岡昇平論など書けたのです。しかし、外国から帰つてのちは一つ一つがい、ものばかり、こちらはひそかに「畏れ」をなしてゐました。堂々と「理想家を演じてみせる」ことは大したものです。それは単に「演じてみせ」てゐるのではありますまい。やはりあなたは理想家です。私の大岡昇平論こそ一種の「テレ」です。

あなたがどうであれ、僕はあなたの友情を信じてゐます。近代文学の人たちの

中で孤立してゐるといふけれど、やはりあの連中もあなたのなかに純粋なものを感じてゐるのに違ひありません。私が今一番あなたを羨ましいと思ふこと、それは「机に向ふだけが楽しみ」といふことです。そして誰に対しても物怖じ《(ママ)》せず正直に

あるがまゝの自分を「サラケダス」ことです。僕にはとてもそれは出来ないことだけれど、

さうすることが立派なことだといふコトを、私はあなたから教へられた。

そろ〳〵文章廻りくどくなりました。これも「脳梗塞のせゐ」としておきませう。今日はこの辺でやめます。御返事のみで申訳ありません

まだ、五巻の「覚書」に手をつけねばなりません

家内からもよろしく申上てをります

奥様にもどうぞよろしく。　息子さんや御嬢さんには、もう道で会つたのでは、それと気づかぬことでせうが、おついでの節によろしく

九月二十八日

福田恆存

大岡昇平様

なるほど、私にも、大岡が福田のことを「まっすぐ」と言ふのはよく分かる。しかし、私には、どちらも相当にあけすけに率直に思ふがまま、自分を「サラケダ」し、「まっすぐ」に言ひたいことを書いてゐると思はれるが、いかがだらうか。しかも、どちらも律儀であり、相手を慮つてゐる。二人とも、老齢と病苦の中で「政治的理由」ゆゑの確執から自由になり、昔の友情を、過ぎ去つた時を取り返さうとしてゐるのだらう。

たしかに大岡の手紙の方が硬い印象はある。だが、福田全集を四巻立て続けに贈られた大岡が、それを無視できなかつたのであらう、すつかり縁が無くなりかけてゐた福田に向けて筆を取つた――だとすれば、最初に「和解」のボールを投げる側が硬くなるのは当然のことであり、また、受け取つた恆存が「僕はあなたの友情を信じてゐます」とまで書けるのは、大岡から第一信があつたといふ安堵の上に成り立つことでもあらう。

そして、それはそれとして、私はこの父の手紙に表れる「誠実」の姿を愛して已《や》まない。「おれは悪い奴だったのではないか」といふ大岡の言葉も、「僕はあなたの友情を信じてゐます」といふ福田の言葉も、「まっすぐに」相手と向き合ふ誠実が明瞭に透けて見えてすがすがしい。

「食事の時も、坐ると尻が痛くて仕方なく腰掛けたり、立ち上がつたりの不様な姿」は眼に焼きついてゐる。そばにゐて、気の毒と一度でも思へばましなものを、当時の私は、その情けない姿と、情けなさそうな顔つきで家族に辛さを訴へようとする「意図」に、かなりうんざりしてゐたのが実情である。今にして思へば、親不孝とはこのことと居直つたやうな諦観をすら感ずる今日この頃であるが、当時、私との間にも、劇団・劇場経営を巡つて一種の確執が生れてゐたせゐもあり、やさしい言葉一つ掛けてやれなかつた。この経緯は上手く説明できるか甚だ心許ないが、稿を改めて書く。

ついでに父の書簡中の幾つかの言葉について簡単に説明しておく。

「大層お世話にな」つた『総統いまだ死せず』だが、福田はこの戯曲で第三回日本文学大賞を受賞してをり（河上徹太郎『有愁日記』と同時受賞）、「新潮」昭和四十六年（一九七一）五月号に以下のやうな「受賞のことば」を書いてゐる。

私ももう六十である。これほどの喜びは生涯二度と訪れまい。何より嬉しいのは戯曲に対して初めて、このやうな大賞が与へられたことである。そればかりではない、此の頃の日本の新劇界では鬼面人を驚かす前衛まがひの作品が流行し、まともな作劇術によるせりふ劇はあまり問題にされない。戯曲の単行本が幾らか売れるやうになつたといつても、私のものなど前衛劇の半分も売れない。なかば諦めかけてゐたところへ今度の受賞である。戯曲として認められなかつたものが文学として大いに認められたといふことになる。諦めるのはまだ早いと思ひ直してゐる。

「戯曲として認められなかつたものが文学として大いに認められたといふことになる」

といふ言葉はまさに、文学としての演劇運動を生涯進めてゐた福田恆存の真情と捉えていいのではないか。選評は中村光夫が代表して書いてゐるが、実は日本文学大賞の審査委員には大岡昇平も入つてゐる。それで「大層お世話に」といふことだらう。（父は受賞が本当に嬉しかつたに違ひないと思ふ。）

「右手が不自由」といふのは、最初の脳梗塞で父は言語障害と右手の麻痺を患ふ。例の胡桃《くるみ》を掌で転がしたり、字を書く訓練などから始めてゐた。初めはどの字もまるで字になつてゐない。「の」の字も「あ」も「お」も「ぬ」も「わ」もただの丸に近くなつてゐたり、何といふ字か判読不明のものもあつた。が、その後著しい恢復を見せ、二百字詰めの原稿用紙に書いた文字は、今の私より遥かに達筆で力のある字が書けるやうになつた。その状態から、何年も経た時期のこの手紙が大岡氏の手紙より読みやすい力強い筆圧で書かれてゐる事に、今回改めて驚いたほどである。ただし、一字一字丁寧に書けても、流れるやうにすらすらと書くことは難しくなつてしまつてゐる。それにしても、原稿用紙のマス目に一字一字練習した文字なら、今の私より上手いといふのは、嫌になる。

「カブキ座の演出」とあるのは松本幸四郎（現白鸚）主演の『西郷隆盛』を「息子の逸と共同で演出してくれ」と（つまり、名前だけは出して息子に演出させせろと）、当時の松竹の社長、永山武臣から依頼があつたのである。以前から永山とは親しく、断り切れなかつたのだらう。「とかいふ仕事」といふ書き方に、名前だけといふ仕事の仕方に対する冷めた不満が感じられる。同時に、恐らく当時の父は、稽古の顔合せだけでも老いた病身を押して出なくてはならない上に、三十九歳とはいへ、自分の息子の引き立て役のやうな共同演出といふのが面白くなかつたのではないかと、今回この手紙を読み直した私は穿《うが》つた見方をしてしまふ。

*

さて、この福田の返信への、大岡の次の手紙が消印も便箋も同じ日付、十月二日となつてゐる。便箋一枚だが、九月二十三日付の手紙より力強い筆勢である。以下の通り。

早速御返事いただき恐縮。小生よりよほど
病度(?)重いのにすみません。政治的理由で
本贈らないなんてナンセンスだとよく分かりました。
「証言その時々」なる本別送しました。岩波版
選集も送ります。欠巻あるのは、中央と三年間だけ
賣ると契約あり、刷れないからです。大分前から
高梨とけんかにて、全集増刷しないくせに、よそで
賣らせないのです。方々とけんかばかり、島中さんとは

仲いいので矛盾です。ぼくも前便は下書きしたので一日半がかりでした。（これはぶっつけ本番）拙文（証言）を表現とみた書評がありました。政治と事実を含めて、書いたものは表現であるとすると、大兄の美しい姿勢に感激しながら、政治的理由であとはいらないといったのは矛盾でした。そのうち見舞に参上します

十月二日

大岡昇平

福田恆存様

二人の結ぼれがほどけてゆく感じが、まざまざと感じられる。「中央」とあるのは言ふまでもなく、中央公論社のことであり、「嶋中」は本来なら「嶋中」で恐らく鵬二社長のことと考へて間違ひあるまい。ただし、時期によつて、「島中」といふ活字が普通だつたのも事実で、大岡の表記があながち誤りだとは言へない。また「高梨」は当時常務だつた高梨茂のことで、大岡昇平全集の発行人として、その名が載つてゐる。「拙文（証言）を表現とみた書評」は、八月三十一日の朝日新聞に森毅が書いたものを指すのだらう。その書評で大岡の「戦争について書かれた文章」を森が「文学表現」と捉へた件がある。それを受けて大岡は、「政治と事実を含めて」書かれたものは「表現」

なのであつて、福田の「美しい姿勢」に敬意を表しながら、「政治的理由」を持ち出した自分の非を潔く認め、「そのうち見舞に参上」といふ「和解」の言葉が続くのだらう。とはいへ、この「そのうち見舞に参上」は直ぐには実現しない。といふか、どうやら異なる経緯を経てゐることが以下の書簡と恆存の年譜から推測できる。

右の封書に対する恆存の返信は残つてゐない。そして、ひと月余りして十一月十五日付、消印十六日午前の葉書が大岡から来る。

御加減が悪いのに手紙
書かせてすみませんでした。
書信がなかったら本届いたと思うと
書き加えようと思いながら、何だか
変な気がしてやめたのは間違い
でした。御養生専一に。こっちも
なかなか出かけられません。老衰ひどく
家の中も壁に手をついて歩いてる
有様です（歩行失調）指の骨も
弱くなるらしく乱筆で失礼
奥様によろしく

これは絵葉書で、海外と思《おぼ》しき海岸の遠景に黄色の小型トラック、手前にゴールデンレトリバーが一匹写ってゐる。ローマ字でPHOTO BY KUNIHIRO TAKUMAとあるから恐らく写真家宅間國博の若い頃のものだらう。差出人欄には単に「成城 大岡昇平 十一月十五日」とある。大岡が福田を訪ねた様子はない。

そして、大岡から福田に宛てた最後の一通になるのだが、これは再び封書で、消印は同年十二月九日のものである。

御鄭重な手紙ありがとう。家内は話の邪魔をしてはいけないというので出て来なかった。僕ともども案外お元気なので驚いています。仕事中というわけでなく、夜は寒くて起きられないので、校正をしていただけです。仕事は疲れる上に、誤記誤讀が多く、そのくせ老人性老□症（一字判読不能＝筆者註）が出て来て調べごとをするものだから、間違いばかりやって困ります。Lettre volé なんてやつて（女性だから volée）これは後で辞書で確認しようとして、忘れるのですが、他人の誤訳を指摘しているので、いけません。しかしこれからやり残しているのは、富永太郎全集なんて調べ仕事ばかりで地獄です。御問合せの件、僕はホーム・ドクターのところの出入りしている商賣人から買いましたが

眼鏡屋で扱っていて、電池の補充はその店でしています。専門医もしくはホームドクター（僕はなんでも屋内科医の意味に使ってます。どうも外来語意味変遷があるのでいけません）に相談なさった方がいいでしょう。あの日は出さなかったが、耳の穴へさし込むだけのものもあります、外出用感度自由に調整できるのは、こないだ使ったもので これは自宅用です。小型はパーティ用のつもりだったが擴大度小さくて役に立たず、結局こないだのを持って出ました。取急ぎ右のみ　おくさんによろしく

十二月九日　　　　　　　　大岡昇平

福田恆存様

説明するまでもなからう。大岡が「見舞に参上」することは、未だなく、日付と手紙の内容から察するに、福田が大岡を訪ね、歓談したのだらう。大岡が誘つたか、福田が押し掛けたのかは不明であるが、私の推測では福田が会ひに行きたいと言ひ出したのではないか。互ひに老いて病身であることを考へたら、大岡が遊びに来ないかと誘ふには遠慮があるだらう。出向いた方の福田が「行つてもいいか」と切り出したに違ひない。父の手帳によると、恆存は十二月二日上京、一泊して三日（木）に大岡を訪ねてゐる――その欄に「大岡慰問」とある。その訪問を受けての、右、九日の手紙になるのだらう。

私の記憶にある大岡夫人は大柄で目鼻立ちのはつきりした美しい人だつたが、「家内は話の邪魔をしてはいけないというので出て来なかった」といふのは、勿論、老境の二人の、「政治的理由」による不仲に訪れた、漸くの雪解けと友情の「復活」をそつとしておきたいといふ夫人の思ひやりに他ならない。恐らく、挨拶をして茶を出し、夫人は引込んだのだらう。

一字判読不能の箇所だが、実は判読は出来るのだが、その判読に従ふと「老人性老証症」としか読みやうがなく、意味不明となる。あれこれ、「老人性老□症」に入りさうな言葉を思ひ浮かべたり、逆引き辞典を引繰り返したりしたのだが、見当がつかない。あるいは、「証」は判読違ひで、十月二日付の手紙にある「病度」といふ如く、大岡の造語の可能性も否めない。

大岡が財団法人現代演劇協會の理事を辞任した昭和四十四年（一九六九）から数へれば、十八年の歳月が流れてゐる。この間、例へば昭和五十年頃に、二人が会ふ機会があつたのか全くなかつたのか、今となつては知る由もない。二人の胸中に至つては何人もつまらぬ臆測を逞しうすべきでもなからう。ただ、私には、この一連の書簡に垣間見られる二人の穏やかな歩み寄りが好ましい、とのみ書いておく。

福田の年譜、昭和六十三年（一九八八）の九月の項に、「初旬大岡昇平夫妻避暑先の山中湖より帰京の途次とて久し振りの来訪あり、後から思へば別れを告げに来てくれたか」とあり、その年の最後の記述は、「この年、中村光夫、大岡昇平、清水幾太郎と旧来の友人知人を多く見送り、御不例も引続き寂寥感一入」と締めくくつてゐる。

恆存のボヤキ――中村光夫（一）

恆存がロックフェラー財団の奨学金で欧米に渡つたのに続き、鉢木會の仲間の大岡昇平と中村光夫も相次いで外遊する。ここに挙げるのはユネスコの招待でパリ滞在中の中村光夫に恆存が送つた手紙である。

なぜ私の手許にあるかといふと、中村の後妻、木庭久美子が後年戯曲を書くやうになり、二作目に書いた『父親の肖像』が文化庁の創作作品募集の舞台芸術創作奨励賞を受賞、昭和六十三年（一九八八）三月に恆存と樋口昌弘の共同演出で劇団昴によつて上演された。さらに三作目『カサブランカ』が菊池寛ドラマ賞奨励賞を受賞。この作品が菊池寛生誕の地、高松で市の協賛などを得たアマチュア劇団によつて平成四年（一九九二）に上演されることになり、賞の銓衡委員を務めてゐた私が演出を依頼された。そんな経緯から、父が亡くなつた後と記憶するが、木庭久美子が三百人劇場の芝居を観に来た折だつたと思ふ、劇場ロビーで私に何も言はずにこの手紙を手渡してくれた。

封書は、ユネスコ気付でパリ滞在中のICHIRO KOBA氏（中村光夫の本名・木庭一郎）

に宛ててゐるが、住所等々がParis 16E（パリ十六区）以外はおよそあてにならぬフランス語らしからぬ綴りで書かれてゐる。しかも判読不明な箇所まである。フランス語が専門の友人に訊いたが、やはりユネスコ所在の通りの名が判読できない、フランス語では考へられないと言ひ、フランス人に訊いたり、あれこれグーグル地図等々で類推したりしてくれた――父の綴りが19 Avkieder と読めるのは、恐らく19 Av. Kleber の綴りそこなひだらうと見当がついた。この通りなら確かに十六区にあり、嘗てユネスコ本部があつてもをかしくない場所である。

父の名誉（？）のために加へておくが――これも臆測ではあるが――パリの中村氏からの手紙の差出人住所が、そもそも判読不能で、「えい、かうだらう」といふ見えた通りの字形をなぞつて、父がこの封筒に住所を書いたのではないか。中村氏の悪筆は編集者泣かせだつたやうで、父も「あの人の五十音は、五文字しかない」と大袈裟なことを言つてゐたが、平仮名がどの字も似てゐて判読に苦労するといふ。この父の手紙がパリの中村氏のところに無事到着したのは、言ふまでもなくParis とUNESCO が判読できれば、16E まで書いてあるのだから、後の住所が読めなくても、着かない訳はないといふことだらう。

消印は昭和三十年（一九五五）四月四日付、発信局がYO＊＊＊Aと、その下にTO＊＊＊といふ文字が読み取れる。航空便扱ひのためか横文字の地名になつてゐる。文中に出てくるが、文学座（信濃町）の前の宿で書いたといふところから、消印の地名はYOTSUYA TOKYOと推量して間違ひあるまい。この手紙は父には珍しく横書き、便箋三枚である。

中村光夫さま

福田恆存

3月30日

すつかりごぶさたしてしまつて申訳ありません。

とりあへず要件申上げます。拝借のもの、いろいろ当つてみたあげく、一番安全な方法として、タトル商会を通じることにいたしました。この手紙が著くころには、お手もとにとゞくと存じます。頼んだのが24日ですから、本社（アメリカ、ヴァモント州）を通じて、そちら（Unesco 気付）に送ると、24日《ママ》から十日間で届くといふ計算です。万一、その計算で届かぬようでしたら、大磯あて、ただ一語TANOMUと電報下さい。こちらとしてはまた明日⊗あたり、タトル支社に電話かけてたしかめます。電文の宛名はFUKUDA, OISO, JAPANで大丈夫です。米英から度々それでやりましたから。

先日奥さんからうかゞひましたし、おはがきの様子からも察せられますが、

Rockとまづいことになつたやうですね。しかしどうやら私の時と同じ事件らしいです。御参考までに申上げますが、私はイギリスへ渡つてしまつてから、イギリス滞在一月延期と、径路の変更を申し出（い）でそれでいゝかどうかいつてやつたのですが、それでヘソを曲げてしまつて全然返事がありませんでした。金はすでに全部もらつてしまつたあとなので、こつちは自分の勝手で（返事無きをかへつてさいはひ）動きました。実はそのまへ、まだアメリカにゐたところ、もうすぐイギリスへ渡る直前、ワシントンに行き、そこでArena Theatreといふのを見て、もう一度改めてワシントンに行きたくなり、その旨申出たところ、"you are a fickle"といはれました。ユウジュウフダン、いつも計畫を改めるやつといふ意味らしいです。
⊗問合せましたら、26日に送つた由、もう大丈夫と思ひます。

要するに吾々の係りのGilpatrickがいけないのです。いい男ですが、官僚的で俗物で、一寸釘本久春に似てゐます。しかし、これは一般的にいへることですが、ケンカが欧米人の場合、日本人ほど決定的にならないのではないでせうか。ことに事ム、取引の場合は。　さういふ意味で、ヨーロッパ見るだけ見て、アメリカへのりこんでしまへば、それで話はつくと存じます。一ヶ月くらゐでもアメリカ見ていらした方がいゝと存じます。差出がましいですが、以上一言。

さて御無沙汰のお詫びかたがた近況報告致します。

平和論「御成功で」とおつしやつて下さいましたが、負けるが勝とはよく申したもの、かういふ時勢で、かういふ論題で、活字ヅラで勝つたところで、勝とはいへないものとつくづく悟りました。いままで私の勝つてきたこと（まあ、さういふことがあつたとしての話ですが）すべてが、さういふことで、ですから考へてみれば、私の性格につきまとつた歪みみたいなものがあるのでせう。だからしかたないこれでいくさと不貞腐つてはゐますが、要するに、目下、村八分にあつたやうな感じです。これはじつに曰くいひがたい感じで文章では説明ができません。お目にかゝつて話してみても果たして通じるか、どうか。

4月2日

旅行中、後半から睡眠剤の使用を脱し、帰つて来ても、二ヶ月休業を宣告し、その間、遊んでゐて、ずつと使はずにゐましたが、仕事はじめたらとたんに薬が入用になり、これはいかんと去年の暮からゴルフをはじめ、まだ indoor ですが、だいぶ進歩し、この春から芝生に出られると思つてゐたところ、例の家を買ふ話で、半年毎に50万円といふ大金を捻出せざるをえなくなり、つひに挫折しました。やはりゴルフなどといふものは貧乏人のやるものではありません。稼ぐ方法として、去年の暮、Shakespeare 選集（17冊）の翻訳を決定し、河出から出すことになりました。もつともこれははたして稼ぐシロとして適当かどうかわかりません。ずいぶんためらつたのですが、毎月の雑文書くことより、ずつと自分の仕事に将来役だつと、自分をだまし、敢然としてはじま（マヽ）した。これも、平和論同様縄張り荒しとして風当り強いことを覚悟してゐます。やはり、大兄がこんなときにゐたら気持ちの上でも頼りになるのだがと、この頃すつかり疲れ切つて弱音も出ます。疲れたといふのは第一回が Hamlet で、同時に文学座（芥川のハムレット）で演出、三月七日から文学座まへの宿に泊り、ヒルマは演出、夜はほんやくをあとの部分追ひかけてやりながら、実は昨日完了。今、かうして、ほつとして手紙書いてゐるところです。もうすぐ第二回目の「じやじや馬ならし」にかからねばならぬのですが、ケイコが4月12日まで、13日に関西、5月5日まで打つて、東京初日は5月8日、大兄に見てもらへぬのが残念です。

小林さんと同様、近代文学がつまらなくなつたのですが、といつて、性格もちがふし、才能もなし、同じ道は進めません。どこへいくのか自分でもわかりません。Shakespeareでしばらく食へれば、その間にたてなほしが出来るのですが、それがだめなら、オサキまつくらです。外国で暮らしてゐる人に、どうも心なきこと申上げました。もちろん生来の楽天家、元気でゐます。御安心下さい。

奥さん、始めみなさんおげんきのやうでした。

くれぐれもお体お大事に。

4月6日は吉田邸で鉢木。次回は5月10日頃、拙宅で

順を追つて見てゆく。昭和三十年三月三十日に書き始めた手紙の一枚目、タトル商会は和洋の著作権取引を一手に引き受けてゐた会社で、我家でもタトルの名前はしばしば耳にした。今新潮文庫に収められているヘミングウェイの『老人と海』は、初めタトル商会から昭和二十八年（一九五三）に単行本として出版された。恐らくその伝手を頼つて父が中村に何かを返したといふことだらう。「ただ一語TANOMUと」（電報は単語数で値段が決まる）といふ電文の内容への指示も、宛名の書き方まで細かく忠言するあたり、いかにも父らしい。細かいといふか細かすぎる気遣ひといふか、この性格はどうやら私にも僅かに遺伝してゐる気がする。

前にも引用したが、ニューヨーク滞在中の昭和二十八年十一月十五日、日曜日の父の日記に、「今年にはい《（ママ）》てから、アメリカへ来るために、仕事を引受け、そしてアメリカへ来るために早く仕あげようとして、どれもこれもやつつけ仕事になつてしまつたよう《（ママ）》な気がして憂ウツ。僕にゆつくり落ちついて仕事をさせたらなあとつくづく思ふ」といふ述懐が残されてゐるが、この『老人と海』も「やつつけ仕事」の一つだらう。

ちなみにこの折の中村からの葉書も、その他にも中村からの封書などは一切我家に残つてゐない。書簡類全体でいへば、より古い戦前や戦後のものも、ある程度残つてはゐる。しかし、どういふわけか、中村光夫からのものだけと言つていいのだが、全く見つからない。基本的に父はものに執着しないせいか、図書類も不要になると片端から古本屋に売つてしまふ。殊に新しい本はよほどのことがない限り残してゐない。自分の原稿や知人友人からの手紙類もどんどん処分する。晩年に至つては、恨みでもあるかのやうにといふと誤解を生ずるかもしれないが、自分の原稿を中心に片端から庭で焼却してゐた。実は私はそれを見て、原稿の一部をこつそり車庫に隠した。今は全て神奈川近代文学館にある。手紙については、川端康成や武者小路実篤等々、逆に古いものを纏めて残してあり、恐らく、纏めて残したこと自体、本人はすつかり忘れてゐたのではないかと思はれる。それにしても、中村光夫の手紙が一通もないのは不思議といへば不思議、鉢木會の中でも最後まで親しく交はり、互ひに信頼といふか、一目も二目も置き合つた仲だといふのに。実際、神奈川近代文学館には恆存から中村光夫に宛てた書簡が多数収められてゐる。といふことは、やはりなんでも捨てる主義の父の方では氏からの手紙類をその都度捨ててしまつたといふことだらう。

　さて、続けて出てくるRockとはロックフェラー財団のことで、当時、Rockとかロックと言ひ習はしてゐたらしい。その奨学金で恆存は（続いて大岡昇平、中村光夫も）外遊したのだが、ニューヨーク滞在中の昭和二十九年（一九五四）一月四日消印で中村に出した封緘はがきが神奈川近代文学館にある。そこにもロックフェラー財団が何の役にも立たず、「作家関係には全く未経験」で「これほど無力とは思ひませんでした。大学の先生ならはつきりした専門があるし、どこかの大学なり教授なりを世話係としてあてがつてしまへば、それですむのですが、われわれの場合はさうはいかない」、（中略）「日本の新聞社のバックのあつた三島君の方がよかつたかもしれません。こちらに来てはじめて知つたのですが（全くうかつな話です）ロックの「教育部」の仕事ですから、仕方ありませんや」と少々捨て鉢ですらあり、「ブロードウェイの芝居はせめて演出とケイコでも見ればなんとか得られると思つたのにこれがだめなので、本を読みレコードをきゝ、そんなことばかり」と散々待遇の悪さをぼやいてゐる。ロックフェラーから紹介される大学教授たちについても、日本の文化事情に興味なり関心なりを持つてゐる者の少ないことを嘆いてもゐる。ロックフェラー財団に対してはよほど不満があつたと思はれるが、一方、同じその書簡でも盛んに是非アメリカを見ておけと中村に勧めてゐる。

　元の手紙に戻るが、“you are a fickle”の件《くだり》は拙《まづ》い。形容詞のficklеに不定冠詞aはをかしい。わざわざ名詞化して使つたとは考へにくいし、名詞化すること自体、英語としては不自然で、本来なら"You are fickle."とならう。また、ここの訳は「ユウジュウフダン」ではなく「なんて気紛れな奴だ！」といふところだらう。

　これでもしも、fickleといふ単語に、シェイクスピアの時代「ユウジュウフダン」といふ意味があつたとでもいふことになれば、福田恆存の面目躍如といふところだが、当時も同じく「気紛れな」といつた意味だつた。「いつも計畫を改めるやつといふ意味らしい」などと、『ハムレット』を訳しながらの演出の時期なら、手許に英和辞典の一冊もあつただらうに、確認もせずに「らしい」と済ませ、恬《てん》として恥ぢないところは、いかにも恆存さん。そんなことより、福田恆存の翻訳——シェイクスピアに限らず、大丈夫なのか……。さういへば、『老人と海』は訳した状況にもさまざまの事情もあつたやうで、初版は「誤訳」の山だつた。「さまざまの事情」の一つは、先の日記からの引用でも分かる通り、まさに渡米前の「やつつけ仕事」の一つだつたのだらう、不在中の家計維持のために、渡航準備に追はれながら時間のない時期に手掛けた金儲け仕事といつたところか。後年私が聞いた話では、東京への往復の車中まで時間を惜しんで訳してゐたといふ。

　釘本久春は国語・国文学者で、戦前は文部省で図書監修官を務めてをり、日本語教育振興会の常任理事でもあつた。（第三部の「近代日本をいとほしむ——L嬢の物語」にもこの名が見られる。）戦後は国語課長、大臣秘書官などを歴任してゐる。

手紙の二枚目、「近況報告」に入つて、早速出てくる「平和論」論争についてのボヤキと「性格につきまとつた歪み」といふ自己評価は面白い。このボヤキこそ、書簡中の「白眉」といふところだらうが、「平和論」論争そのものについては、敢へて触れない。ただ一言加へるとすれば、「平和論」論争から五十年を経た現在、「平和、平和」と念仏を唱へてゐれば、米軍基地も自衛隊も要らぬ、安保法制も無用とでもいふやうなメディアの論調と世相は、当時と何も変つてゐない。さういふ意味では、恆存の「勝とはいへない」といふ言葉が今更ながら、真実味を増して聞こえるし、その言葉は恆存が後年書く『言論の空しさ』（麗澤大学出版会刊『福田恆存評論集』第十二巻所収）に直結してゐる。興味のある方は先づ福田の『平和論の進め方に対する疑問』（後に『平和論にたいする疑問』と改題）に始まる四つの論文（麗澤大学出版会刊『福田恆存評論集』第三巻所収）を読んで頂きたい。

本人が「曰くいひがたい」と言ふことを私には何の説明も出来ない。また、この「村八分」前後の文章に、恆存自身が書く「疲れ」ゆゑの「弱音」を私は微塵も感じない。「活字ヅラで勝つたところで、勝とはいへない」といふ述懐にも実感が籠つてはゐるし、「これでいくさと不貞腐つてはゐますが」といふ自棄《やけ》のやうな言葉を書きつけてゐるにしても、むしろそこに私は恆存独特の乾いた健康な空気を感じてゐる。また、「性格につきまとつた歪み」と言はれてもどういふ意味で書いたのか、これまた見当もつかない。ただ、敢へて咀嚼すれば、「違ふものは違ふと指摘し、筋を通した議論を展開することで、ごまかしの議論を完膚なきまでに叩いてしまふ性分」、あるいは「まつすぐに筋を通さうとして、却つて、周囲に波風を立ててしまふ、そういう性《さが》」とでもいふものではあるまいか。さうであるなら、「曰くいひがたく」もなんともないことであつて、「平和論」に限らず福田恆存の以後の評論活動においても演劇運動においても、その「歪み」は遺憾なく発揮されてゐる。

この「平和論」で保守反動のレッテルを張られた恆存にしてみれば、保守とか革新とかいふ態度の問題ではなく、世に蔓延《はびこ》る「文化人」によるしたり顔の「平和論」への不快感、それらの欺瞞に対する怒りをぶつけただけのことだつたに違ひない。「弱音も出ます」といふ言葉は、中村への「甘え」程度に考へてよからう。

ところで、この間違つたことを嫌ふといふ態度の、そのおほもとにあるのは一種の美意識だと私は考へてゐる。正義感とは全く違ふ、人のあるべき居ずまひ佇まひとでもいつたもの、さういふところに福田恆存は居心地の良さを感じ、さういふ物差しに基づく基準を何事においても当て嵌めようとし続けたのだと思ふ。

筋が通らないことへの怒りで思ひ出したことがある。「平和論」論争の傍証にも何にもならないが書いておく。私がまだ小学か中学生の頃だと思ふが、自宅の庭の南端に、町が上水道だか下水道だかを通したいといふので、我家の庭を半間余りだらうか、東西に細長く譲つてくれといふ話があり、両親は快く譲つた。ところがその後しばらくして、その細長い道の中でも選りに選って我家の茶の間の真正面に電信柱が立てられた。町としては取得した町道に町民のための電信柱を立てるといふ至極当然のことをしたに過ぎない。が、父は、大磯の自然の中に融け込んだやうな静かな庭の先に無粋なコンクリートの柱が立てられたので、烈火のごとく怒つて町に電話をしてゐた。水道管のために譲つたはずの土地の、しかも人の庭の鼻先に断りもなく醜悪な電信柱を立てるとはなにごとか、といふわけである。これが「筋の通つた」理屈かどうかはさておき、その種の話には事欠かぬ父ではあつた。

余談が続いてしまふが、思ひ出した話がもう一つある。すでに新幹線が開通してからのことになるが、父が京都か大阪へ行つた時のことである。駅前でタクシーを待つ列に並んでゐた。確か夏のことだつたからスーツ姿でパナマハットにサングラスをしてゐたのだと思ふ。その行列にチンピラ風の若い男が割込んだ。父の瞬間湯沸かし器的正義感が理性の前に飛び出した。その男に、「皆が並んでゐるのに、割込むとは何事か」と怒つたらしい。すると、くだんのチンピラが、やにはに父のところに来ると、父の腕を取り、列から離れたところに引張つて行つたといふ。父は「殴られるのかと思つた」と帰宅後、さも面白さうに話してゐた――そのチンピラ風の若者はまさに父の予想通り、そのスジの人物だつたやうで、人のゐないところに父を連れて行くと、平身低頭、「今直ぐお車を手配いたしますので」といつた風なことを言つて平謝りだつたといふ。つまり、怒鳴られたチンピラは、瘦せて華奢《きやしや》なくせに恐れもせずに自分を怒鳴りつけるパナマ帽のシャキッとした父をそのスジの親分さんと勘違ひしたらしいとのこと……。これでは保守反動のさらに右をゆくと言はれても仕方ない。

いづれにせよ、父がどう「不貞腐」れようと、私には手紙の最後にある「生来の楽天家」こそ自他ともに認める福田恆存だと思へる。日頃接してゐた父に悲観の姿は寸毫《すんがう》も見られなかつた。

さて、四月二日に入つて書き進めたところに出てくる「例の家を買ふ話」とは、その後父が終生暮した家だが、外遊中から留守宅の母に命じて探させて見つけた同じ大磯町内のその家に引越したのが、この『ハムレット』の稽古に入る前年、外遊から戻つた昭和二十九年（一九五四）の暮れのことだつた。ところが、この家の購入にケチがつく。売り主が二股で売却の約束をしてゐたため、買ひ手の二者を巻き込んで裁判沙汰になり兼ねない状況に陥る。私が丁度小学一年の折であり、詳しくは知らぬが、その解決策として、父が売り手ともう一方の買ひ手、両者に相応の額を払ふといつた形で事は収まつたと聞いてゐる。そのために「半年毎に50万円といふ大金」を捻出することになり、お蔭で父としてはゴルフを止める口実が出来たといふものでもあらう。しかも、シェイクスピア翻訳に邁進出来たなら、言ふことはない。

そのシェイクスピアの翻訳だが、手紙にある通り、河出書房から出し始めた時、最初十七巻の計画だつた。その後、河出の倒産で、新潮社から再出発する訳だが、当初の十七巻のうち結局訳されなかつたのは『末よければすべてよし』と『ヘンリー五世』の二作である。シェイクスピアの戯曲は三十六作品とも三十八作品とも言はれるが、恐らく、もともと父には全訳する気はなかつたはずだ。

河出の『ハムレット』の巻末に十七作品を並べた最後に「備考　配本は4月末から隔月末ですから御承知下さい。」と小さく書かれてゐる。冗談ではない、評論活動やら講演やら演出をしながら隔月に一冊シェイクスピアの戯曲の翻訳が出来るわけがない。新潮社も最後は業を煮やしてゐた。そのため、新潮社版の第一期十五巻が訳了した後、しばらくしてぽつぽつと間歇《かんけつ》的に訳された四冊には、第十六巻といつた続き番号が打たれず、「補」といふなんとも頼りなげな文字が踊り、正式の巻には入らぬといふ印象を与へ、これを甚だ不当な扱ひと受け止めた父は我家で一再ならず「補」といふ扱ひに対する不満を漏らしてゐた。いづれにしても、もし二十巻目が出たら、それは遂に訳されなかつた『末よければすべてよし』になつてゐただらう。それは後に芝居の世界に足を突込むことになる私にも、日頃の父との会話からよく分かつた。もとより、この戯曲は訳出された十九作品の中に入つて然るべきだつたのだが、それを押しのけたのが『タイタス・アンドロニカス』であり、それが『末よければすべてよし』を押しのけた事情は、第一部の「會食頗る愉快の想ひに御座候」をお読み頂ければお分かりになるだらう。なほ、『ヘンリー五世』を押しのけたのは、同じ史劇の『ヘンリー四世』と考へてよいのではないか。

「平和論同様縄張り荒しとして風当り強いことを覚悟してゐます」といふ恆存の予言が的中し、それまでに先行訳を出してゐたシェイクスピア学者たちとぶつかる。「ぶつかる」といふよりも、父の方から咬みついたと言つた方が正しいかもしれない。それが、鉢木會同人が編纂に当たつた季刊誌「聲」に掲載された、『飜訳論』といふ演劇論とも呼べる論文である。この論文のせゐで「風当り」は愈々《いよいよ》強くなる。かうなると、風当りを呼び込んでゐるのは恆存の方だと言つた方が正しい。それが分かつてゐて、なほ、その道を歩んでしまふところに、「私の性格につきまとつた歪み」はあるわけだ。かうして、「大兄がこんなときにゐたら気持ちの上でも頼りになるのだがと、この頃すつかり疲れ切つて弱音も出ます」となるのだらうが、鉢木會の中でも福田恆存は中村光夫を誰よりも信頼してゐたと私は推測してゐる。「弱音」はともあれ、この時期、恆存は中村と直に会つて話したかつたことは文面からも明らかだらう。

これに纏はるといふか、ずつと後、私自身が絡んだエピソードがある。財団法人現代演劇協會、つまり文学座を脱退した役者たちと創つた劇団雲、後発の劇団欅、そして、雲分裂の残留組と欅を合体させた劇団昴の母体だつた財団法人の専務理事に私を任ずる時のこと、父は私を連れて中村邸に挨拶に行つた。多くの理事の中で他にこのやうな手続きを踏んだ人は一人もゐない。なぜ、父は中村光夫のみ、かういふ形を取つたのか、すべては推測の域を出ないが――。

欅系の何人かの役者たちは、父が脳梗塞を患ひ衰へるに従ひ、後を私にと、本心かどうか分からぬが、さう言ふ人が多かつた。父は迷つてゐた。私はやる気は大あり、と同時に様々な外圧にストレスも感じてゐたが、それを感じれば感じるほどやる気になつて行つた。そして昭和六十一年（一九八六）、それまでは理事の末席を穢してゐた私は専務理事になつた。

その折のことである。父は私を伴つて理事の中で中村光夫の許のみを訪れたのである。許可を得るためともいへなくもないが、現実をひつくり返せるわけでもなく、訪ねたといつても単なる報告に過ぎなかつた。三十分も滞在しただらうか。そこで話した内容も既に忘れたが、要は報告もしくは通達に変りはない。帰路、中村は吾々親子を駅まで送つてくれた。私は遠慮して、二人から数歩下がつて細い山道を歩いた。二人は謂はばひそひそとまでは行かなくとも、後ろの私に聞こえぬ静かな声で話し合つてゐた。その時のことである、後で父から聞かされたのだが、中村は「息子に継がせるのは反対だ」といふ趣旨のことを言つたさうだ。父もその事実をそのまま私に話しただけで、だから、専務理事就任を白紙にしようといふのではない。それは既に既定路線だつた。

今にして思ふ、父は中村がもつと強い形で反対してくれることを――例へば私を目の前に、中村邸を辞去する前にはつきり反対してくれたらと、心のどこかで思つてゐたのではあるまいか。後を任せるのは息子しかゐないと思ひ定めてはゐるものの、信頼する中村の口からはつきり反対して欲しかつたのではあるまいか。私を重責から解放するためもあらうが、何より、演劇（芸術）の世界で世襲はをかしいと、これが自然の考へ方だらうが、さう思つてゐたのではあるまいか。福田は中村をそこまで信頼してゐたし、それゆゑの義理も感じてゐたと私は思ふ。さもなければ、彼のところにだけ挨拶に行く謂れもあるまい。

手紙に戻るが、『ハムレット』の翻訳で、父が稽古中に同時進行といふ無茶をしてゐたといふのはこの手紙を読むまで私も知らなかつた。時期的にタイトではあるが、帰国後引越しをし、翌年早々翻訳に取り掛かり、二月には仕上げて稽古に臨んだのだと思ひ込んでゐた。しかも、河出の初回配本のこの『ハムレット』の巻末には先述の通り、二ヶ月に一冊の予定で発行となつてゐる。そんな芸当、出来るわけがないので、案の定、第二回配本の『じやじや馬ならし』が出たのは七月三十日、第三回の『マクベス』は十一月三十日と徐々に遅れてゆく。

「小林さんと同様、近代文学がつまらなくなつたのですが、といつて、性格もちがふし、才能もなし、同じ道は進めません」といふ件《くだり》も興味深い。父は常々私に、かういふことを言つてゐた──どこへ行かうとしても、前に小林秀雄がゐるんだ──それはさうだらう。戦前から既にその感を深くしてゐたらしいが、近代を相手にした文藝評論に懐疑的になつた人間、さりとて、小林のやうに自分のうちに沈潜するどころか、文学のみの世界に生きる道を見出せず、演劇でも舞台といふ現場に手を染め、しかもその仕事に遣り甲斐を感じてをり、時事問題であれ、「平和論」であれ抛つておけない「性格」では小林と「同じ道は進め」ない。「どこへいくのか自分でもわかりません。Shakespeare でしばらく食へれば、その間にたてなほしが出来るのですが、それがだめなら、オサキまつくらです」といふ心境の吐露に嘘はあるまい。さういふ気持ちを懐いてゐたことは紛れもない事実だらうが、この手紙最後の「楽天家」までゆかなくとも、既に片仮名を使つた「オサキまつくら」といふ書き方に、私は却つて自信の程を読み取つてゐる。「この頃すつかり疲れ切つて」ゐたのが事実だとしても、それは『ハムレット』の翻訳と稽古との同時進行ゆゑにすぎまい。この手紙の冒頭から終りに至るまで、私には、どこにも悲観的な「弱音」など感じられない。そこに透けて見えるのは中村への信頼と、その信頼の上に成り立つ甘えだらう。つまり、「弱音」と自ら書いても中村はそのままには受け取らないことを分かつて書いてゐる。あへて言ふなら、その照れが出たのが、最後の「外国で暮らしてゐる人に、どうも心なきこと申上げました。もちろん生来の楽天家、元気でゐます。御安心下さい」の一節ではないか。

ところで最後の一行に出てくるやうに、恆存は「鉢の木會」とは書かず、常に「鉢木會」と書いてゐる。ましてや「鉢の木会」とは書くわけもない。

＊

以上で中村光夫に宛てた恆存の手紙を読んで私の脳裏を去来したことごとは終る。

考へてみれば、鉢木會の仲間で父と晩年まで付合ひのあつたのは中村光夫といふことになる。一世代上の神西清は昭和三十二年（一九五七）に亡くなり、吉田健一は同い歳だが、昭和五十二年（一九七七）に病を得て亡くなる。三島由紀夫とは、遅くとも劇団雲設立時（昭和三十八年）には袂を分かつことになり、大岡昇平とは「晩年の和解――大岡昇平」に書いた通り、恐らく昭和四十年代半ばまでには疎遠になつてしまふ。吉川逸治もその頃からだらうか、我家でもあまり名前を聞かなくなる。かうして、中村光夫との交友のみが残るが、氏との交流は昭和末年に氏が亡くなるまで続き、財団法人現代演劇協會の理事も、中村氏は最後まで名前を残してくれたことを最後に記しておく。

追記。この稿を書き終へたのち、吉田健一に宛てた恆存の書簡多数に触れる機会を得た（後に詳述）。その中に、この年（昭和三十年）の月も同じ三月二十九日付消印の葉書がある。『ハムレット』の稽古が三週間ほど進み、残すところおよそ二週間、中村宛の前掲の手紙にもあるやうに、翻訳がほぼ終つた頃の葉書といふことになる。以下の通り。

先日はお眼に掛かれなくて残念でした。
目下演出と翻訳と両方で、命も消えなん
おもひです。六日かならず参上、そのせつ
左の二箇所おうかがひいたしたう存じます。おひまが
ありましたらお調べ下さいまし。

3. 4. 169 Hamlet の O throw away worser part of it にてはじまるせりふのうち either master the devile, or throw him out の箇所(Dover Wilson では either...the devil となつてゐます)
3. 2. 285 Horatio のせりふで You might have rhymed.
この時の Horatio の気もち、つかめません。
いづれ拝眉のうへ万々
大波小波でたび〳〵ありがたう存じます感佩《かんぱい》してをります

稽古が始まつても翻訳が同時進行であるのみならず、残すところ二週間にして、訳者兼演出家が不明な箇所があると、「シェイクスピア読み」の先達にして大家の吉田健一に教へを乞うてゐるわけだ。

数字は、科白の語られる幕・場・行を示す。第三幕第四場の方は、母ガートルードの不倫非道を詰《なじ》るハムレットの激しい言葉に、妃は己の罪業の深さに打ちひしがれてこの場の最後の科白として、「おお、ハムレット、お前は、この胸を真二つに裂いてしまつた」と嘆く。それに対してハムレットが言ふ科白、「おお、それなら、その穢いはうを棄てて」に始まる件である。葉書二行後の括弧内に、Dover Wilson とあるのは恆存がシェイクスピア翻訳に使用した底本の註釈者。either の後は註釈者によつて、shame とか lodge 等、様々の単語が当てられてをり、このウィルソンのやうに、「…」と空白にして註を付けてゐるものもあり、ここに入りさうな失はれた単語を求めて註釈者ごとに様々な語を当て嵌めてゐる。要は、そもそもの原本ともいふべき第二・四折本にここの一語が脱落してゐるわけである。恐らく、その脱落が遠因となつて、ドーヴァー・ウィルソン版に依拠した福田恆存もここをどう解すべきか迷つたといふことだらう。

二つ目の三幕二場のホレイショーの気持ちが「つかめ」ないといふ箇所。ここは、叔父クローディアスが王位簒奪し王妃をも奪つたことを、劇中劇により確信を得たハムレットが、直後に浮かれ狂つて四行の即興詩を口にする。その一行目と三行目は行の終りで韻を踏んでゐるのに対し、四行目が二行目の終りに合せて韻を踏まず、叔父への痛烈な皮肉を込めた一語にしてゐる。そこで、ホレイショーは「韻を踏むべきでは」と軽く受けたわけだ。二行目の終りは was であるところから、この四行目は素直に皮肉れば「驢馬・間抜け」を意味する ass としたら韻を踏めたのに、といふ解釈が素直な読みだらう。

ここの訳を、多くの日本語訳では「韻を踏め」とか「驢馬とすべきだ」だとか、「調子っぱずれ」あるいは「詩形が乱れている」などとしてゐる。その文字通りの意味は恆存も当然解つてゐたらう。問題は、さう言ふホレイショーの「気もち」であり、恐らくその「気もち」を推し量らうと恆存がしたのは、先行訳のやうな直訳では意味がないと感じたからに違ひない。つまり、日本語では英語の詩のやうに明瞭な音で韻を踏むことは不可能であり、となると、さらに深いところでの皮肉なりウィットなりがないとここのニュアンスを伝へるのは難しいと恆存は考へ、そもそものホレイショーの心理、「気もち」まで立ち入らうとしたのではないか。

結果としては、恐らく六日（稽古終了まで一週間を切る）に会つた吉田健一の意見を受け、さらに実際の上演を重ねて、現在残つてゐる訳ができたのだらうが、それはYou might have rhymed. といふ原文の短さに比べ、余りにも長く、「少々手きびしすぎませう、終りのところは元のままでよろしかつたのでは」（新潮社版）といふ訳になつてゐる。それを良しとするか否かは読者に任せるしかなからうが、右の葉書の経緯を知つてみると、恆存は、どうせ日本語では踏めない韻に苦しむより、言葉の遊びにして音より意味で勝負しようとしたのだらう。福田訳の「女たらしの――孔雀王」（「孔雀」は、ここではけばけばしいと言つた意味合ひ）に付合はせて「手きびしい」として、「終りのところ」つまり「孔雀王」は本来、入りさうな「驢馬・間抜け」でも「よろしかつたのでは」といふ会話にしたのではないか。それにしても、この訳は、少々説明的に過ぎると言はれても仕方ないし、分かりにくい。尤も、舞台の上では、叔父の罪の確証を摑んだハムレットが半ば狂つたやうにはしやいでゐる姿と、それに付合ふ温和なホレイショーのコントラストが出れば、それはそれで、十分会話になるではあらう。なほ、吉田にお伺ひをたてて訳した最初の河出版では、ここが、「もうすこしあくどくなさつてもよろしかつた」となつてゐる。これはこれで「誤訳」と取られかねないかもしれぬが、私は現在の新潮社版よりいいのではないかと思ふ。

最後の行、「大波小波」は言ふまでもなく、当時も既にあつた東京新聞夕刊の名物コラムで、吉田健一は「禿山頑太」名義で二百本も寄稿していた。同コラムで丁度この頃吉田が何度か福田の平和論論争を擁護したり、戦時中に日本文学報国会で福田が「日本人の弱さ」について話したりした一種の靭《つよ》さをほめたりしてゐる、その礼をこの手紙で書いたのだらう。（この日本文学報国会のことは、第三部の「近代日本をいとほしむ」に引用した恆存の一文に触れられてゐるもの〈二二七頁〉と同一と思はれる。）

詩劇について少々抱負を――中村光夫（二）

中村光夫宛の恆存の書簡をもう一通紹介しておく。消印は昭和二十九年（一九五四）十月二十八日、手紙を認《したた》めた日付は、「十月二十六日夜」となつてゐる。パリ滞在中の中村に宛てたものである。この時期、鉢木會のメンバーは次々と洋行する。昭和二十八年九月に福田がアメリカへ渡り、大岡が直後の十月、福田と同じくロックフェラー財団奨学金の給費生としてアメリカへ、そして翌二十九年六月、中村がパリに行き、彼の地で大岡、福田と合流してゐる。その後ぢきに福田が帰国、この手紙はそれからひと月余りしてといふことになる。

手紙冒頭の数行は、金銭的な問題で第三者との遣取りについて書かれてゐるが、臆測と断るにしても引用しやうのないほど曖昧な話ゆゑ、便箋一枚強を省略する。

おてがみうれしく拝見いたしました。

……（中略）……

帰つて来て、二ヶ月は仕事をしない、自分のしたいことしかしないと声明書

をだしたのですが、それが実行できたのはたつた十日間、いつのまにか
出発前同様、ジャーナリズムの網の目にひつか丶つてしまひました。どうも
ユウウツで、またこの調子では、失言問題でも起しさうです。
明日から「文化の日」のＮＨＫ放送用に金沢へ出かけて話してきます。
帰つてきたら中部日本の芸術祭参加作品に詩劇を書きます。
いづれも、註文が気に入つて引きうけた仕事です、この二つは。
今日中に平和論に疑ひをさしはさむ論文書きます。これも
いやではありません。ですから、曲りなりにも、節操は持して
をります。忙しいからとて、けつしてダラクしません、御安心下さい。

詩劇について少々抱負を書きます。日本では詩劇ばかりではなく
詩について間違つたカンネン《（ママ）》があります。シャカに説法ですが、詩とは
あくまで、あるいは、まづ形式の問題であります。「詩的な」といふことと「詩」
とが混同され、
こんにち、詩劇といふと、感傷的な、或は夢幻的なものを
いひますが、さうではない定型の（一定のリズムをもつた）せりふの劇
それが書いてみたいのです。それについて、従来、七五調などのばあひ、
母音一つを律の単位としたのは、西洋ではい丶けれど、日本では困り

ます。なぜならストレスの観念のない国語で、それはあまり意味がない、
そこで、まづ僕はストレス中心で考へて、たとへば「雨がふる」といふのは
五つと数へず、二つのストレスを含むものと見なし、各行一定の
ストレスに整へて、せりふを書いてみようと思ひたつたのです。
もちろん、これは試みです。それでリズムが出るかどうかわかりません。
とにかくやつてみます。できあがつたら御批判いたゞきたいのです。
イギリスの芸術について、おつしやること、根本的には賛成です。
生活に密着してゐるといふことはたしかです。たゞ、私小説とはちがふ

のではないでせうか。私小説は「生活に密着せる芸術」をもつた風土で、
しかも、それとは反対の「生活から自律した芸術」（フランス的な）をうち
たてようとする努力の歪みに生じたものではないでせうか。大兄の
いふのはその意味と解しますが、その点はイギリスのはまことに
のんきで、生活に密着し放し、離れるときがくれば、あるいは離れる
ものがあれば離れるにまかせるといつたところがあるよう(ママ)に思ひます。
それからシェイクスピア、お説のとほり、僕にとつても全く新しい世界
でした。イタリア・ルネサンスの絵と、オールドヴィックのシェイクスピア、この
二つが今度の旅行で、驚(?)かぬ僕の心を驚かしたものでした。

シェイクスピアも生活に密着してゐるでせうか。さうともいへます。でも、これはい、意味ではないかしら。シェイクスピアを翻訳し、演出したいと思つてゐます。

この前一寸書きましたが、拝借のものアメリカへいらしたとき、お手もとに渡るよう（ママ）にします。でも、その前に必要でしたら、おつしやつて下さい。必ずなんとかします。お元気で旅をおつゞけ下さい

十月二十六日夜　恆存

光夫大兄

「帰つて来て」とあるのは言ふまでもなく、前年から一年に及ぶ米英の旅からのことだが、これが九月初旬。父の昔の手帳等を調べても正確な日付が分からない。全集の年譜にも「九月初め」としかない。さう言へば恆存の吉田健一宛礼状の葉書から、吉田氏は羽田まで出迎へに行つてゐることが分かる。にも拘らず、税関ですつたもんだで数時間を費やさせられた様子で、挨拶もそこそこに別れてしまつた事を詫びた速達の葉書で、大磯の消印が九月十四日の午後になつてゐる。帰国は十日辺りだつたのだらうか。右の書簡はそれよりひと月余り後のこととなる。（この稿を書き進める途中で、イギリスを出てフランスやイタリア、ギリシアを廻つて帰国するまでの恆存のメモが見つかつたが、それによると、九月七日の火曜日の夜、ギリシアのデルフォイからトルコのイスタンブールに入り、九日夜七時の飛行機に乗つてゐる。従つて、帰国は翌十日といふことにな

る。なほ、イスタンブールでは有名なブルーモスクやアヤソフィア大聖堂などモスクを中心に観て回つたやうだ。）

「明日から「文化の日」のNHK放送用に金沢へ出かけて話してきます」とあるが、恆存の全集の年譜によると、「金沢大学におけるNHK移動講演会にて「文化とはなにか」について話す」と書かれてゐる。講演会の内容は録音されて、のちにラジオ放送されたのだらう。

なほ、書簡の（中略）から七行目は少々文章が乱れてゐる。行末の「この二つは」の前後の句読点が句点なのか読点なのか判然としないため、一応私の判断で右のやうにしておいたが、間違ひあるまい。手紙などではよくあることだが、句読点を付けたり付けなかつたり、あるいは、父の場合どの手紙でも、ほぼ、全ては単なる点になつてをり、丸の句点は書かれてゐない。

また、「今日中に平和論に疑ひをさしはさむ論文書きます」とあるが、これは「今日中に書き上げる」の意味だらう。あれだけの論文を一日で書いたとは考へられない。

些末なことはさておき、本題の「詩劇」だが、書簡の後半にも出て来る通り、シェイクスピアの翻訳及び演出をしたい（帰国後の『ハムレット』の翻訳演出については、「恆存のボヤキ――中村光夫（二）」参照）とあることからして、ロンドンで観た『ハムレット』に刺戟を受け、上演に相応《ふさは》しい、つまり、逍遥の歌舞伎的ではなく、せりふ劇として役者が喋れるシェイクスピア劇の日本語訳をやりたいといふ意欲もさることながら、一方で、日本語による「詩劇」の可能性をも探りたくなつたのだらう。また、滞米中も続けてゐたT・S・エリオットの戯曲の「韻文」と「散文」の入り混じる、殊に『寺院の殺人』の翻訳に刺戟されたことも否めまい。（滞米中に吉田健一と交した書簡にエリオットの翻訳の進行状況等々が度々出て来るが、この時期の鉢木會で、洋行中の福田や大岡、あるいは中村光夫等と残留メンバーとの遣取りは、機会を見つけて、目に付いたものだけでも、時系列に並べてみたいと思ふ。連歌帳もさうだが、鉢木會に出席した同人が海外の仲間に宛てた寄書きを読むと吉田健一のをかしみ三島由紀夫の衒ひ等々、相当に鉢木會の雰囲気が感ぜられる。）

書簡の「詩劇について少々抱負を」の結果が、中部日本放送の依頼に応じて書かれたラジオドラマのための詩劇『崖のうへ』（十二月放送・「文學界」翌年一月号に発表）であり、さらに一年後、『崖のうへ』を舞台化して四幕物の一晩芝居に仕上げ、『明暗』と題して「文學界」（昭和三十一年一月号）に発表、三月には文学座による上演に漕ぎ着けてゐる。但し、『崖のうへ』はラジオドラマとして書かれはしたものの、のちに触れる「自作解説」でも恆存自身、「舞台劇のときとほとんど変らぬ気もちで書いた」と言つてゐる。

書簡にある「ストレス」だが、よもや「精神的な」ストレスと誤読される危険性もあるまいが、ここでいふストレスとは、簡単に咀嚼すれば、日本語の音韻の「強勢のある」箇所とでもいふか、強く発音（発声）する言葉のことであり、「雨がふる」は「あめが」と「ふる」の二音の強調があると考へて科白を書き、詩劇に仕立て上げてみたい、といふ意図である。

この「抱負」については、恆存自身が新潮社から同じく昭和三十一年二月に出版した、単行本『明暗・崖のうへ』（文藝春秋刊『福田恆存戯曲全集』第三巻所収）の「あとがき」にさらに詳しく書かれてゐる。入手可能なものとしては、『福田恆存戯曲全集』別巻（平成二十三年五月）に収録された「自作解説」の再録があるが、この「詩劇」論については、少々長くなるので後に廻し、書簡の先へ進む。

「私小説」の話題だが、中村光夫からの手紙が残つてゐないなかで、軽々に物は言へない。その上で敢へてその軽率を怖れずに書いてみると、かういふことになるのではあるまいか。

文面からして、中村が手紙の中でフランスに比して英国の方が生活に密着した芸術を生み出してゐるといふ主旨を述べたのだらう。それに対して、福田は中村を立てつつ、フランスは「生活に密着せる芸術」をもつた風土でありつつも、「生活から自律した芸術」を生み出してゐる、つまり、日本的な生活に連綿と張りつくベッタリ私小説ではない、しかし、イギリスはまた別で、ベッタリとか密着とか、わざわざ言ふまでもないほど、乾いた意味で生活そのものの中に棲みどころを見出してしまふ。従つて、ベッタリ付くかと思ふと、あつけらかんと身を翻して実生活から飛躍してしまふ、例へばハムレットのやうに、と言はうとしてゐるのではないか。従つて、シェイクスピアが私小説的ではなく生活に密着してはゐないのと同様、近代の小説も音楽も美術も、生活感に溢れてゐるやうに見えつつ、実は生活から飛躍したところに自在に離れて行つてゐる――さう、恆存は言ひたいので、「根本的には賛成」といふ遠慮がちな否定が、そこには明確にある、私はさう読んだのだが、いかがだらう、そこまで深入りして臆測はすべきではないのだらうか……。

＊

詩劇への恆存の「抱負」に戻る。先に書いた「自作解説」を読んで頂ければ恆存がいかなる「抱負」＝「野心」を懐いたのかは明瞭だが、ここでは重複を怖れずに、私なりにその解説を援用しつつ、「抱負」の跡を辿つてみたい。

我々の言語、つまり日本語は平板である。いや、平板を越えて尻窄《すぼ》まりの言語とでも言つたらよい。各単語、言葉に強い主張がなく、主語も語られないことが多く、結論は文末に漸く述語として現れる。従つて――極端な場合、文末まで、その文章が肯定的な文脈なのか否定的な表出なのか不分明な事さへ屢々ある。単純な例が「今日は俺、仕事やる気満々ぢやないんだよね」といつた言ひ回し。これが例へば、英語なら主語の直後に否定語が姿を現す。つまり、文頭から方向性も明らかなため、冒頭から文意の主張も強い。さらに日本語は――善し悪しの問題ではなく――主語を省略することが多く、それだけでも我が前面に出て来ないために、殊に劇言語として主張する力に欠ける嫌ひがある。ある意味、寝そべつた言語とも言へる。恆存はさういふ日本語を戯曲の科白に「不利」な言語だと言つてゐる。

さらに、恆存が『崖のうへ』『明暗』を書いたのは、英国でリチャード・バートン主演の『ハムレット』を観て、シェイクスピアの日本での上演の可能性に目覚めて帰国した直後二年間のことである点にも留意すべきであらう。帰国が昭和二十九年の九月、『明暗』の上演が昭和三十一年の三月。その間にした大きな仕事といふと書簡にも出て来る『平和論の進め方についての疑問』（後に『平和論にたいする疑問』と改題）の雑誌発表等の他は、『人間・この劇的なるもの』の連載開始を含め、何と言つても『ハムレット』『じやじや馬ならし』『マクベス』とシェイクスピア作品の翻訳を立て続けにし始めた時期（『ハムレット』は演出も）、つまり「劇的世界」に浸つた歳月だといふことに注目すべきだらう。

いや、さう言つては曖昧かもしれない。『崖のうへ』単体でいへば、中部日本放送からの依頼があつたにせよ、帰国後ふた月にもならぬうちに、また、それがラジオドラマであつたにせよ、日本語による科白の可能性を探りたくなつてゐたわけだ。それは『ハムレット』を訳したい上演したいといふ欲求と同じくらゐ強いものであつたに違ひない。

つまり、恆存はシェイクスピアの本場で生の舞台を観て、日本語による本格的な「詩劇」を書いてみたいと考へたと私は推測してゐる。シェイクスピアの戯曲は基本的に韻文であつて、弱強五歩格のブランク・ヴァースで書かれてをり、それが名優バートンの口をついて出ると、言葉が緊張感を持った力強いアクションとして聴こえる。しかもその科白が同時にナチュラルな「会話」として聴こえた時、恆存はシェイクスピアの日本での上演の可能性を見出すと共に、英語のやうな強弱のリズムを持ち、なほかつ自然に聴こえる日本語による劇言語の創作を試してみたくなつたのではないか。

その結果が『崖のうへ』であり、その進化（深化）したものが舞台劇『明暗』だつた。恆存はこの作品において、基本的に一行に七つの強勢が来るやうな配慮をしてゐる。勿論、ときにそれが六つであつたり八つであつたり融通無碍なものだと本人も断つてゐる。（ブランク・ヴァースの場合は一行に五つの強勢のある十音節からなる。）

さういふ一応の「枠」をはめること、いはば自己規制を課すことにより、寝そべつた日常会話的な科白から逃れたといふか、日常会話より、遥かに「詩的」なリズムや流れ、あるいは緊張感の持続する科白を書くことを自らに強要したわけである。「解説」で本人も「舞台のうへで特別なせりふまはしを期待してゐるわけではない」と断つてゐる。

譬へでいふなら、「天気予報で今日は雨になるつて言つてゐたから、傘を持つて出かけなさい」といふ科白があるとする。これがこのままでは、文末になつて漸くこの文章の核である「傘を持つて行け」といふ主張が現れる。それを、「傘、持つてお行きよ——夕方には雨になるつてよ、天気予報ぢや」といつた言ひ方をすると、話者の関心事（心配）の「雨になるから、傘を持つて行け」の中で、最も核心となる「傘を持つて行け」がまづ表現される、しかも、「天気予報ぢや」に至るまで、会話（科白）の強さ、主張も現れ、結果として緊張の持続性が生れる。さういふ緊張感のある文章の連続で、戯曲を書いてみようとし、しかも、そのための「枠」として基本的に一行に七つの強勢を置いたといふ。（それを恆存は「解説」で「結果として、せりふが押しつけがましくなつたやうにも思へる」とも書いてはゐる。）

「解説」にも恆存自身が引用してゐる部分を、前後を少し長めに引用してみる。

康夫　いつそ、一緒に死ぬか。
瑞枝　いや、いや、そんな話！
わざわざこんなところまで連れだしてきて、死ぬ話なんか・・・
康夫　冗談だよ。まあ、お坐り。
瑞枝　知つてゐます。冗談ぢやなくてよ、
あなたのお話、あたしにはわかつてゐるの、あなたのお気もち、
このごろ、あなたがどんなこと考へてゐるかくらゐ。
いつてみませうか？
康夫　いつてごらん。いへば・・・
瑞枝　あたしを殺さう・・・
康夫　きみの気もちがわかる。それ、いつた、自分の不安を。
瑞枝　返事をして！　当つた・・・？

康夫　　　　　　　　　　　　ちがふ。
瑞枝　　　　　　　　　　　　　　　　さう、すこしちがふ。
康夫　　あたしを、殺して、やらう・・・　それが、きみの望みならば。

見慣れない方には変な行が続くやうに感じた方も多からうし、また、行ごとに少しづつ下がつたところが読みにくいかもしれない。これこそ、作者が自らにはめた形式的な「枠」の一つで、英語の韻文の戯曲に学んだ（まねた）ところである。これは、シェイクスピアにも頻出するが、英語で run-on line（句跨《またが》り）と呼ばれるもので、二名以上の人物が言葉を繋いで一行を成立させるわけである。従つて、右の引用は一見、十六行分のスペースを占有してゐるが、この run-on line を一行と数へると、実際には九行といふことになる。

傍点を付したのは恆存が強勢を置いた箇所だが、漢字の場合は例へば「話」となつてゐるところは「はなし」といふ意味と御理解頂きたい。

これで、冒頭の一行を見ると「いつそ、一緒に死ぬか。いや、いや、そんな話！」で、強勢の傍点が七つなのはもうお分かりだらう。強勢が六つのところもあるが、傍点を付さなかつた行も確認して頂ければ、ほぼ七つの強勢を置いてリズムを整へてゐることにお気づきだらう。

さて、右の引用中三行目の「知つてゐます」から二行後の「考へてゐるかくらゐ」までの部分を、恆存自身、「解説」に引用し、それに続けてかういふ説明を加へてゐる、緊張感のある劇言語を生み出さうといふ恆存の抱負と意図がよく分かるので、そのまま引用する。

> これは文法的にいへば、「冗談ぢやなくてよ」の主格は「あなたのお話」だが、それは同時に、次の「わかつてゐるの」の目的格になる。さらに、その「わかつてゐるの」は次の「あなたのお気もち」を目的格として持ちうるし、その同格として「このごろ」以下が続いてゐる。かうして、つぎつぎに、前のことばを掬《すく》ひあげるやうにして続けることにより、聴くものに、もうこれで聴き終つたといふ気もちの緩みを与へまいとしたのである。

順序が逆になるが恆存はこの引用の前にもう一箇所、別の科白を引用している、それもここに引いて、作者の意図をもう少し具体的に見てみよう。その最初の引用の前に、恆存は以下のやうな説明を付けてゐる。自分の「こころみたことは、せりふに主張の力をもたせること」であり、そのために「一語一語の排列を変へること、すなはち日本語のシンタックスを崩すやうなこと」を試みようとして、そのために「つぎのやうなこともやつてみた」といふ。

つい、二三日まへ、ふとした機会に知りあつた男の口から、
偶然わかつたのだ、安心したまへ、名まへをいへば、
きみたちも知つてゐる、一緒に逃げた仲間の一人だ、
そいつも、やはり子供を棄ててゐる、自分の命がかはいさに。

これについて、恆存自身が次のやうに説明してゐる。

このせりふでは、構文が切断され、どれが主文で、どれが従属文で、どれが挿入句か、不分明である。論理に潔癖な文章家には嫌はれさうだが、さうすることによつて、一語一語が分離し、孤立して、等価値をもち、聴くはうとしては、期待と緊張感を強ひられる。

恆存は二つの引用のうちこの例を「持続のうちに分離感を与へようとした」もので、前の引用例を「分離によつて持続を可能ならしめたもの」と言ひ、「その差はあるが、意図はおなじで、表現の形式、およびそれにともなふ心理の内容に、持続と分離とを同時に与へ、等価の緊張感をもたせようとした」と説明してゐる。そして、その試みは「最初から無理」と分かつてゐるとまでいふが、繰り返し、「自分に枠をはめたかつただけ」

のこととくどく断りつつも、「解説」の最後には、「おかげで「今日は」「さやうなら」といふやうなむだなせりふが入りこむ余地がなくなつた。今後の自分の仕事に、それだけが収穫だつたやうである」と結んでゐる。

とんでもない、それだけでも十分な収穫であり、「抱負」は結果を残し、恆存の『ハムレット』以降のシェイクスピア翻訳にその成果は遺憾なく発揮されてくる。シェイクスピアを読んでみようといふ方は『ハムレット』を取り敢へずはお奨めするが、入門のつもりなら、『ジュリアス・シーザー』辺りから読むのも一法かもしれない。アントニーの演説や終幕近くのブルータスとキャシアスの喧嘩の場など、恆存が科白としての日本語に劇的な緊張感をいかにして与へようかと苦心した跡が窺へるだらう。要は英国のオールドヴィック座で観た『ハムレット』の舞台で火を点けられた野心を、まづ『崖のうへ』で試み、翌年『ハムレット』の翻訳で成果を示し演出上演も成功し、センセーションを巻き起したわけだ。さうして、その暮れには舞台劇『明暗』を執筆し、日本語による詩劇の可能性にも一応の結果を残したといふことになる。（なほ、詩劇やシェイクスピア劇の翻訳を通して恆存が挑んだものは何か、さらに考へたい向きには、恆存の『飜訳論』を合せ読むことをお勧めする、麗澤大学出版会から出てゐる『福田恆存評論集』第五巻に収録。）

ところで『明暗』といふタイトルが思ひのほか読者や観客に伝はつてゐないのではな

いか。『崖のうへ』との相違、異同を細かく上げるわけにもいかぬが、簡単に触れておく。『崖のうへ』はまさに「崖の上」での出来事、崖つぷちに立たされた人間のドラマで、テーマから見れば、過去が現在を如何に縛るかに大きな焦点が当てられる。一方、『明暗』となると、登場人物が増える。刑事といふ外界からの闖入者《ちんにふしや》は両作品とも出て来るが、それを除くと、『崖のうへ』の五人から『明暗』では十人と倍に増えてゐる。技術的なことで言へば、人数が増えたことで『明暗』の方が、run-on line が作りやすくなつてゐるといふか、「句跨り」を使はないと、会話が成立しにくくなつた、とも言へるし、個々の役の科白の受け渡しが、よりリズミカルになつたとも言へる。

そして、恐らく最大の相違は道徳といふ主題、あるいは道徳は守られるべきか、そして道徳は存在し得るのかといふ大きな主題が浮かび上がつて来てゐるところだらう。

つまり、『明暗』で新たに登場した岡田家の人々は不道徳、あるいは非道徳、無節操を象徴し、『崖のうへ』から既に描かれてゐた河野家の人々は道徳に縛られて苦悩する人々の代表といふ対立の構図が見える。これが明と暗の寓意するところである。岡田家の人々は、過去であれ不道徳な行ひであれ、あけすけに包み隠すことも無くあつけらかんとしてゐる。そして、過去などに捉はれず、現在の享楽のみに価値を置く。要は岡田家は「明」であり、河野家は「暗」といふ構図になる。つまり、なんでも人前に晒し暴露してしまふ野放図が岡田家を通して表され、過去にせよ、人の感情でも秘密でも秘匿しようとする極度の節操が河野家を通して表され、そのはざまで河野家各々の人物が揺り動かされる。簡単に言つてしまへば、現在が「明」で過去が「暗」（闇）だといふことだ。岡田家の当主彰は「我家には常に現在しか存在しない」といふ主旨の言葉を繰返し語る。

さらに、明と暗は失明した主人公康夫と他の目明きの人々の対比ともなり、それはさらに過去に目を瞑《つぶ》つてしまはうといふ現実逃避の「暗」と、現在から過去を見据ゑようといふ意味での「目明き」の「明」との対比にもなつてゐると同時に、失明した男の方が真実を見据ゑ見抜く「明」を象徴し、目明きの一群こそ、見えてゐる眼前の事象にのみ捉はれる盲目の「暗」を象徴することにすらなる。

ここで面白いのが、原作を読んで頂かないと分からぬことかもしれぬが、「明」に属する岡田家の娘として登場する洋子といふ特異な人物の存在である。当然ながら登場後舞台の進行半ばまでは「明」の世界を象徴するやうな、何でもありのモダンな娘として描かれる。ところが、やがて、臭いもの（過去）はワザとのやうに蓋をせず暴露する父親彰の口から語られる事実――彰の後妻梅子の連れ子と説明されてゐた洋子は、洋子自身も知つてゐたことではあるが、実は河野家の死んだ主人、健の種であり、つまり松子を妻に持つた健が松子の末の妹梅子と密通して産ませた子供で、松子の娘二人、ヒロインの瑞枝と祥枝とは同じ健を父親に持つ血の繋がつた妹だつたといふ事実――つまり、洋子は「暗」の世界にも属する人物だつたといふ皮肉である。

この点が蔑《ないがし》ろにされるといふか、読んだだけでは分かりにくい。恆存の死後三年を期して、現代演劇協會・劇団昴で上演した際の『明暗』ではこの人物への焦点の当て方が曖昧だつた。といふか殆ど印象に残らない。しかし、「明」（岡田家）から「暗」（河野家）に居場所を移されてゆく洋子の科白と行動は、かなり明白に描かれてをり、幕切れ近くでは、洋子は「見つともないわよ」「あたし、パパ、嫌ひ、ママも」「みんな、うそばつかり。軽薄だわ！」「わからないのは、パパたちよ」と、岡田家への謂はば絶縁状を投げつけて沈黙してしまふ。河野家の中心に影のやうに存在してゐた母松子と、中心にゐた長女瑞枝とその夫康夫は死んでしまふ。残された妹の祥枝が暴露された「過去」からの突き刺すやうな照射に身動きならず「現在」に佇むほかなく、曾て同じ思ひに耐えた叔母杉子に見守られることによつて、微かに救はれて幕は閉ぢる。

幕切れの一つ前の祥枝の科白に「これが見てゐるだけで、なにもいはなかつた／女のうへに下された罰なのかしら？」といふ表白がある。ここにも、「見てゐる」（明）と「なにもいはなかつた」（暗）の対比が強く表出されてゐるが、その身動きできぬ杉子と祥枝といふ中心（河野家）にも入り込めず、虚構から成り立つ「現在」といふ「明」の世界からも追放され、沈黙して立ち止まる洋子の存在もまた、明暗の混沌の渦の中心をなすに違ひない。さういふ洋子といふ人物を理解して、この作品を読むのも面白からう。いや、それを把握できないと、この戯曲は演出できないといふか、幕が切れない。謂はば、この幕切れで、「明」と「暗」とは逆転し、「過去」が「明」となつて、欺瞞に満ちた「現在」を明々と照らし出すわけだ。

以上で『崖のうへ』と『明暗』といふ詩劇を書かうとした恆存の「抱負」は十分解つて頂けたと思ふ。私自身、平成二十四年（二〇一二）の十二月に新宿の紀伊國屋サザンシアターで『明暗』を演出した経験がなければ、ここまで細かにこの戯曲の主題や人物について語れなかつたかもしれない。ことにその構図や人物の役割は、稽古場で役者たちと手探りで創り上げたといふべきであらう。幕切れに於ける、役者の立ち位置一つ考へても、祥枝と杉子は中心に孤立を際立たせれば済む。しかしもう一つの孤独な影、洋子をいかなる居ずまひ佇まひで幕を切るかは稽古終盤まで、といふか舞台稽古の最後まで、照明の落し方一つに至るまで苦労した記憶が明確に残つてゐる。

それはさておき、恆存が詩劇で試みようとした意図だが、では、上演・演出の際に、実際には、それをいかに舞台上に具現するのか、科白廻しはどうするのかといふ問題が残る。これは案外、簡単なことで、先に引用した恆存の「解説」の言葉、「舞台のうへで特別なせりふまはしを期待してゐるわけではない」といふ、まさにそのままである。私の経験に過ぎないが、最初の読み合せの段階から、私は先に述べてきた「詩劇」といふこと、あるいは各行に七つのストレスが配されてゐることなど、一度も役者には言はなかつた。役者が作者の「解説」を読んでゐたのか否か、今や不明だが、そんな解説があることすら話さなかつた。ただひたすら、自然な科白廻し、普通の会話を要求した。むしろ、少しでも「歌つて」しまふことを拒否して、詩的な言廻しになることだけは徹底して避けた。あくまでリアリズムを追ひ求めたわけである。意識的に要求したことは、やはりリズミカルであることだらうか。リズミカルといつても、歌つてしまはぬよう、科白から科白へ移動する気持ちの変化を明確に音に出すこと、科白の「間」の開け方に限りなく様々な間合ひを求め、一行ごとに心理と共に変化する科白の音の強さや高さを意識してもらつた。さういふ作業を要求される戯曲が、詩劇『明暗』なのである。

福田恆存の代表的戯曲といふと、読売文学賞を取つた『龍を撫でた男』といふことになりがちだが、それは違ふ。福田の仕事は、昭和二十八年からの一年間の洋行を挟んでがらりと変る。平和論や国語問題もさることながら、シェイクスピアの翻訳に代表される戯曲・作劇における変化も実にはつきりしてゐる。作劇術も科白の歯切れのよさも、『明智光秀』のやうな時代物から、後年の『億万長者夫人』や『解つてたまるか！』などの喜劇に至るまで同じことが言へる。そして、それらの出発点に位置しながら、最も完成度の高い戯曲が『明暗』である。代表作と言へばこちらだと断ずる。私は上演することを考へ、曾て何度も『龍を撫でた男』を読んだが、一度として演出したいと思つたことはなかつた。尤も、一つには主役を演ずる力量のある男優がゐないことにも原因はある。が、それにもまして、洋行以前の戯曲は恆存にしてなほまだ観念的に過ぎるのだ。が、この『明暗』は、私の右の解説が却つて観念的な印象を与へたかもしれないが、「詩劇」「定形」つまり型から戯曲を書かうといふ作者の態度からして、観念に引摺られることを拒否したものである。

チャタレイ裁判──吉田健一（一）

先述の通り中村光夫宛の手紙（一）は未亡人から私が手渡されたものであり、大岡昇平との往復書簡は偶然父の書斎に残されてゐた。が、この吉田健一宛のものは経緯が異なる。前二者への手紙を読み、それらの稿を書いた後、私はふと気になつて、平成二十八年（二〇一六）の春、吉田健一の令嬢暁子さんに、「お手許に福田恆存からの手紙は残つてゐないか」といふ趣旨の手紙を出した。（神西清の令嬢敦子さんにも同じ趣旨の手紙を出した。が、神奈川近代文学館に寄贈されたもののみとのこと、それなら、既に私は見てをり、そこにはわざわざ稿を起すべき内容のものは残念ながら残されてゐなかつた。）

私が手紙を出してかなりの日を経て、確か四月の下旬になつてゐたと思ふが、K氏なる差出人から書状が届いた。氏の手紙によると、令嬢の暁子さんは病に臥せつて入院してをり、K氏はその世話や吉田健一邸の管理をしてゐる母方の従兄とのこと、吉田健一宛の恆存からの手紙なら、何十通か纏めて袋に入れて保存されてゐるが、その他の遺品ともども近いうちに神奈川近代文学館にでも収めようかと考へてゐたところだといふ。

手紙が既に差出人ごとに整理され纏められてゐたのは、自らもフランス文学の優れた翻訳を数多く手掛けてゐる暁子さんが、吉田健一と交流のあつた文人、学者たちからの書簡を散逸させたくなく、いづれはそれらをもとに何らかの本を書くつもりだつたからだといふ。私と二、三歳しか歳の変らぬ暁子さんの病が返す返すも残念といふほかないが、K氏が本書の意図を病院の暁子さんに伝へて下さつたところ、恆存の書簡全ての扱ひを委ねて下さるとのことだつた。（なほ、暁子さんが河出書房新社から出した『父吉田健一』は娘ならではの父親像が実に素直に描かれた珠玉のエッセイである。）

吉田健一の遺品ばかりではなく、昭和二十八年（一九五三）に新宿牛込払方町に吉田健一が建てたまま、暁子さんが病を得て入院するまで住んだ二階建ての洋館が建築当時と何ら変らぬ姿で残つてゐるが、六月の末には人手に渡る予定だといふ。さうなると、やがては取り壊され建て替へられてしまふだらう。で、五月の連休中に主無き吉田邸にK氏と待ち合せ、健一の書斎や暖炉のある洋風の客間など拝見しがてら、父の手紙を預かつて来て、葉書四十五通、封書十九通をコピーした。

ちなみに、健一の書斎は、几帳面な印象を受ける長方形の和室だが、北と東の中央に縦長の窓が開いてゐるほかは、四方とも天井から床まで書棚になつてをり、ぎつしりと書物が置かれてゐた。まるで、つい先ほどまで健一が真ん中に置かれた机を前に北の窓を背にして洒脱なエッセイでも書いてゐた——そんな気にすらさせるほど、生前のままにしてあり、暁子さんの父への愛慕が感ぜられる。フランスの煙草ゴロワーズの古い包装が口を切られて置いてあり、灰皿には数本の煙草の吸殻にマッチの燃えさし、傍《かたはら》に古びたマッチ箱や二つのライターまで――恐らく昔と何一つ変らずに――置かれてゐた。

さて、恆存の吉田健一宛の書簡だが、多くは鉢木會開催日時場所の知らせなどであるが、その他に活字にしておくのも一興と思はれるものが何通かあつた。

その一通が次の手紙である。D・H・ロレンスの『チャタレイ夫人の恋人』が「文学(芸術)か猥褻《わいせつ》」かで争はれた「チャタレイ裁判」で恆存は特別弁護人を引き受けた。手紙は、その折に、弁護側証人として出廷する吉田健一に恆存が指示といふか依頼を認《したた》めたものである。弁護人と証人が裏でどこまで話を合せてよいものかは知らぬ。二百字詰め原稿用紙六枚に書かれた手紙の最後には、諄々《くどくど》とああせいかうせいと示唆したことへの短い詫びの言葉が書かれ、唐突に終つてゐて、宛名も署名も月日も書いてゐない。封筒の消印は昭和二十六年(一九五一)七月九日付。


昨日は失礼。思ひつきましたことを申し上げます。
1. 序文のことで、津田判事(裁判長の向つて左)が質問するであらうこと。佛文と英文とちがつてゐるのはなぜか――これにたいしては、今佛文手もとにないのではつきりいへぬが、自分の訳した佛文は、かういふ意味だと思ふとおつしやつて下されば可。その場所は上巻九頁上段六行以下下段四行まで。

2.

次に、10頁上段14行以下下段四行まで、つまり、「残されたわづかな場所に、この作品の範囲は限られてゐる」といふところで、裁判官としては、この書が一般に広く読まれるべきではなく、ごく少数の者に限られるのではないか、とすれば、

七、八万売れたといふのは不自然といふところへ持つて行きたいのです。但し、裁判官はそこまではつきりとは申しません。ただ、「範囲は限られてゐる」といふのはどういふ意味かといふ程度の問ひです。もし答へていたゞければ、かう答へて下さいませんか。第一、これはイギリスのことでタブーがひどい国では、（例へば、胃といふことばもつ、しまれるような《（ママ）》）多くの反撃があるだらうといふロレンスの予想。第二、それとても、「限られてゐる」といふのは、さういふ多数者に讀んでもらつては困るの意ではなく、事実ブウブウいふものがあつたので、賣言葉に買言葉でロレンスがさう反撃したのにすぎない。即ち序文とはいへ、これはチャタレーの本文が賣れてのちに書かれたものだといふこと。第三、さらに戦後の日本では、い、意味でも悪い意味でもタブーが少なく、即文化的水準といふものが不明確で、検事のいふ平均人

など見あたらぬのだから、さういふ心配はない、とにかくむづかしい中公が七万も賣れ、文春ともなれば三、四十万は出てゐるし、他のほんやくもの、創作もの（ムサシノ夫人、細雪 etc.）にくらべて七、八万の賣れ行きはそれほど大したことはなく、大体、これを正当に理解しうるものの手にわたつたといふ程度だ。ただ、検事が起訴したため、貸したりなんかして、一冊が三冊四冊の役割を演じたといふことはあるかもしれぬ、ぐらい《（ママ）》におつしやつて下さい。

さらにそれなら「この序文はどういふ意味でつけたか」といふ問ひ《（ママ）》が出るかもしれませんが、そしたら選集の第一巻だから、解説代わりにつけた、そんなことはごくあたりまへで、ふつうでもほんやく小説には訳者あとがき、解説がつく《（ママ）》のだが、下手にやるよりロレンスの言葉そのものをつけたほうがわかりいゝと思つたから、伊藤さん、小山書店と相談のうへつけたとおつしやつてくだされればけつこうです。

3．ロレンスの文学的地位。これは検事は、シェクスピアやゴルズワージーのよう《（ママ）》に、決定的な評価を受けた作家と

ちがつて特殊な地位にあるのだらうと福原さんにいひ
ましたが、福原さんはさうではないといつたものの、もう少し
他の作家とくらべて、第一次大戦後の代表作家三四人の
一人、しかも世界文学（第一次大戦後の）上で、主観的に好悪は
あつても、客観的には、ロレンスを讀まなくては現代文学を語れぬ
くらゐだとおつしやつて下さればい、と思ひます。もう少し、
もつたいつければ、一時代前の代表作家、戦後の代表作家
それぞれ二、三名あげて、とにかく、第一次大戦後の代表作家
だといふこと、なほ自然科学とちがつて、文学ではシェクスピアはじ
め、あらゆる主観を納得させる決定的な地位などなく、みんな特殊な作家である。
ことに、
検事が福原証人に問ひたゞした
よう《（ママ）》なゴルズワージーなどと比較にならぬ、ゴルズワージーは
たまたま法律家《ベンゴ師》出身で、作品にも法廷のことやなにか書いて
ゐるので検事には決定的評價ありと思はれたのだらうが、
それは検事の主観で、文学史的にはロレンスのほう《（ママ）》が認められ

てゐる。

以上、強制的に受けとらぬよう《（ママ）》、けつしてお気を悪くしないで下さい。反対訊問の落とし穴をお知らせしただけ、もつと明答の方法があれば、もちろんそれに越したことありません。なほ、メモをもつていらして、それを見ながら答えて《（ママ）》下さつていゝのですから、その辺お気楽に。

ロレンスはともかくとしても、「チャタレイ裁判」についてもはや知る人も少ない時代かもしれぬ、詳しいことは控へるが、文意曖昧なところなども含め、私なりに説明を付けておく。（ちなみに、後に『私の國語教室』を書いた福田恆存にしては正仮名遣ひを間違へてゐる箇所が複数あることにお気づきだらうか。）

伊藤整《せい》訳による『チャタレイ夫人の恋人』は小《お》山《やま》書店からロレンス選集の第一巻、第二巻として、昭和二十五年（一九五〇）四月二十日と五月一日に出版される。その大胆な性描写が「猥褻」であるとして六月に書店よりすべて押収され、七月に発禁処分を受け、「猥褻文書頒布」の嫌疑で九月に起訴される。最終的に訳者伊藤整と出版社社長小山久二郎は罰金刑を科され、上告するも、昭和三十二年（一九五七）、最高裁による棄却でこの裁判は終結する。伊藤整はこの裁判で得た経験をもとに多くの小説を書き「八面六臂の活躍」を見せた。この裁判を題材にその名も『裁判』と題するノンフィクションを書き、かなりの評判になつたらしい。一方、小山書店はこの裁判のために倒産、選集として既に出てゐた多くの巻は後に新潮社から刊行されることになる。伊藤整訳の『チャタレイ夫人の恋人』は猥褻とされた部分を伏字にしたまま新潮社より刊行されたが、整の子息、伊藤礼の補訳で、なんと平成八年（一九九六）に漸く完訳版が刊行された。昭和四十八年（一九七三）には他の出版社から羽矢謙一による完訳版が既に出てゐる。

裁判と出版の諸事情はさておき、この裁判の特別弁護人になつたのが中島健蔵と福田恆存だつた。従つて昭和二十六年七月九日消印の右の手紙は裁判が始まつて半年余りしてといふことになる。

弁護側証人には多くの文学者が加はつたが、その一人が吉田健一であつた。そのほかの証人としては、書簡にも出てくる英文学者の福原麟太郎の他に同じく英文学者の土居光知、心理学者の宮城音彌、波多野完治、そして国文学者では吉田精一などがゐた。吉田健一と言へば、英仏文学の翻訳者であり、文学者としては『シェイクスピア』『英国の近代文学』『ヨオロッパの世紀末』などの名著をものし、優れた評論と小説を書くかと思へば名随筆家でもあつた。洒脱な——言ひやうによつては酔払つたやうな——名文の書き手でもある。その著作の多くが今でも文庫でたやすく入手できる。酒や食べ物に関する随筆など、せめて一冊は必読と言つておく。いや、一読して嵌《はま》ると癖になるやうな味はひ深い文章を堪能できると申し上げておかうか。

さて、書くまでもないが、恆存の手紙の冒頭から推察するに、この前日二人は直接会つて裁判の弁護、証言等に関してくさぐさ話し合つたと考へてよからう。しかも、かなり走り書きのやうな性急な書き方や、冒頭のすぐさま要点に入る様子、署名等々が末尾にないところから——飽くまで私の臆測の域を出ないが——二人が会つたのは吉田の出廷を数日後に控へてのことで、勿論、吉田の証言について相談し、その席で福田が、帰つたら直ぐに要点を書いて送るからといふ話になつたのではないか。さう推測すると、普段かなり几帳面に手紙の形式などを守る恆存の、この手紙に限つての性急な感じも納得できる気がする。

三つに分けた要点1にしても「佛文と英文の違ひ」云々にしても、「今佛文手もとにないのではつきりいへぬ」の件から推測すれば、前日二人が会つた折に、吉田が「佛文が今手もとにない」と言つたに相違ない。

冒頭で恆存が言及してゐる「序文」とは、吉田健一が翻訳を受け持つたロレンス自身による「著者の序文」であり、小山書店から出版された初版本にのみ収録されてゐて、現在入手可能な訳本には私の知る限りこの「著者の序文」は付いてゐない。また、この「序文」は、書簡から分かる通り、一旦出版された『チャタレイ夫人の恋人』がその「大胆な性描写」ゆゑに世間を騒がせたため、後からロレンス自身によつてフランス語版に付されたものを、すなはち、フランス語から吉田が訳したものといふことである。

この吉田健一訳によるロレンス自身の手になる「著者の序文」はなかなか読むことが

出来ないので、かなり長いものだが、この稿の最後に転載し、右の恆存の手紙に頁行数などが指示された二箇所には傍線を付しておく。要点1については後に付す吉田訳による「序文」の傍線部（1）を参照して頂きたい。

なほ、これも私の推測だが、要点1を恆存が言ひたかつたのは、恐らく、この傍線部（1）が少々分かりにくい文脈であり、このスウィフトに言及した一節のために、次の段落に出て来る「清教徒精神」云々の部分が不明瞭になる嫌ひがある、そのため、恆存は要点1として、「今佛文手もとにないのではつきりいへぬが、自分の訳した佛文は、かういふ意味だと思ふとおつしやつて下されば可」といふ依頼をしたのではないか。後出の「序文」を読むと、少し前の「バアカア大佐」で始まる段落と、それに続く短い段落の後は、傍線部の一節を飛ばして読むと、「さういふ清教徒精神と」の段落へすつきり繋がり分かりやすい文脈になる。英文との違ひよりも、この分かりにくさこそが原因となつて、津田判事が質問してくることを前提にした吉田と福田の遣取りと考へてよいかもしれない。

次の要点2だが、恐らくこの書簡で恆存が最も伝へたかつたのはこの部分ではないか。中でも恆存が「第二」として挙げてゐる部分が弁護上大きな意味を持つと考へてゐることは一読明らかだらう。「残されたわづかな場所に、この作品の範囲は限られてゐる」といふ引用は「序文」傍線部（2）を参照して頂きたい。（なほ、書簡に「……下段四行目まで」とあるが、これは恆存のミスで、「下段二行目まで」が正しい。）

「序文」全体を読めば分かることだが、「残されたわづかな場所」とは、次の三者以外の少数者といふことになる。その第一、清潔なる「清教徒精神とその結果として生じる性的な白痴」(つまり性的な発育不全)の人々。第二、性を「玩具」あるいは「一杯のカクテル」として軽んじ弄ぶ「進歩的」な若者たち。そして第三の群れとして、「低劣な精神の持主で猥褻を好む不純な野蛮人」。ロレンスに言はせれば当時の人々の(そして現代の我々にも全く同じ比喩が使へるのだが)大多数がこれら三者のいづれかであることを免れないのであり、自分の書いた『チャタレイ夫人の恋人』はこれらに属さぬ極めて少数の人々のためにある、といふわけである。

「序文」において語られ、あるいは彼の著作のここかしこに描かれるのが、精神と肉体の「調和」といふ言葉であり、その分裂の醜悪さといふ中核的主題である。俗っぽく言へば上半身と下半身を切り離すことの醜怪といふことである。これこそ、「チャタレイ裁判」の弁護人たちが主張したことであり、いはば純粋に文学論・人間論の世界で捉へよと主張するその情理は、飽くまで「猥褻物頒布」に関する刑法一七五条を盾にして遵法理論をかざした検事側とは、それこそ、絶対に相容れず調和もせず、永遠に平行線をたどる——つまり、その刑法に基づいて告発した検事側が「勝つ」以外の結果はあり得ない裁判だつたといふしかない。すなはち、精神と肉体の合一といふ形而上の情理を尽くさうとする弁護側の問題提起には、肉欲に基づく猥褻といふ形而下の条理のみに忠実な法律家のしつらへた土俵裡において、初めから勝ち目はなかつたといふことだらう。

ついでに書いておくが、傍線部（1）に出て来るスウィフトの「愛人」シィリアを謳《うた》つた「詩」は、「シィリア姫」の召使ストレフォンがシィリア様の個室に忍び込み、その化粧室に乱雑に置かれた肌着やら何やらの醜悪さに茫然自失する態のものであるが、中でも汚物に塗《まみ》れた悪臭芬々《ふんぷん》の下着の描写は、反吐が出るとでもいふか、ロレンスが言ふ通り「混乱状態に陥つた偉大な精神」（後出「著者の序文」傍線部（1）参照）といふほかなく、まさに「肉体が精神に抱かせる恐れは、無数の人間を発狂させ」（同）た典型と言ふべきであらう。ただし、この詩を書いたスウィフトを精神錯乱と見做す当時の多くの文人たち（ウォルター・スコットもその一人だといふ）に対して、スウィフト研究家はむしろ、淑女のうちに醜悪を見るところこそスウィフトの面目躍如たるところで、この詩こそ風刺詩の代表と見做すべきとする見解が有力らしい。（このスウィフトの詩、『淑女の化粧室』は最近新訳が出た、平凡社刊『召使心得 他四篇』原田範行編訳参照。）

しかし、ロレンスはかういふ詩を書くスウィフトのうちに肉体と精神の不調和を見て取り、キリスト教文明以降のさういふ病的分裂に苛立ち、憎悪すらしたのだ。この詩を一読すれば、ロレンスの眼に、いかなるものが猥褻と映じたかがよく分からう。この詩の終り近くに、ストレフォンは、美しい女性を見ると臭気を思ひ起してしまひ、何らかの臭気を嗅ぎ取ると傍に美しい貴婦人がゐるのではないかと錯覚してしまふと描かれてゐる。ロレンスに言はせれば、この無機的、機械的反応こそ精神と肉体とが分裂を起した結果の「猥褻」そのものといふことになるわけだ。

さて、要点2にある中公と文春といふのは、月刊の総合雑誌「中央公論」と「文藝春秋」のことで、数字は月々の出版部数の概数と考へてよい。括弧内の「細雪」は言ふまでもなく谷崎の作品、「ムサシノ夫人」とは鉢木會の同人大岡昇平の代表作の一つ『武蔵野夫人』のこと（本書「晩年の和解――大岡昇平」参照）である。それらの売れ行きに比べたら『チャタレイ夫人の恋人』の七、八万部などたかが知れてゐて、先の第一から第三の醜悪なる人々の眼に触れるほどではなく、殊にタブーといふものが曖昧な日本では、「検事のいふ平均人」つまり一般人などといふものを想定すること自体にも意味がなく、従つて、その売れ行きから考へても、前述のロレンスが期待した「残されたわづかな場所」としての読者の手に渡つた程度に過ぎない――さういふ主旨の証言をしてくれと吉田に依頼してゐるわけだ。

この辺りのロレンスの意図などに関しては、吉田健一の『文学人生案内』（講談社文芸文庫）に収録された「ロレンスの「チャタレイ夫人の恋人」」といふ論考も合せ読むと、原作の意図や主題を分かりやすく書いてあつて参考になる。

同じく吉田のエッセイ集『新聞一束』（絶版）に収録された朝日新聞の「きのうきょう」に書かれた「チャタレー事件」には面白いことが書いてある――「被告は有罪の判決が下されるまで無罪で」あるのに、小山書店刊行伊藤整訳のこの本は「起訴されると同時に官憲の手によつて押収された」、しかし、「証拠物件としてといふ理由からだつた」ら同じ本を「二万冊も証拠物件に必要」のはずないではないか。さらには、この裁判は七年間争はれ、その間くだんの図書は事実上の発禁処分を受けて販売がかなはず、この事件のおかげで小山書店は破産したわけだから、割に合はない。その損害に対する「賠償はどうするのか」と、甚だロジカルな疑問を呈してゐる。

書簡に戻るが、要点2の終りにある「検事が起訴したため、貸したりなんかして、一冊が三冊四冊の役割を演じたといふことはあるかもしれぬ」といふ恆存の一文は、恐らく皮肉交じりに分からず屋の法律家をからかつたのだらう。発禁やら起訴やら裁判沙汰にしなければ、かうも売れはしなかつたらうし、騒がれもせず、貸し借りしてまで読まれもしなかつた、だから、「猥褻物」といふならそれを頒布したのは、他ならぬ検事の方だと殆ど冗談のつもりだらう。

同様、要点3のゴルズワージーの件も意地悪な皮肉と取つてよからう。検事に向つて、「ゴルズワージーはたまたま法律家《ベンゴ師》出身で、作品にも法廷のことやなにか書いてゐるので検事には決定的評價《（ママ）》ありと思はれたのだらうが、それは検事の主観で、文学史的にはロレンスのほうが認められてゐる」などと、嫌味以外のなにものでもあるまい。

なほ、最後に走り書きのやうに付け加へられた「強制的に受けとらぬよう《（ママ）》、けつしてお気を悪く」云々など、如何にも恆存らしい細やかな、悪く言へば神経質な弁解と言へよう。この吉田宛の書簡に限らず、恆存の他の書簡を見てゐても、この種の繊細な気遣ひがあちこちに見受けられ（中村、大岡宛の手紙もその好例だらうが）、私は父のその種の心配りを改めて発見したやうな、なにやら新鮮な感覚に捉はれるとともに、生前の元気だつた頃の父を懐かしんでゐる。

終りに、参考までにロレンスの思想を更に知りたい方のために数種の論考を挙げておく。福田恆存著「ロレンスの結婚観――チャタレイ裁判最終弁論」(麗澤大学出版会刊『福田恆存評論集』第三巻所収)、D・H・ロレンス著『黙示録論』(ちくま学芸文庫、福田恆存訳)、先述した吉田健一の「ロレンスの「チャタレイ夫人の恋人」」と「ロレンスの思想」(『英国の文学の横道』講談社文芸文庫)、勿論、遺作『チャタレイ夫人の恋人』も小説としてと同時に作者の思想の書として読まれて然るべきだらう。(新潮文庫の伊藤整訳・伊藤礼補訳と同時に、光文社古典新訳文庫に入つてゐる木村政則訳はお奨めである。)ついでながら、私個人の趣味でいへばロレンスの短編小説、『死んだ男』(恆存訳)が最もロレンス的な気がしてお薦めなのだが、残念ながら長い間絶版のままである。古本で入手可能。

付記。『チャタレイ夫人の恋人』に付された「著者の序文」(明らかに初版ゆゑの誤植と思はれる箇所は筆者の独断で訂正した。)

誰が何と言つても、この小説が今日の人間に必要な、真摯な、健全な作品であることを私は断言する。人の気に障るやうな言葉が出て来るかも知れないが、それはその瞬間のことに過ぎない。何故気に障るのだらうか。我々の知性が因習の為に麻痺させられてゐるからだらうか。決してさうではない。さういふ言葉は、我々の目障りにはなつても、曾て我々の精神を驚かせたことはない。精神が低劣である人間は驚くがいい。併し精神的であることを自負する人間は、自分達が少しも驚かないのを感じ、又実際には、曾て驚いたことがないことを認めて、この事実に或る慰安を見出すのである。

そこに問題の凡てがある。我々は今日、人間として、我々の文化に附帯する各種の禁忌の遥か彼方まで進化し、又洗練されて来たのである。この重大な事実を我々は認めなければならない。

十字軍の時代の人間にとつては、言葉は、我々が今日最早、想像することが出来ないやうな暗示力に富むものだつたに違ひない。猥褻といふことになつてゐる言葉の暗示力は、中世紀に生れた人々のやうに、単純な、蒙昧な、強烈な性格の持主達には、極めて危険なものだつたと思はれる。低劣な、不完全な、進歩が遅れてゐる人間にとつては、それは今日でもさうであるかも知れない。併し真実の文化は、或る言葉に対して、我々の知性の働きに属する精神的な、創造的な意味のみを附与して、社会の秩序を脅かす底の、不合理で烈しい、肉体的な反応を示さずにすますことを我々に可能にして呉れる。昔は、人間は精神的に余りにも脆弱であり、粗野であつて、自分には抑へ切れない種々の肉体的な反応を惹起せずには、自分の体とか、肉体的な作用とかに就て考へることが出来なかつた。今日では事情が違ふ。文化と文明は、言葉と事実とを、又思想と行為、或は肉体的な反応とを、引き離して考へることを我々に教へた。我々は今日、行為が必ずしも思想に伴はないことを知つてゐる。事実、思想と行為、又言葉と事実は、我々の意識の、互に隔離された二つの面であり、そこから生じる二種類の生活を、我々は別々に営んでゐるのである。我々はこの二つが一体となることを望む。併し我々が考へてゐる時、我々は行動せず、行動してゐる時は、考へない。問題は、我々の思索に従つて行動し、我々の行動に基いて思索することである。併し我々が思索してゐる間は、我々は本格的に行動することは出来ないのであつて、又我々が行動してゐる間、本格的に思索することは出来ない。この思索と行為といふ、二つの状態は、互に他を排するものなのである。併しそれにしても、この二つの間には調和が保たれてゐなければならないのである。

そこにこの作品の真意がある。私は、男も女もが、性の問題を充分に、徹底的に、真摯に、そして健全に考へるやうになることを望むものである。我々が充分に満足するまで性的に行動することは出来なくても、少くとも性の問題に就ては存分に、又明確に考へたいものである。何も書いてない頁のやうに純白な処女などといふものは、愚劣な作りごとに過ぎない。若い女や若い男は、性的な感情や思想の混沌たる塊であり、然も悩みの塊であつて、これが解決されるのは時間の経過に俟つ他はない。性的な問題に就て、長年の間真摯に考へ、長年の間その解決を求めて、辛苦して行動した後に、我々は始めて、真実の純潔と満足に到達するのである。そしてそれは、我々の性的な行動と、性の問題に関する思索とが、調和してゐない限り、得られないものなのである。

凡ての女は、自分が雇つてゐる猟場の番人の後を追ひ駈けなければならないなどと私は言つてゐるのではない。誰の後も追ひ駈ける必要があるなどと言つてゐるのではないのである。今日でも多くの男や女にとつては、禁欲し、性的に孤独であり、完全に純潔だつた方がいいのであり、同時に又、彼等にしても、性的な問題に関することを知悉し、又完全に理解してゐた方がいいのである。我々の時代は、行動することよりも、理解する仕事に適してゐる。今日までの時代が既に行動に満されてゐるのである。殊に、性的な行動に充満してゐて、同じことが飽きるまで、それに対応する思想もなく、何の理解もなく繰り返されてきたのである。今日我々の任務は、性の問題を理解することに存する。今日では、性的な行動よりも、この意識的な、完全な理解の方が、遥に重要になつて来てゐる。暗黒の何世紀が続いた後に、精神は知ることを、それも一切を知ることを要求してゐる。どちらかと言へば、肉体は二の次の問題になつてゐるのである。

今日、人間が性的に行動する時は、彼等は大概己に課した或る役割を演じてゐるに過ぎない。彼等は、彼等に期待されてゐると思はれる通りのことをする。所が実際は、その時働いてゐるのは精神なのであつて、肉体は精神によつて刺戟されることを必要とする。それは何故かと言ふと、我々の祖先が余りに頻繁に性行為を繰り返し、それに就て考へようともせず、理解しようともしなかつた為に、今日ではその行為が機械的な、退屈な、幻滅に満ちたものとなつて、これを再び生気あるものとする為には、認識を新にする他ないのである。

性的な問題に関する限り、我々の精神は非常に遅れてゐる。実を言ふと、それは肉体的な行動の一切に就てさうなのである。性に関する我々の思索は暗闇と、密な恐怖の中をのたうち廻つてゐるのであつて、この暗闇と恐怖は、まだ半ば獣だつた我々の祖先から我々が引き継いだものなのである。この世界でだけは、と言ふのは、性的な、肉体的な世界でだけは、我々の精神はまだ少しも進歩してゐない。我々はこの失はれた時間を取り返して、我々の肉体的な感覚とその意識とを、又我々の行為とその意識とを調和させて、その間に齟齬が起らないやうに努力しなければならない。これは、性の問題の尊重と、肉体上の経験に対する然るべき畏怖なしては、実現出来ることではない。又、猥褻だといふことになつてゐる言葉の自由な行使も許されなければならないのであつて、それはかういふ言葉が、精神が肉体に対して持つてゐる意識の一部をなしてゐるからである。そしてこの時、精神が肉体を軽蔑し、又恐れてゐるか、或は、肉体が精神を憎悪し、これに反抗するのでなければ、猥褻な感じは起らない。

バアカア大佐の事件は、性の蔑視の弊害が如何に恐るべきものであるかを示す。バアカア大佐といふのは、男のやうに見せ掛けてゐた女だつた。この「大佐」は結婚し、その妻と仲よく暮してゐた。そしてこの哀れな妻は、自分が本物の男と正常な結婚生活を営んでゐることを少しも疑はずにゐた。それ故に、騙されたことを知つた時の彼女の心境は、全く悲惨なものだつた。これは言語道断なことである。然も、これと同じやうな具合に騙され、そして騙されてゐることを認めまいとしてゐるとも言へる女が、今日何と多いことだらうか。何故か。それはさういふ女が、性に就て何も知らず、性の問題に就て考へる能力を全く持たないからである。その意味では、彼女達は哀れな愚かものに過ぎない。このやうなことを許すよりは、私のこの作品を、凡て十七歳以上の娘に読ませることにした方が、どれ位いいか解らない。

長年の間、謹厳と高徳を以て知られてゐて、六十五歳になつて少女を凌辱した廉で処罰された老牧師の場合にしても、同様である。然もこの事件が起つたのは、やはり年取つた内務大臣が、性に関する事柄に触れることを一切禁止することを要求し、又それを実現した丁度その時だつたのである。何故、老大臣は、このもう一人の尊敬すべき、「純潔な」老人が惹起した事件に就て反省しようとしないのだらうか。

(1)併しこれが実情なのである。精神は未だに肉体と肉体の力に対する、昔からの恐怖を失はずにゐる。この点で精神を解放し、精神を向上させなければならない。肉体が精神に抱かせる恐れは、無数の人間を発狂させる。スィフトのやうな優れた精神を見舞つた狂気も、ある意味では、そこに原因してゐる。彼の愛人シイリアに宛てた気違ひじみた詩は、混乱状態に陥つた偉大な精神がどんなことになるかを我々に示す。彼程の聡明な男が、自分が如何に滑稽なことをしてゐるかに気付かなかつたのである。その結果このやうな詩を書いたわけだつた。それに自分の「恋人」にさういふ変態的な役割を演じることを強ひられたシイリアこそいい迷惑である。そしてこれは総て禁忌の下に置かれた言葉と、肉体的な、又性的な問題に対して我々が我々の精神を盲目にしてゐることから来たのである。

さういふ清教徒精神とその結果として生じる性的な白痴に対して、この頃汽車の中などで乗り合す現代的な青年達がゐる。彼等は解放され、又進歩してゐて何事にも目を塞がず、「自分が好きなやうにしてゐる。」肉体を恐れ、その存在を否定するかはりに、かういふ進歩的な若い者達は他の極端に走つて、肉体を一種の玩具として扱つてゐる。どこか不愉快な玩具ではあるが、それがある間は結構なぐさみになるものなのである。彼等は性の問題の重要さを否定し、これを一杯のカクテルも同様に考へ、彼等の年長者をからかふ材料にしてゐる。彼等は進歩的であつて、「チャタレイ夫人の恋人」のやうな本を軽蔑する。彼等にとつては、この小説は余りにも単純で、平凡なのである。彼等はそこに、彼等が少しも関心を持たない露骨な言葉と、彼等には流行遅れに思はれる恋愛観を見るに過ぎない。こんな大騒ぎする必要がどこにあるのだらうか。恋愛は一杯のカクテルに過ぎない。彼等によれば、この作品に示された態度は十四歳の少年のものである。しかしながら性的な問題に対していくらかの習慣的な尊敬と、然るべき畏怖を保つてゐる十四歳の少年の態度は、カクテルばかり飲んでゐて、何も尊敬せず精神を紛らす為に人生の玩具、ことに恋愛をもてあそぶことしか出来ない青年達の精神状態よりもはるかに健全なのである。さういふ青年達は遊びに耽つてゐる中に自分の精神も見失つてしまふのである。

(2)このやうにして、性的な乱調に何時陥るかわからない危険に脅かされてゐる伝統的な清教徒と、「我々は何をしてもいいのだ。我々に或ることを考へることが出来るならば、それを実行することも許されてゐるのだ。」と主張する最新型の若い世代との間に、又さういふ人々と、低劣な精神の持主で猥褻を好む不純な野蛮人との間に残されたわづかな場所に、この作品の範囲は限られてゐる。併し私は彼等にいふ。「あなた達の清教徒的な変態ぶりがあなた達に快楽を与へるならば、それもいいだらう。又今流行の乱痴気騒ぎも、あるいは単なる猥褻さもいいだらう。私としては私の作品と、精神と肉体が調和してゐてその間にある均衡が保たれ、精神と肉体が互に相手を尊重するのでなければ人生は生きるに値しないといふ私の主張を固執するものである。」

パリにて一九二九年

D・H・ロレンス

（吉田健一訳）

（なほ、『チャタレイ夫人の恋人』は一九二八年に発表されたものだが、その翌年にフランス語版にこの「著者の序文」を書いたロレンスは、それを更に敷衍した『チャタレイ夫人の恋人について』〈"A Propos of Lady Chatterley's Lover"〉といふ長い論文を一九三〇年に書いてゐる。邦訳は絶版だが、「著者の序文」よりはこの青木書店刊、飯島淳秀訳の論考の方が詳細でロレンスの思想も分かりやすい。）

骨身に応へる話――吉田健一（二）

この稿では二通、互いに何の関連もないがちよつと興味深い、あるいは面白い書簡を簡単に紹介する。
一通は遅くとも昭和三十五年（一九六〇）頃までに書かれたのではないかと思ふが定かではない。日付だけは末尾の如く五月八日となつてゐる。

大層うまい菓子をお送りいたゞいて
ありがたう存じました。それよりもいつも
お心におかけいたゞき嬉しう存じました。
奥様この頃習字いかゞ。この数年わざと
無駄な時間をつくるための習字などやつてをりますが、
つく〴〵考へますに、名人の手本の一本の線が
どうしても引けないといふ馬鹿みたいな
事実、それを思ふと文章でも何でも悉く

出たらめなごまかしのやうな気がしてきてほとほと困ります。シェイクスピアの名せりふも同様ですが、それにぶつかつてゐる辛さから逃げるための習字がまたこの調子ですから

どうにもなりません　独創が不可能といふことよりも真似が不可能といふことの方が骨身に応へます。もつともさういふほど、つまり名人の線が引けないと苦にするほど、それに近い線が引けさうな話になりましたが、もちろんさういふ誤解をなさらぬ大兄と信じて偶感申述べました。

奥様によろしく。御子息　大学いかゞでしたか。

五月八日

福田恆存

吉田様

冒頭にある菓子云々だが、この種の礼状は手紙や葉書で何通もあり、また恆存が旅先

から名産品を送つたといふものもある。食通の吉田健一は地方に行くと様々の銘菓などを送つてくれたらしい。

「奥様この頃習字いかゞ」といふ一文から別の書簡を思ひ出して調べたところ、一葉の葉書があつた。こちらは間違ひなく昭和三十五年二月七日の消印で、「鉢木會御案内」と書かれ、「二月十五日　六時　大磯　福田宅にて／万障おくりあはせのうへ御参集賜りたく存候」といふ案内の後に、「奥様へ」とあり、続けて以下のやうに書かれてゐる。「先日は結構な御料理ありがたう存じました。その節／お話に出ました関戸本古今時価五千円位との／事です　しかしさう簡単には手に入りがたく　又　廉価版／でしたら色々あるとのことです　右とりいそぎお知らせまで」。

恐らく恆存が新宿の吉田邸で夫人の手料理を振舞はれ、その折、夫人から関戸本古今集を習字の手本に入手したいが幾らくらゐだらうか、といつた話題が出たのだらう。といふのも、私の母は習字の年季が入つてをり、確かこれは恆存洋行の留守の間の手すさびに始めたと記憶するが、鎌倉に住んでゐた書家比田井抱琴（比田井天来の娘）に師事し、二週に一回ほど通つてゐた。それで吉田夫人から、関戸本のことを母に訊いてくれといふことになつたのではないか。

恆存自身もその後本格的に習字を始めるが、それは外国から戻つて後のことで、年譜によると昭和三十一年四月に平塚市在住の書家田中眞洲に師事してゐる。といふか、これもおぼろげな記憶だが、二週に一回か、時に月に一回だつたか、その程度の割合で大抵は週末に眞洲師が大磯の家に来てくれて、一家四人、兄と私も「強制的」に習字をさせられた。母は比田井先生から仮名を習つてゐたわけだが、眞洲師からは全員漢字の手ほどきを受けた。尤も、父は自身の父親が一応習字の先生の真似事をしてゐたため、いはば門前の小僧でもあり、さらに年譜には昭和十一年に「高橋義孝の発意により、二人一緒に父に就いて書を習ふ」とある。それなりの下地はあつたわけだ。偶然なのだが、書を教へてゐたといふ私の祖父の師匠と田中眞洲とは同じ系譜に連なる書家ださうである。そんな経緯もあつてか、父の書が眞洲師に随分影響を受けてゐることは両者を見比べると良く分かる。

この書簡を読んでなんとも言へぬ感慨を覚えたのが、「名人の手本の一本の線が／どうしても引けない」といふ一文と、「独創が不可能といふこと／よりも真似が不可能といふこと」の件である。わざわざ私が何か書くまでもあるまいが、最近、自分の字の下手さ（穢さ）加減に愛想が尽きて、半世紀ぶりに田中眞洲の手になる「千字文」を手本にトボトボと一人で習字を始めたのだが、つくづく「名人の一本の線」どころか、まともにただの一筋の線すら書けないことを思ひ知らされてゐるこの私にでも、この言葉に父が込めた思ひは分かる気がする。さらにそれに続く「それを思ふと文章でも何でも悉く／出たらめなごまかしのやうな気がしてきて／ほとほと困ります」に至つては、それこそ「骨身に」しみて、今この瞬間にも、この原稿を抛りだしたくなる。さういふ感慨は日頃私が何を書いてゐる時でも、必ずといつていいほど襲はれる気分を的確に言ひ表してゐる。

次の「独創が不可能といふこと／よりも真似が不可能といふこと」云々は箴言と言つてもよからう。この一節は、単に文章、文体や芸術などの事のみを言つてゐるのではないだらう。「名人の一本の線」といひ、「真似が不可能といふことの方が骨身に／応へます」といひ、この件《くだり》を続けて読むと、恆存がここでぶつかつてゐる壁は、絶望と呼ぶのは大袈裟だが、その壁の前に佇む人間が痛いほど味はつた、完璧を求めることの不可能と無意味が滲み出てゐる気がしてならない。諦めでもなく、勿論捨て鉢でもなく、はたまた愚痴でもないが、生きるといふことに纏はる根幹にある本音を、恆存は吉田に向つて零したくなつたのだらう。

かういふことをわざわざ書いた恆存の書簡に見られる吉田への信頼を思ふと、羨ましい気がしてくる。鉢木會の面々の中でも、やはり、最初に會を始めた中村光夫、吉田健一、福田恆存三者の信頼関係は書簡の端々に顔を覗かせる。別稿の中村光夫宛の「詩劇」に関する偶感を書いた恆存の手紙とこの書簡を合せ読み、私はその感をさらに強くしてゐる。

＊

次にもう一通、これはむしろ愉快な「失敗談」の書かれた書簡を挙げておく。日付は六月二十四日、消印は昭和三十八年（一九六三）六月二十五日になつてゐる。

今日は全く仰天致しました
例の宵張りの朝寝でまだ寝て
居るうち吉田邸より電話あり
健一さんよりの預かり物があるので
後でお届けするとの事　家人より
聞き　何かお貸ししたま、の本でも
あつたのか　それとも　大磯へいらして

例の葉巻を御入手になり　当方へ
お寄りになる暇が無く　爺やさんか
書生さんに託してお裾分け下さる
お積りか　それにしてもこちらから
頂きに上がらなければ悪いかな　いや
お貸しした本だつたら却《かへ》つて具合が
悪い事になると思つてゐるうちに

五十才位の女の方がお見えになり
玄関の式台に大きな箱をお載せに
なつたまゝ御丁重な御挨拶　こちらハ
何はともあれ恐縮して御禮を
申述べました處　お話しの様子が
どうもをかしい　と申すのハ単なる
お使ひではなく　近いうちに健一さんが

見えた時是非遊びに来い、同じ
大磯に住んでゐながら今まで會ふ
機會が無かつたのは残念とおつしやる
後で家内と話しあつた事ですが、
さういへバ　健一さんといふのが
そもそも妙だ　玄関先で
お帰しして了つたが　これは大変
失禮な事をしてしまつたぞといふ始末
御挨拶を伺つてゐるうちにどこかで

勘は働きながら　それと気附いて
行動できなかつたのハ一重に
不意打ちの所為です　くれ〴〵も
お詫びしておいて下さい　後から
電話でもと思ひましたもの丶　それも

又仰々しいと思つて止めました
それにしても玉手箱　文字通り
開けてびつくりでした　確に
竹葉で話が出てをり　近く
だから届けさせるとおつしやつてゐた
事を憶出しハ致しましたが
失禮ながら冗談とのみ思つてをりました

始終頂戴物をしてばかりをります
けれど今度ハいさゝかどころか大いに
話しが違ひ相好を崩した已の顔を
改めて引緊め　とんだ事になつたと

謹んで御禮申述べます
日生では御迷惑をお掛けし
引続いて現代演劇協會の事で

春以来何かと御配慮頂いてをりますのに
逆に貴重な頂戴物全く痛入ります
おついでの節 お父上様にもよろしく
御伝言頂きたく そのうち大磯に
お越しの折 お差支へ無くば 私も
参上して御禮言上致したく存じて
居ります

猶 次の鉢木の事大岡君にハ
諒解得てあります いづれその節
拝眉のうへ万々――何気なく
末筆ながら奥様によろしく 匆々
六月二十四日夜
福田恆存

吉田様　机下

この書簡については何の説明も要るまい。ただ、ミソは届け物に来たのが爺やや書生ではなく、吉田茂の事実上の「後妻」、こりんさんであつたところ。恆存がそのことに思ひ至らず、玄関先で帰してしまふといふ甚だ失礼な応対をしてしまつたことを詫びたに過ぎない書簡ではあるが、自分の失態をかなり気に掛けた父の心情が何やら面白く、しかも毛筆で一字の書き損じもなく丁寧に書かれてゐることからも、父は相当に「気に病んだ」のではないかと思はれる。ちなみに「同じ大磯に住んでゐながら」云々といふのは、当然吉田茂の言伝てであることは言ふまでもない。この書簡は、いはゆる墨痕も鮮やかに、といふ形容がぴつたりするやうな筆書きのもので、引用からお分かりのやうに一枚に七行といふ広い罫の便箋に、大きな字で九枚、実に丁寧な筆致で書かれてゐる。墨筆のため、句読点の類は一切ない。

巷間、吉田茂がこりんさんを後妻同然にしてゐたことを、息子健一は快く思つてゐなかつたといふが、さうだとしたら、この書簡のやうな状況が生ずるか、少し気にかかるところではある。もし、さうであつたなら、それこそ、爺やか書生にでも使ひをさせさうな気もするのだが。

「竹葉」とあるのは無論鰻の竹葉亭のことであらう。また、「近くだから届けさせる」からには、この玉手箱の中身は健一が新宿の自宅から持参したものではなく、大磯の吉田邸にあつた、恐らくは茂の所有物で、健一は「勝手に」お前にやるとばかりに竹葉亭で酒の勢ひ半分（？）で口にしたのだらう。恆存はその「品物」を想像して、まさか本気ではあるまいと受け流したといふわけか。

「日生では御迷惑をお掛けし」の「日生」とはこの年の秋に開場した日生劇場に関することだらうが、具体的にどういふ「迷惑」だつたのかまでは分からない。恆存が多くの演劇人と共に、しばらくの期間だが日生の特別プロデューサーを務めてゐたので、演目のことででも吉田に相談したのであらうか。「引続いて現代演劇協會の事で　春以来何かと御配慮頂いて」とあるのは、文学座から分裂して財団法人を設立し、傘下に附属劇団雲を置いたのが昭和三十八年の二月のことだから、文脈からすると、その前年、日生劇場設立段階から恆存が吉田に何らかの依頼をし、その直後、現代演劇協會が出来てからも、理事になつてもらつた事などを指すのだらう。

ところで、その後、父が健一と共に吉田茂に会ふ機会は巡つて来なかつたと思ふ。その種の話は、我家では比較的あけすけにといふか気楽に話題になつてゐるから、吉田茂に会つてゐれば、おのづと私の耳にも入つてゐたはずである。

終りから二行目「拝眉のうへ万々——何気なく」といふ一文も父らしい気の廻しやうだと思ふ。今度鉢木會で会つた折に改めてきちんと口頭で御礼申し上げると言ひつつも、「何気なく」とまで書いて、周囲の人々のことを気遣つてだらう、余りあからさまには申し上げられないがと、先回りしたわけだ。

で、この玉手箱、中に何が入つてゐたのか、今でもそれが我家にあるのか、全く不明。あるなら売れば金になるかもしれない、さう思つて九十六歳になる老母に聞いたが、もはや忘却の彼方、なにせ半世紀前の話である、何とも残念至極ではあるが——致し方あるまい。

暗渠で西洋に通じてゐるのは――三島と福田

鉢木會の面々のうち、一番私の記憶にあるのは同じ町に住んでゐた大岡昇平だらうか。家族ぐるみで往き来してゐたこともあり、目鼻立ちの整つた夫人の笑顔もよく憶えてゐる。御子息貞一さんには随分遊んでもらつたし、御息女鞆繪さんの記憶も微かにある。次が、中村光夫。既に述べたやうに、現代演劇協會の理事を、私が専務理事になつた後も亡くなるまで続けてゐてくれたこともある。後の面々には殆ど会つた記憶がない、神西清は早くに亡くなつてゐたし、吉川逸治は美術が専門といふこともあつてか、会ふ機会もなく、我家でもほとんど話題に出なかつたと思ふ。

印象に残つてゐることといへば、鉢木會が我家で催された折に隣の部屋から聴こえてくる吉田健一の「うひゃひゃひゃひゃ」といふ高笑ひくらゐなもの。これは前にもどこかに書いたと思ふが、子供のころ兄と私は、ただただ、甲高く珍妙なその笑ひ声が聴こえてくるのが面白くて隣室に潜み、聴こえるたびに二人で忍び笑ひを堪へてゐた。(この笑ひ声を「お寺の破れ障子」といふ分かつたやうな分からぬやうな、しかし、絶妙な比喩で譬へたのは小林秀雄だとか。白洲正子著の『変な友達――吉田健一のこと』に書かれてゐるさうである。また、巖谷大四はこの笑ひ声を「隅田川の反対側にゐても聞こえてくる大声」と評したといふ。）

　三島由紀夫には一度会つたことがある。「会つた」といふ言葉が正しいと言へるのか、あれは、確か三島が瑤子夫人と新婚早々だつたやうに記憶する。多分、昭和三十三年（一九五八）のことだらう。夏、私らが家族で大磯ロングビーチに遊びに行つた折だつた。プールサイドを歩いてゐて、ばつたり夫妻と出くはした。数分、父と言葉を交してゐた三島夫妻は如何にも嬉しさうな様子をしてゐた。小学校の四年だつた私は、かなり強烈な印象に目を眩ませられた——三島にではない、夫人の弾けんばかりのグラマラスな水着姿にである。当時流行のトランジスタ・グラマーといふ言葉を子供ながらに思ひ浮べたものだつた。三島はと言へば、胴長短足の上に顔もまた例の面長である、はだけたアロハシャツ姿だつたと思ふが、そのせいで余計短足に見えたのか、美的なバランスといふ「観点」からは夫人の方が数段勝つてゐた。

*

　さて、三島宛の福田の手紙は、三島由紀夫文学館辺りに問合はせれば、残つてゐるかもしれないが、それはまた機会を改めてと考へてゐる。ここでは全く別の角度からこの稿を書く。

文藝春秋から父の生前に刊行された『福田恆存全集』全八巻のうち第六巻まで、巻末に父自身が「覚書」と題する後書きを書いてゐる。その最後の「覚書六」に次のやうな件がある。

さて、昭和四十三年の一月、原書房の企画で国民講座「日本人の再建」のなかの一冊、「現代日本人の思想」といふ座談会を、會田雄次、大島康正、鯖田豊之、西義之、林健太郎、福田信之、三島由紀夫、村松剛の諸氏とともに試みたことがある。どんな話をしたか全く覚えてゐないが、その席上でか、その後の食事の時にか、私は三島に「福田さんは暗渠で西洋に通じてゐるでせう」と、まるで不義密通を質すかのやうな調子で極め附けられたことがある。先日、たまたまその話を西氏にしたところ、西氏もそれは覚えてゐると言つた。西氏も私もその前後の脈絡は記憶にない。しかし、講座の名称が「日本人の再建」であり、座談会が「現代日本人の思想」といふからには、どう考へても三島はそれを良い意味で言つたのではなく、未だに西洋の亡霊と縁を切れずにゐる男といふ意味合ひで言つたのに相違ない。それに対してどう答へたか、それも全く記憶にないが、私には三島の「国粋主義」こそ、彼の譬喩を借りれば、「暗渠で日本に通じてゐる」としか思へない。ここは「批評」の場ではないので、詳しくは論じないが、文化は人の生き方のうちにおのづから現れるものであり、生きて動いてゐるものであつて、囲ひを施して守らなければならないものではない、人はよく文化と文化遺産とを混同する。私たちは具体的に「能」を守るとか、「朱鷺《とき》」を守るとか、さういふことは言へても、一般的に「文化」を守るとは言へぬはずである。

右の座談会は一月十四日から十五日に掛けて箱根・湯本「松之茶屋」で行はれたものだが、国家論、人生論、芸術論、文化論と多岐に亙る実に中身の濃い充実した討論である。絶版であることが惜しまれる。それはさておき、福田が「その席上でか、その後の食事の時にか」と書いてゐるが、席上でほぼこれに類する会話が交されてゐる。かなり長くなるが、途中数ヶ所を省略して引用する。

福田　三島さんはやっぱり日本〔と西洋＝筆者註〕の差は絶対的なものだと思う？

三島　絶対的なものだけれども、相対的な世界といくらでも交流はできるとも思うし、その点ではいくらでもインターナショナルになりうると思う。だけど、差は絶対的なものだと思う。

……（中略）……

三島　つまり福田さん、欧米と日本との差が相対的であるためには、もう一つその上に絶対的なものがなければ相対性というものは生じないのだから、（中略）すでにその両方を相対化するところの絶対性というものをあなたは考えていらっしゃるわけだ。それは何というわけです。あなたのお考えになる場合は。

福田　ぼくのは本能的なものだな。

　……（中略）……

福田　（中略）いいかえれば、自然といってもいいですよ。

三島　それは人類の自然、つまりあなたは人類〔人類の普遍＝筆者註〕というものを信ずるわけね。

福田　いや、自然を信ずる。日本人も、ぼくもその分枝にすぎないという実感だよ。

三島　自然という観念だよ。全部違うよ。この国の自然、フランスの自然、ドイツの自然、みんな観念だよ。

福田　そんなことはないだろう。やはり根源だよ。生命力の根源みたいなものだ。

三島　ぼくはそう思わないね。生命主義という側からみると自然は生命かもしれないけれど、人間の歴史からみた場合自然は生命じゃない、観念だよ。歴史の表象だよ。

　……（中略）……

福田　観念という点は同じだと思うのだよ。それを信ずるか信じないかという問題だ。

三島　結局それだけの問題なの。あなたはそれを信ずるの——生命、あるいは自然、あるいは人間。

福田　ウン。

　……（中略）……

三島　（中略）それはごく低い次元では共通性を信ずるけど、それを相対化するところの絶対的価値という意味ではぼくは何も信じない。人類なんていうものは全然信じない。人間性というものも信じない。

福田　非常に閉されたものだね。それは日本人だけがそうなっていて、日本人同士の間にそれを信じないというのは、ちょっとおかしいんだよ。

三島　そうだね。しかし、それは……。

福田　日本人だけは交流を感ずるのかね。日本人だって全然だめなのがいるもの。（笑）羽田で暴れる連中〔三派全学連＝筆者註〕とはとても共通意識を感じない。三島さんはあぶないぞ。（笑）

三島　かなり三派には共鳴している。

……（中略）……

福田　ごく素朴ない い方をすると、もう一度生まれてくるとすればどこに生まれてきたいかということになれば、ぼくは日本に生まれてきたいといえばもうそれでいいと思うのだ。——愛国心の問題、ナショナリズムの問題はそういう単純なことでかたがつくと思うがね。日本人のほうが、近代化でも何でも劣っていてもいいのだよ。だけど、もう一度日本に生まれてきたいということしか、ぼくは共同体意識というものはないと思う。

三島　福田さん、こう考えたらどうだ。つまり、お前はそんなことを信ずるなら、日本人とはどんないやなやつでも話が通ずるが、西洋人との間には絶対のサクを置くのかという質問があるでしょう。そうすると、ぼくは日本人との間にも正直にいって通じないよね。そうすると、自分の考えている価値というものがどんどんどんどん求心的になっていくわね、あなたが遠心的になるのと反対に。求心的なものと自分とを同一化してしまえば、どんなにラディカルになるかわからないわね。しかし、ラディカルにならないまでも、その求心的なものの価値と、自分がそういうものをキャッチできるプリヴィリッジというのは、日本人だからそういうものをキャッチできるプリヴィリッジがあるので、もしぼくがアメリカ人だったら、ぼくが信ずる価値へ到達できないだろうと思うのだ。日本人であるからこそ、ほかの日本人はいやなやつでも、つまりそういう日本というものの求心的に求められたあるヴァリューに自分は少なくとも到達できるプリヴィリッジをもって生まれたのだと、そこに日本人としての先天性と誇りがあるのだというふうに感ずるわけだ。どうだアメリカ人がいくらでかい顔をしたってここまでこられないだろうというものを信ずるわけだ。

福田　それはぼくも信ずるよ。

三島　そこにぼくは価値を置くわけだ。そうすると、あなた方は、アメリカ人もこられる、日本人もこられると。

福田　そんなことは絶対ない。

三島　だけど、人類というのはそういう考えだよ、だれでもこられるという。

……（中略）……

三島（中略）日本というものを求心的な価値の中で毎日暮らしていたら、それは朝から晩までみそぎしていなければならんかもしれないし、そうはやらないで洋服着ているんだからね。だけど、その価値に対してアプローチする先天的特権が自分にはあるのだというところによりどころがあるんだな。

福田　それはおもしろいよ。それならぼくも同じだ。

三島　それは一つのインターナショナルな立体面を考えると、その上のほうにかじりつくか下のほうにかじりつくかの問題の差だよ。人類の人間性というのは下のほうにあるんだよ、下水だよ。おれの考えるのは上のほうにあるんだよ。（笑）

福田　おれのほうを下にしたわけだな。上水道と下水道か。（笑）

三島　下水道が人類の人間性だよ。上水道がおれの考えるサムシングだよ。

……（中略）……

三島　まあ妥協していえば、下も上も両方あったほうがいいということです。

福田　セントラリゼーションとディセントラリゼーションと両方あるわけだよ。

三島　あなたは下水道を強調したから、僕は上水道を強調したわけだ。

福田　ぼくはいつも両立させたいんだよ。

この最後の「下水道」論議が引鉄《ひきがね》になつて、恐らく、夕食の席でその話題に話が戻り、三島が福田に「福田さんは暗渠で西洋に通じてゐるでせう」と絡んだのだらうと、私は推測してゐる。思ひ切り要約してしまふと、三島に言はせれば、下水道は日本と西洋を一緒くたにしてしまう普遍性といふ名の「人類の人間性」に通じてゐて、それは日本といふ固有＝絶対無二の「サムシング」の対極にある、自分はその上の方の日本固有のものを求めるといふことにならう。

恆存の「覚書六」に戻る。「暗渠」＝「下水道」といふのは自明だらう。そこで、「覚書六」にある恆存の言葉、「私には三島の「国粋主義」こそ、彼の譬喩を借りれば「暗渠で日本に通じてゐる」としか思へない」といふのは、文脈としてをかしいと疑問を投げかけたのが、福田の全集の年譜等々の編纂に当たつた佐藤松男氏である。

氏は若い時から福田に私淑し、福田を顧問とした日本学生文化会議（後、福田の命名により現代文化会議と改称）を結成して以来、常に福田の近いところにゐた福田読みの一人と言へる。その氏が、故持丸博との対談『証言　三島由紀夫・福田恆存　たった一度の対決』（文藝春秋刊）の中で、三島の言葉に対する福田の切返し、「暗渠で日本に通じてゐる」は、三島の国粋主義こそ「暗渠で西洋に通じてゐる」でなければ論理が繋がらない、と疑義を呈してゐる。そして、これは脳梗塞後老いた福田の疲れゆゑの書き損じだらうと論じてゐる。文脈からするとまさに佐藤氏の言ふ通りではないかと思ふ。

一方、福田の書いた通りでいいのだといふ読み方も出来る。予め言つておくが、どちらが正しいか結論は出ない。

　で、その正反対の読みとは、いかなる読みかといふと、私にとつて畏友ともいふべき、今は亡き遠藤浩一の素直な、福田が書いたものをそのままに受け取る読み方である。氏は暗渠で三島が通じてゐるのは日本であるといふ前提から一歩もぶれずに、実に明晰にかう書いてゐる、「暗渠で日本に通じてゐる」といふ一節は、「他者との交流を排して自己に内向するのも、所詮低いところ（＝下水道、暗渠。筆者註）での自己満足でしかあるまいとの指摘である」（麗澤大学出版会刊『福田恆存と三島由紀夫　１９４５～１９７０』下巻）と。そして、遠藤氏は私が接した人々の中で最も福田恆存を深く正確に理解してゐた評論家でもある。

　さて、かうなると、どちらの方がカウンターパンチが効いてゐるか、文脈として流れるか、さういふ問題だけではなく、直感的にどちらがそれぞれの読者の腑に落ちるか、最後はそこに掛かつて来よう。しかし、これまた、結論も出ないしどちらにも軍配は上げられない。あるいは、どちらとも読める。「証拠」をお目に掛け、それを挙げたのちに私は私なりの読み方を最終的に提案する。大袈裟だが、「証拠」といふのは恆存自身の、書き損じの原稿である。内容やその他のメモ類から見て、「覚書六」を書いてゐた時期のものであることは疑ひない。全くの偶然から父の書斎で見つけた「書物の覚書」と表に書かれた白い小箱の中に、無数のメモ類と共に捨てられずにしまはれてゐた二百字詰め原稿用紙三枚――二枚は一続き、もう一枚は独立し、その三枚がホッチキスで留められてゐる。間違ひなく「覚書六」の書き損じと判断してよからう。以下の通りである。この書き損じ自体にも佐藤氏が言ふのと同じ老いゆゑの混乱が散見される。それゆゑ、書き捨てられた原稿でもあり、私にしても公開が憚られるといふ思ひもあるが、そのまま写す。まづ12、13と番号を振られた二枚から。

である。当然、自分はもはや西洋とは通じてゐないといふ意味である。が、それが「近代日本人」の陥りやすい罠《わな》ではなからうか。日本か西洋か、人々はそのいづれかを取らなければならぬと思ひこみ、自分が常に日本人であることを意識し、西洋に接するときはその枝葉だけを受け容れればよいと考へる。つまり和魂洋才型といへよう。私が今もなほ西洋と「暗渠で通じてゐる」といふのは、自分では意識せずに、あるひは意識して表向きはさりげなく「日本人」らしき「思想」を表

明してゐるものの、大本は密かに西洋に道を通じ、その奥許
しを得たつもり積り（マヽ）でゐるといふこと
であらう。この場合、自分がどう思はれようと構ひ
はしないが、それなら三島氏自身
はどう思つてゐるのであらうか。少なくとも私
の目には、私より氏の方が「暗渠」で西洋に道を
通じてゐるとしか思はれない。いや、それは「暗渠」とい
ふやうな生易しいものではない、公然、陽の
当たる天下の大道である。三島氏のみならず、

そして、もう一枚には12と振られてゐるから、これは右の引用とは別の書き損じと思はれる。

つまり公私いづれかの面において、西洋流の
考へ方から脱け切れずにゐるとすればの話で
ある。だが、~~如何なる意味においても~~、
私は良い意味でも悪い意味でも日本的である、
西洋的と言へば三島の方であらう。小説の場合、何よ

りもまづその書く文章が西洋的である、また「文化防衛論」のやうな論文日本的な語彙を使へば使ふほど、それが硬質な周囲の文章から浮き上がつ《（ママ）》見える、論

以上、どちらの引用からも、一目瞭然、三島の方がオレより余程西洋的ではないかと言つてゐることは確かであるし、殊に最初の引用では「暗渠」で西洋に繋がつてゐるのは三島の方だと明言してゐる、その限りにおいて佐藤松男氏の読みが正しい。これは間違ひない。ただ、そこから先に、私の臆測を逞しくする癖が出て来るのだが、遠藤氏の素直な受け取り方も出来ると考へてゐる。むしろ、もう少し切れ味鋭く書かれてゐたなら、その方が強烈なカウンターパンチになつてゐたはずである。

最初に引用した福田の「覚書」の文章に戻つて考へてみよう。この「暗渠」の問題点よりも、実は脳梗塞の後遺症と老衰が明らかに読み取れるのは、その直後、引用の後半部、つまり、「ここは「批評」の場ではないので、詳しくは論じないが」と、それ以降の文章である。「論じないが」の後に続く文章と、前の三島こそ「暗渠で」云々とは一体どう脈絡が繋がるのか。虚心坦懐に読み直して頂きたい。繋がらない。そこまで言ひ切るのは不遜だといふなら、非常に分かりにくい、と言ひ直してもよい。「暗渠」問題と「文化」の問題が前後いかなる脈絡で繋がつてゐるのか、読み解けるだらうか？　こ

こに、私は老いゆゑの思考の断線を見てゐる。

さらに、「詳しくは論じないが」は恆存が体裁を繕つたので、有態に言へば頭がよく回転しないので「詳しくは論じられないが」とすべきところを、右のやうに「詳しくは論じないが」と逃げを打つてゐるのだらう。これは当時を知る私、あるいは息子としての私の直感的確信、いや、確信以上のものである——さういふ言ひ方が、ある意味、卑怯な言説になり兼ねないのを承知で書いておく。この頃、つまり、父が脳梗塞を患つた昭和五十六年（一九八一）から既に五、六年を経て、『全集』出版のための「覚書」を書く頃の姿は見るも無惨なものだつた。「覚書」も母の援けを得てどうにか仕上げたものであり、その青息吐息の姿を横目に、私は現代演劇協會（劇団昴）のことで手一杯、父に協力などしやうもなかつたゆゑ、いはば傍目《はため》には気の毒なといふほかない父の姿だつた。この父の老いについては、どこまで正確誠実に書けるか不安ではあるが、第三部の「恆存の晩年」で詳しく述べるつもりでゐる。

さて、では遠藤氏の素直な読みは、どういふ文脈として読めばよいのか。実はそれもまた、右の書き損じの原稿の中に混濁状態で残されてゐると私は考へる。後に挙げた一枚だけの方である。そこで三島の文章が西洋的なことを、「日本的な語彙を使へば使ふほど、／それが硬質な周囲の文章から浮き上がつ《（ママ）》見える」（「浮き上がつて見える」）と評してゐるやうに、福田は三島のことを敢へて言へば「西洋かぶれ」と考へてゐただらう。この原稿に恆存が書き残したことばかりではない。三島が馬込に建てたロココ調の洋館にしても明示的に西洋的である。恆存の残した他の短いメモの中にも、三島について「語彙、死に方、生き語つて死んだ。而もハデに場所を選んで醜い洋装で」といふ身も蓋もない走り書きがある。

それらを総合して考へると、福田が、三島は武士道を盛んに言ひながら、生活も死に方もその折の姿も何もかも洋風ではないかと捉へてゐたと考へたとしたら、その当否はさておき、どうなるか。先の佐藤氏の解釈とは逆に、文体も語彙も実生活も死に方も死に装束も、なにもかも外見は西洋的な三島に向つて、「私のことを暗渠で西洋に繋がつてゐるといふなら、君はどうなんだ、君こそ、表向き（外面）はそこまで西洋的なのに、実は暗渠では国粋主義で日本に繋がつてゐるぢやないか」、さういふ意図で「覚書六」のあの箇所を書かうとしたとは考へられないか。さうだとすると、まさに遠藤氏の説が正しいといふことになる。

そもそも、父が三枚の書き損じを棄てて、現在の形で「覚書六」を残したことを、単に「日本」と「西洋」との書き損じをしたで済ませてよいか。むしろ、老耄の頭脳であれ、三枚、あれこれ書いたものの、あげく、さらに気の利いた皮肉が閃いた――と、父は思つた――俺が「暗渠」で「西洋」に繋がつてゐるといふなら、お前は「暗渠」で「日本」に繋がつてゐるのだ、世上では日本主義的、国粋主義的と言はれてはゐるが、三島、お前は何もかも見るからに西洋的だよ、そのくせ実は裏で「日本」的な自分に酔つてゐる（遠藤氏の言葉を借りれば「自己に内向」している）ではないかと言ひたかつた。それを父は切れ味良く表現できなかつた、さうは考へられないか。

私個人は出版当初から、何の疑ひもなく遠藤説で読んでゐた。いまなほ、それが正しいと思つてゐる。「覚書六」に即して言へば、「私には三島の「国粋主義」こそ、彼の譬喩を借りれば、「暗渠で日本に通じてゐる」としか思へない」を次のやうに補つたらどうか。「三島の文体にせよ語彙にせよ日頃の西洋趣味にせよ、それらを眺めた時」、「私には三島の「国粋主義」こそ、彼の譬喩を借りれば……」としたら、素直に「三島さん、あなたこそ実は、暗渠で日本に通じてゐる」のではないかと言はうとしたと読めるのではないか。そして、その方が、強烈な皮肉＝カウンターパンチが効いてゐるのではないか。日本主義、国粋主義に急激に傾いて行く三島に福田は、「お前さん、日本日本といふが、傍目には実に西洋的だよ、西洋文化の落し子だよ、でも暗い下水道で日本に繋がらうともがいてゐるぢやないか」と言つたのだと捉へるわけである。遠藤浩一の言ふのは「他者（西洋）との交流を排して自己（日本）に内向することこそ低いところの自己満足」と解釈してゐるわけだが、私はそこからもう一歩を踏み出して、以上のやうに読んだ。補足的に付け加へるが、書き損じの原稿前者の終りにある一節をもう一度見てみたい――

私より氏の方が「暗渠」で西洋に道を通じてゐるとしか思はれない。いや、それは「暗渠」といふやうな生易しいものではない、公然、陽の当たる天下の大道である。

ここで恆存が言はんとしてゐるのは、「暗渠」などといふ後ろめたいものではなく、堂々たる「陽の当たる天下の大道」で三島は西洋に通じてゐる、さういふことである。となれば、福田の頭にあるのは、三島は表向きは甚だ西洋的だが、陰で、「暗渠」で「日本に通じてゐる」といふ意味としか考へられない。さういふ点からも私は遠藤説を取る。

恐らくこの書き捨てた三枚の原稿も、父はもどかしい思ひで書いてゐたに相違ない。自分が言ひたいことを、曾てのやうに切れ味良く書きたい、切れ味良く書いたつもりが、読み直してみれば、自分でも論旨が混乱してゐるのが分かる、しかも、それがなにゆゑ混乱してゐるのか理解できず、理解できないが混乱は感じ取り、どう直してよいかも分からず、何度も書き直した、さう私は推断してゐる。

従つて、佐藤氏の言ふ脳梗塞後の疲れから書き損じたのは、「日本」と「西洋」といふ単語ではなく、もつと大きく、文章全体の流れそのものの躓《つまづ》きであり、その為に切れ味が鈍く、誤解を生ずる文章になつたのだと考へてゐる。

三島を貶めるつもりは毛頭ない。福田の老耄を論《あげつら》ふつもりも全くない。ただ、恆存の書いた曖昧な文章が、オーロラか変幻自在な照明でもあるかのやうに、定まらずに揺れて見えると言つてもよい。恐らく、これ以上は幾ら言を重ねても、二つの解釈は平行線を辿るだけだらう。読者諸兄はどうお考へになるか。何はともあれ、佐藤氏の言説の結果、単なる「西洋」と「日本」の書き間違ひといふ説が通用しても困る。ここは、謎は謎のままとしておくのが、二人の死者に対する私なりの敬意の表し方である。

さて、三島と福田との離反だが、言ふまでもなく文学座分裂の折、福田は三島に声を掛けるわけがない。私には何の確証もないが、父が後年私に語つた、「三島の戯曲で優れてゐるのは『近代能楽集』だけだ」といふ主旨の発言からしても、また、二人の演劇観、戯曲の質を考へても手を携へて文学座を飛び出すとは思へない。ただ、父は三島の自決のことはさておき、三島に一種の親愛の情を持つてゐたのではないかと、これは具体的な根拠があるわけではないが、日ごろの我家の雰囲気から、さう感じられた。空気とでも言つたらいいのだらうか。弟のやうに可愛がると言つたら完全にずれるだらうが、何らかの親近感があつたはずである。

そのことと、三島の最期への父の感情とは全く別の話であらう。私が遠藤浩一に話し、前掲書に彼も書いてゐることだが、あの日の父のことは忘れられない。大阪万博でキリスト教館のほぼ円形になつた舞台で上演された劇団雲の『寺院の殺人』（T・S・エリオット作）を、東京の日経ホールに移しての舞台稽古の日のことだつた。

市ヶ谷での事件の一報を聞いた私は、父を心配して日経ホールに駆けつけた。舞台稽古終了後、父を一人にしておきたくなく、稽古中、平河町のアパート暮しをしてゐた父とタクシーで、そのアパートまで同道した。その車の中でも、互ひにあまり言葉は出なかつたやうに思ふ。印象に残つた父の一言は、「右にしても左にしても、俺は極が付くのは嫌ひだ」と言ふことばである。アパートに戻つてからも、父は未だ嘗て私が見たことのない陰鬱な表情をしてゐた。そこに母が父を気遣つて自宅から電話をしてきた。情けないことに、その受け応へもあまり憶えてゐないのだが、一言記憶にあるのは、私自身に関することだから記憶に残つたのだらうが、父の「あゝ、逸が来てくれてゐるんだ」と母に言つてゐたことのみである。母は「一人で大丈夫か」とか「家に帰つて来ないか」といふやうなことを父に言つたのだらうか。アパートで父と何を話したのか、何も話さず殆ど二人の沈黙が続いたのかも憶えてゐない。その位、衝撃的な出来事であつた。今にして思ふと、父のその時の思ひなど私には到底計り知れないものだつたのだらうと言ふほかない。悲しみ、哀惜、憐憫、落胆、嫌悪、憎悪、憤怒、絶望……あらゆる感情が渦巻いたか、それとも麻痺に近い無感覚、感情の喪失だつたのか。

それにしても、松之茶屋の討論から遡ること四ヶ月ほどの、昭和四十二年（一九六七）九月に行はれ、『論争ジャーナル』十一月号に掲載された三島・福田対談、「文武両道と死の哲学」の終りほど、ある意味不気味な会話はない。三島自身にも自らの終末を具体的に予期できたはずもなく、福田にとつては予測だに出来ぬ事態であつたわけだが、二人は、それぞれに、昭和四十五年十一月の出来事を見据ゑたが如き会話を交してゐる。

三島　おれはネクタイも嫌いで家では裸だけど、絶対そうでない人がなきゃ、われわれは生きられないですよ。僕は天皇には苛酷な要求するね。それは、戦争が負けて人間宣言をされたあと、日本国民としては天皇を無視するということは、ある意味で天皇に対する愛情だったんだよ。非常に個人的な愛情だったんだ。僕は、そういう個人的な愛情というものじゃないんだ。どうしても、こうしていかなければならない。それが一番苛酷な忠義だと思う。

福田　愛情じゃなくて忠義だね。

三島　僕は、それが忠義だと思っている。

……（中略）……

僕が一番二・二六事件に共鳴するのはそこですよ。忠義を一番苛酷なものだということを証明しただけで、あの事件はいいです。（中略）忠義は苛酷なものですよ。それはテロリズムだけじゃないだろうけど、精神の問題ですよ。

しかし、天皇も皇太子も、結局二・二六事件の本質は理解できないんじゃないか。そういう忠義のほんとうは理解おできになれないという……。

福田　片想いですね。忠義というものはそういうものだ。

三島　それは『葉隠』にもはっきり書いてあるね。実に片想いです。片想いほど、惚れられて厄介なものはないんだ。自分が知らないうちに殺されちゃうかもしれない。（笑）

福田　「なぜあなたは、私の理想どおりじゃないのか」ということだからね。だけど、三島君の気持はわかるな。忠臣の気持としてはわかるんだけど……。

三島　しかし、こっちは天皇のお気持を斟酌する必要はない。

……（中略）……

三島　でも、忠義は相手の気持をわかる必要ないよ。臣下として、相手の気持を予測したというのは、既に不忠だよ。握り飯の熱いのを握って、天皇陛下にむりやり差上げるのが、忠義だと思うんだ。

福田　召上らなかったらどうする。

三島　お解りでしょう。（笑）でも、僕は、君主というものの悲劇はそれだと思う。覚悟しない君主というのは君主じゃないと思う。

……（中略）……

でも、福田さんだけは解って下さると思うんだけど、私の考えはファナティシズムから出たんじゃない。現実主義から出て、つまり表現が、比喩がファナティックになるだけで、決してファナティシズムから栄養はとっていないつもりだな。

福田　僕はそれは解るね。あなたのは美学だよ。あなたの場合はそうであっても、伝染すればファナティシズムになるでしょう。そうなると、あなた自身が天皇のつらさを味わわされなきゃならない。

三島　おれは、握り飯を食わしちゃうほうだから……。

福田　だけど、エピゴーネンから握り飯を食わされちゃうからね。（笑）
三島　吐き出してやるか。
福田　吐き出しちゃ、天皇になれないよ。（笑）だけど、ある意味で、ある思想のリーダーになったり、政治運動のリーダーになったりしたら、握り飯を食わなきゃだめですよ。
三島　それは城山の西郷だよ。しかたがないですよ。この覚悟が自分じゃついているつもりで、人間というのは実にあやしいものだ。しかし、つくのは最後の五秒間だと思うんだ。ふだんから、「おれは覚悟がある、ある」と言ってたってだめだよ。最後の五秒か十秒の間に勝負がきまる。
福田　ふだんの覚悟ならくだらないもので、だれだってできているよ。いつ死んでもいい、殺されてもいいなんてのは……。だけど、その場になると、恐怖を感じてとり乱すよ。そのあとでマナイタの上で平然とできるか、できないかの問題だよ。
三島　それで人間がきまる。だから、ふだんから覚悟があるって言っているのは、ちょっとにせものくさい。
福田　おおせのとおりだ。

両者とも何かを見据ゑてゐる会話といふほかない。具体的なことではない。だが、結果を知つてゐる我々が今この対談を読むと、どうしても、二人とも具体的ではないにしても正確に三島の行く末を見抜いてゐるとしか読めまい。ここまで読むと、先に書いた、十一月二十五日のタクシーの中で父が私にぽつりと言つた、「右にしても左にしても、俺は極が付くのは嫌ひだ」といふ言葉に込められた父の、言ひ知れぬ感情が、僅かながらだが推し量れる気がしてくる。が、それを言葉でここに表現する力は私にはない。恐らく私であれ、誰であれ、それは不可能であらうし、それ以上に、あの行動に突き進んだ三島の心の内も、小林秀雄や福田同様、「わからない」と言ふより他はなく、語れば語るほど不遜だと私は考へてゐる。

私はといへば、歳と共に三島が懐かしくなる。殆ど赤の他人であるにも拘らず、まさに不遜を承知でいへば、いとほしさに近い感情とでも表現するしかない思ひなのである。昭和四十五年の事件の頃は、一種の不快感を感じてゐたのだが、なぜだかこれも分からない、が、とにかく、無性に懐かしいとしかいひやうのない感覚がある。数年前に三島が田中新兵衛を演じて話題となつた映画『人斬り』を初めて観た。この映画が公開された翌年、三島は亡くなつてゐる。あの映画に出て来る田中新兵衛は、三島の演技は正直なところ下手と言つてよからうが、そこにゐる三島は限りなく優しい。素直で穏やかで、どの場面か忘れたが、坐つて空を見上げて科白を喋るその顔は純真とさへ、庇つてやりたくなるほど可愛いとさへ思つた。何故、私が三島にさういふ感情を懐くのか、自分でも全く分からない。ただ、さう感じてしまふといふ外に説明のしやうがないのである。あるいは父も同じやうな感情を懐いたのだらうか、と時々思ふ。が、さう決めつけてしまつたら、それは甘つたれた感傷に過ぎまい。父の思ひもまた、もどかしくはあるが、分からないままそつとしておく外ないのだらう。

それにしても、二人の親密な信頼感と、互ひへの慮りはどうだ。劇団問題はさておき、私にはどうしても、この二人には何か特別の親《ちか》しさがあつたとしか思へない。

前述の「覚書六」の少し先に、事件の当日か翌日に新聞社からコメントを求められた折のエピソードを記した後に、父はかう書いてゐる。

もし三島の死とその周囲の実情を詳しく知つてゐたなら、かはいさうだと思つたであらう、自衛隊員を前にして自分の所信を披瀝しても、つひに誰一人立たうとする者もゐなかつた、もちろん、それも彼の予想のうちには入つてゐた、といふより、彼の予定どほりと言ふべきであらう、あとは死ぬことだけだ、さうなつたときの三島の心中を思ふと、今でも目に涙を禁じえない。

三島への追悼にこれほど相応しい言葉はないのではないか。

追記。本稿に直接の関係はないが、最近知り得た三島に関する隠れたエピソードをここに記しておく。三島と吉田健一が不仲を越えて絶交状態だつたといふ「噂」があるが、あれはどうやら事実らしい。吉田への福田の手紙の項に書いた、吉田の息女暁子さんの従兄K氏の話である。氏は病身の暁子さんに替つて吉田家の整理をしてゐる。蔵書等々を神奈川近代文学館に収めたり、古書店に引き取つてもらつたりと、面倒な作業をしてゐる最中とのこと。父から吉田宛に贈られた署名入りの著書などもあるわけで、その処分について私も相談を受けた。それに関しては、古書店に出してしまつてよいのではないかと、助言したのだが、それはそれとして、三島から寄贈されたはずの本が、署名のあるなしに拘はらず、一冊も残されてゐないのださうである。

売れば署名等があるものはそれとわかる。処分、つまり捨てたとしか考へられないのではと言ふのが、電話で話したK氏と私の結論である。つまり、二人の不和は事実で、不快を感じた吉田は総ての三島の本を何らかの方法で「葬つた」のだらう。葬るは大袈裟と思ふかもしれないが、さういふ外ない。そのままゴミに出したりしたら、ゴミ屋なり、捨ててあるのを見つけた通りすがりの人間が、三島の本だと目ざとく見つけるかもしれず、さうなればやがて必ず市場に出回る。あるいは吉田が贈呈の署名がしてある箇所を一枚破いてゴミとして捨てたかもしれない――時効だらうから書くが、実は、父が贈呈を受けた本の多くをさうやつて破本にし、その他の本と共に古書店に引き取つてもらつてゐた。

なほ、三島から吉田宛の書簡は、他の文人たちより少ないが、多少残つてをり、これらは神奈川近代文学館に寄贈したとのことである。

もう一つ、これもK氏から伺つた話だが、かなり驚くべきエピソードがある。吉田一家は夏は軽井沢で過ごす習慣だつたといふ。恆存の吉田宛の書簡の中でも、昭和三十二年（一九五七）八月二十五日付、同三十三年八月十一日付、同三十五年八月二日付の書簡が軽井沢宛になつてゐる。で、K氏の母堂、つまり健一の妻の妹Yが昭和四十五年（一九七〇）の夏に新宿払方町の吉田邸を訪ねた三島を記憶してゐるといふのだ。K氏の説明によると、当然この夏も吉田一家は軽井沢に滞在してゐたはずで、推測になるが、三島の方から一度会ひたいといふ連絡が吉田にあつたのではないか。それで、絶交状態が長く続いてゐたにも拘らず、吉田にも思ふところあつてか、帰京して三島に会つたといふことだらうとのこと。絶交状態の吉田になぜ三島は会はうとしたのか、恐らくは今生《こんじやう》の別れをと考へたのではないか。尤も、十一月二十五日の決行が決まつたのが、いつなのかによつてこの二人の再会の意味合ひは変つて来るかもしれないが。

K氏の母堂Yは料理が上手く、K氏の妹の話によると、この様な場合、健一の妻信は帰京せず、いつもYが呼ばれたといふ。ちなみにYは月に何回か阿川弘之宅にも料理をしに出かけてゐたといふ。

そして、その八月の折の三島のことを、Yは「今日、吉田の家に三島さんが来てゐた。三島さん本当にをかしいよ。楯の会作つたりしたから、をかしいとは思つてはゐたけれど」といふ述懐をK氏に述べたといふ。「をかしい」といふのは、言ふまでもなく、三島の当時の行動が「楯の会など作つて、やることが尋常ではない、相当に思ひ詰めた様子だつた」といふニュアンスらしい。

いづれにせよ、三島の、自分の近未来を予測して絶交のままの吉田と一度会つておかうといつた、かういふ律儀な生真面目な誠実と言つてもよいところが、『人斬り』などの映像を通して――あるいは彼の行動そのものすら――長い年月の後、私に三島への愛着を呼び起すよすがとなつてゐるのかもしれない。

鉢木會の連歌帳——そして、神西清

前にも書いたが、鉢木會は昭和二十二年（一九四七）に吉田健一、中村光夫、福田恆存の三人で始まり、その後、吉川逸治や神西清、大岡昇平、三島由紀夫が加はる。会の恒例となつてゐた毎回の連歌作りの一部が吉田健一邸に六冊残つてゐた。この連歌帳一式も、吉田家とK氏の御厚意で、吉田家の恆存の書簡と共に暫くお借りした。お蔭でこの稿を書くことができる、この場で御厚意に謝意を表したい。

連歌帳はすべて和綴ぢのもので表紙に「鉢之木會　八」「鉢の木會　十三」などと書かれ、勿論表紙も中の綴ぢも和紙で、殆どが毛筆で書かれてゐる。一冊に数回分の会合の「連歌」が書かれてゐるが、幸ひ第一冊目が吉田家の六冊のうちにあり、その最後の頁に、「鉢木會第一輯終／最終回は吉田当番ノ故ヲ以テ／吉田家所蔵トナル／吉田健一」と書かれてゐるので、この飛び飛びに残存した理由も判明した次第、他のものは殆ど消失してゐる。我家には一冊もなく、三島由紀夫文学館にもなく、神奈川近代文学館に神西家から寄贈されたものが、確か二冊だつたかあると聞く。

その、吉田家所蔵の第一冊を見ると「連歌帳」が始まつたのは発会より四年後の、昭和二十六年（一九五一）十二月十九日の集まりからで、ほぼ、会の年月日と場所、出席者の名前のみが書かれてゐて、まるで出席簿の態である。五ヶ月後の五月十八日の福田宅での集まりから、連歌らしき寄せ書きが始まる。ただし、初めのころは、ただ酔ひに任せた駄句揃ひ、句にも歌にもならぬ酒の席のまさに酔狂の寝言が多く、その席にゐればこそ伝はる、その場の空気に頼つた言葉が多いのだが、それはそれで酒席の愉しげな雰囲気が感ぜられる。そして、巻を追ふに従つて書きつけられたものが少しは「歌」の態をなして来るから面白い。

吉田家にある第一冊が昭和二十六年十二月十九日からと書いたが、次の新年一月の会合の記述が飛んでゐて、一頁開けたところに四枚の半紙がクリップ留めされ、最後の頁が綴ぢに糊付けされてをり、以下の一連がある。日付も開催の家も書かれてゐない。恐らく、十二月の会を開いた神西が一月の会合にこの連歌帳を持参し忘れ、その一月の当番の家で習字の半紙を出して寄せ書きをし、後で糊付けしたのではないか。

この一連は、福田恆存が十二月発売の「演劇」昭和二十七年一月号に『龍を撫でた男』を発表したのを受けて、それを読んだ面々が翌二十七年正月の集まりで、たまたまこの年が辰（龍）年である偶然を面白がつて、龍にからめて干支にちなんだ句を書いたと思はれる。

獲雲龍昇天　橘清
龍の雫に猪もと（兎）りも
この春は龍とりさるの
　うまゐね〰〰
　　光夫
川柳と絶句に責められ
潜龍絶句矣
わたしやものもいへません
　恆存
付句にも困りはてけり
　辰の春　㊗
元日や
　龍のおとしご
虎になり

よい〔吉川逸治か＝筆者註〕

今年こそねとしの
男龍にのり　光夫

龍を撫でことのついでに
あるわけだ
めでたかりけり　昇平
〈

少し説明が必要な部分がある、龍、天に昇りて雲を獲《う》る（トルともツカムとも読めるか）は、言ふまでもなく、『龍を撫でた男』を発表した福田への挨拶句でもあり、辰年の正月を寿いだ発句といへよう。橘清は神西清に違ひなからう。が、なにゆゑ「橘」としたのか、いはゆる四姓の源氏・平氏・藤原氏・橘氏の中から「橘」を選んだのかは不明。御存じの方があれば御教示願ひたい。二句目が何を詠んでゐるか、一見不明だが、実は出席者の干支が隠されてゐる。龍、つまり辰は誰も該当しないが、前述の如く、この年の干支を詠んだのだらう。猪（亥）は中村光夫の干支、「とり」（酉）が大岡昇平、「と」つまり兎は神西清。この二句目、署名がなく誰が書いたのか不明、前後の神西中村とは書体が明らかに違ふ。中村の三句目はもはや単に干支で遊んだだけで、龍、とり、さる（申）、一行目は、う（卯）、ま（午）、ゐ（亥）、ね（子）、と続けただけで「うまいね」と懸けたわけだ。で、そこまで遊ばれて、恆存が「龍が潜る」＝「潛龍」を「川柳」に掛け、「絶句」と、切り捨てて混ぜ返す。四句目を詠んだ中村は、そちらが「絶句」では、こちらは「付句にも困る」と受け返したわけだ。

その先は説明するまでもないかもしれないが——次の句は吉川逸治のものと思はれるが、署名が判読しにくい。字の癖から判断した。「虎になり」はいふまでもなく干支と共に、酒を飲んで酔つた姿を言つたことは分からう。恆存は子年であるから次の句の「ねとしの男」は分かり易い。そして、この一連はシメで大岡が「ことのついでに」云々と色つぽく茶々を入れ、「めでたかりけり」と正月らしく終つてゐる。吉田とともに大岡も艶つぽい句をよく書いてゐる。

さて、ここからが謂はば本題になるが、次の一連は少し趣が違ふ。第十三冊の冒頭に、会が出来て丁度十年を閲《けみ》した昭和三十二年（一九五七）、九月二十四日に行はれた折の以下のやうな一連の歌がある。初めに書いた通り、この会は中村、吉田、福田の三人で始まつたやうだが、この九月の一連から察するところ、吉川逸治も会が出来てのち極初期からの同人だつたのだらう。この日の「作品」を挙げておく。これも例外ではなく、和紙に毛筆で書かれてゐる。

昭和三十二年九月
二十四日　於富貴楼

神西はどこにゐる
のか
豚角煮　(健)

秋の宵
もとの四人
の宴かな　(光)

十年《とせ》は過ぎぬ
玉ゆらの間に
恆存
君ほほえみて

かぜのまにまに　㊀逸

人だまに鬼火に
狐火ろくろ首　㊀健

八重垣姫の
ものに
狂ひて　光

のたまはく
こんな殿御と
添ひぶしの　㊀恆

笹のささやく
赤坂のさと　㊀逸

これよりは大磯
　鎌倉散りぢりに　㊎

梅わん食べて
　去りゆきに
　　けり　㊋

この会の催された富貴楼が赤坂にあつた事は、吉川逸治の「赤坂のさと」といふ言葉から推測が付く。ただ、「富貴楼」といへば本家本元は長崎の富貴楼、長崎卓袱《しっぽく》料理の老舗である。なぜ同じ屋号の料理屋が東京赤坂にあるのか。

少々長くなるが富貴楼について——この店は元を辿ると創業が明暦元年（一六五五）頃、初め屋号は千秋亭と称したとか。そこから数へれば三百七十年になんなんとする歴史だが、その間、勿論経営者も変り、「富貴楼」と称したのは明治二十二年、名付け親がなんと初代内閣総理大臣伊藤博文といふ。千秋亭から経営が内田家に移り、当時の女将のトミから、店にいい名前を付けてくれと頼まれた伊藤がトミにちなんで「ならば、富貴楼がよからう」と言つて始まつたらしい。かうして内田家代々、トミが富貴楼初代、現在は六代目だといふ。

で、この時の鉢木會が開かれた赤坂の富貴楼は、話がややこしくなるが、当代、六代目内田一《はじめ》の叔父――つまり一の父、四代目恭助の弟康雄が東京に出した料理屋であり、常連客に乞はれると卓袱料理を出したといふ。

私の推測では、この料理屋で会を開かうと提案したのは吉田健一だと思ふ。といふのは、吉田は同じ昭和三十二年の「文藝春秋」六月号に、連載『舌鼓ところどころ』の第四回目として、「カステラの町・長崎」と題し、冒頭から長崎富貴楼の卓袱料理のことを書いてゐるのである。恐らく、この年の春あたりに長崎を訪れた吉田が、富貴楼の卓袱料理の旨さを鉢木會で話したのではあるまいか。あるいは吉田の書いたエッセイを読んだ会員の誰かが食べてみたいと言ひ出し、それに吉田が、ならば赤坂に支店ではないが弟がやつてゐる富貴楼がある、と応じたのかもしれない。

その「カステラの町・長崎」で、実は、吉田は豚角煮を激賞してをり、梅椀にも触れてゐる。豚角煮は今や誰でも知つてゐようが、中村光夫が最後に詠む梅椀は、実は汁粉のこと。料理の最後の甘味として振る舞はれたやうである。なほ、『舌鼓ところどころ』は中公文庫で手に入る。是非ご一読を。

が、念のため――それを読んで、吉田の書く「べエコンといふのは旨いもので、あれを脂の所が付いたまま軟くしたのが罎れたらどんなだろう」といふ言葉に誘はれて、長崎の富貴楼を訪はうとしても、もはや手遅れである。もう店はない。恐らくは広大な店の、しかも趣のある複雑な構造の三階建てと思はれる日本家屋の老朽化が大きな原因ではあるまいかと、私は勝手に臆断してゐる。この稿を直してゐる折に見た店のホームページには、「当店は平成29年6月10日をもって休業致します／これまでのご利用ありがとうございました」とある。店の略歴を見ると、一再ならず台風の被害を受けたり、石垣が崩れて修復不能などといふ淋しい記録もあるが、平成十九年には国登録有形文化財に指定されてゐる。閉鎖が惜しまれる。

さういへば父恆存はこの年の十一月、講演旅行で佐賀に呼ばれた折、母を伴つて雲仙、阿蘇、長崎などを訪れてゐる。恐らく二人は長崎で富貴楼に寄つたに違ひない。

さて、六句目の八重垣姫は言ふまでもなく、『本朝廿四孝』に出て来るヒロイン。浄瑠璃もので、この八重垣姫と『金閣寺』に出て来る雪姫、『鎌倉三代記』の時姫と並べ「三姫」と呼ぶ。また鮮やかな赤地の衣装を身に着けるので三者とも「赤姫」とも呼ばれる。いづれも女形にとつて難役といふか、女形なら是非ともやらねばならぬ、やつてみたい役だらう。

蘊蓄はさておき、この連歌だが、連歌帳の中でも秀逸の部類に入る。会の席上仲間内で悦に入つてゐるレベルではなく、十分に楽しめる。ただし一つの事実を知らないと、印象はまるで異なるし、秀逸とは言へなくなるかもしれない。といふのは、発句の「神西」、言ふまでもなく同人の神西清のことだが、その神西がこの年の三月に亡くなつてゐるのだ。それを踏まへて読むと、七人の同人のうち大岡三島の二人が欠席、神西は今や亡く、いつもより静かな会となり、福田以外の三人は十年前から全員神西と同じ鎌倉に住んでゐた、それもあつて新宿払方町に越した吉田には神西の不在への思ひ入れが強かつたのだらう。この事実を分かつて読むと、中村の「去りゆきにけり」の挙句まで、神西を偲び優しくしめやかに会の時が流れて行く空気すら感ぜられる。発句から二句三句素直に連なり、さうなると吉川逸治の四句、「君ほほえみて」の「君」も神西の事なのだらう。もちろん恆存の「間に」を受けて「風のまにまに」と言葉も遊んだのではあらうが。その「まに」を健一が再び受けて「人だまに」と始めたわけだらうが、やはり神西の死があるからこそ、「人だま」や「鬼火」「狐火」が揺らめくとなるわけで、単に酒の席の酔狂ではあるまい。

さうなると、私が秀逸と思ふのは、その「狐火」を受けた中村が六句目で一旦神西を離れ、敢へて「八重垣姫」で情景を一転させるのと、それを受けた以後の各人の連ねの妙である。中村光夫は吉田健一が神西を偲びつつ言葉を遊んだ句から、武田勝頼の許婚八重垣が白狐の姿となつて諏訪湖を渡り勝頼に危急を知らせる話に飛躍させ、物狂ひの世界に移して遊ぶ。恆存が色めいて殿御と「添ひぶしの」と受ける。吉川逸治は「添ひぶし」の場所を自分たちの会食の地、「赤坂」といふ現実に舞ひ戻らせる。この吉川逸治の一句は、読んだだけでお気づきの方も多からうが、平仮名に開くと「ささのささやくあかさかのさと」とサの音が美しく静かに、流れるやうな趣がある。そして赤坂の地名が出たのを切掛けにした健一の「大磯鎌倉」の受けかたも、光夫による「梅わん食べて」の挙句の始末までまさに連なつてゐると共に、この二人の締め方で再び神西の死を悼みつつ四人が別れ去りゆくとなる——読者は出席者四人の今生の別れさへ連想してもよいのかもしれない。

しかし、既に触れたやうに、吉田邸に残された連歌帳六冊の多くの頁は、酒の勢ひで書かれてゐるため読みにくい。脈絡の分からぬ連歌もあれば、判読不能の「達筆」も散見される。何よりも、その場の話題や、書いてゐる間に交されたであらう会話が見えないと、なんとも意味不明だつたり、飛躍し過ぎてゐると思はれるものも多々ある。吉田健一など、酔ふと「フレーフレー三島」を連発、この辺りのからかひやうを見ると、後年の吉田三島の絶交といふ「噂」も頷ける気がする。

連歌談義はさておき、右の二句目、中村光夫は「もとの四人」と詠んでゐるところからも、吉川逸治も初期から鉢木會に加はつてゐたのだらうと、冒頭のやうな推測をしたわけである。

この連歌発句にある「神西」、つまり神西清だが、神西宛の恆存の書簡には、眼に触れた限り引くべき程のものがなかつた。一方、吉田健一邸に残された手紙の中に、当時文学座に所属してゐた俳優の中村伸郎から恆存に宛てた神西の病状に関する報告の書簡があつた。一部を引用する。七月六日といふ日付はあるが年が分からない。内容から察するに、前年、昭和三十一年（一九五六）のものと推測する。なほ、当時、神西も福田も文学座の座員だつた。（二人とも昭和二十七年入座。）

拝復　御葉書拝読。いま癌研のTとゆうレントゲン部長と電話で話しました結果、こと重大、T氏は「神西夫人には大体ほのめかす程度には云ったが、当人には無論云はない」と云って、——前回の舌の個処は直り、その際切った頸部リンパ腺もそこはいゝのだが、今回の舌根のナントカ（カイヨウかな）から又端を発して、前回切り残したリンパ腺に拡がってそこに勿論癌が発生している。これは早速切り取らねばならない。御当人は仕事が一段落付いたところだから温泉療養でもしようと思ってる、と云うからそれは一寸待って呉れ、この手術をしてからにして呉れ、と答えたとゆう。そしてT氏は、前回の癌の発生、そしてその切除から次の今回の再発生迄のインタアバルが短かすぎる、一、二年目なら普通の癌、あれっきり直って出ないのなら完全な早期発見と悪質でない弱い癌菌である。しかしこんなに早く再発するのは最悪の強力、悪質の癌菌である。実は私も困ったと思ってお電話しようと思ってたところです――とゆう訳。ご当人は――こんなに又再発するのは　癌じやァないですか――と仰有るから――いや、そうは思はれないが、最悪の場合を予測しての施療をしましよう、――と云つときました。――と、私の知識では、右は容易ならぬ状態と思います。バタ〳〵と最悪の状態が現出するのではないか。T氏には今迄何人も患者を依頼し、一人只今絶望中のも居りますが、その人の場合でも、神西氏の容態の話振りよりも希望を持っていた位でした。

(以下略)

神西氏の逝去が早かつたため、氏に関する話題といふのも我家では出た記憶が余りない。しかし、神西氏の舌癌の話は子供ながらに聞いて憶えてゐる。父が母にだつたか、私ら子供を交へて話してゐたのかまでは記憶はないが、この中村伸郎の手紙以降、氏の亡くなる前後の話だらう。あるいは、氏の葬式から戻つた父がそこで耳にしたエピソードを話してゐたやうな気もするが確かではない。

いづれにせよ、未だにはつきり憶えてゐることがある。神西本人は最後まで癌とは知らされなかつたのかもしれないが、この手紙に書かれてゐる手術は、部位からして会話不能になることが分かつてゐたに違ひなく、医師はそのことを本人か奥さんに伝へたのだらう。私の記憶に残る父の言によると、神西氏は、「手術をして喋れなくなるくらゐなら、舌の手術などせずに死ぬ道を選ぶ」と言つたさうである。我家では、既にそれ以前から神西さんは舌癌だといふ前提で会話が交されてゐた。九歳になるかならぬかの私にも、事の深刻さと、死を選ぶといふ神西氏の決断、覚悟が相当に重くのしかかつたことが未だ鮮明な記憶として残つてゐる。

第三部

父をめぐる旅路

近代日本をいとほしむ――L嬢の物語

この稿は恆存の論文等からの引用が多くなる。恆存をして恆存を語らしめよ、といふことでお許し頂きたい。私はその引用を繋げつつ、日本の近代化の問題点を終生剔抉《てきけつ》し続けた恆存もまた、いや、恆存自身が、日本人としてその近代化の中で「もがいて」ゐたからこそ、この問題を終生の主題にしたのだといふことを明示出来れば良しとしたい。そのためにも――「L嬢の物語」は後回しにする。また、その意図もいづれお分かり頂けると思ふ。

父のことで時々思ひ出すことがある。いつ頃のことだつたか明確な記憶はないが凡そ半世紀近く前のことにならうか、こんなことを言つてゐた。「小銭を受け取る時、ヒトの生温かい体温を感じるのはイヤなんだ」――同じ頃のことと記憶するが、似たやうな発言に「男と握手するのは嫌ひだ」といふのもある。勿論、生理的に嫌だといふことだらう。果たして「女と握手するのは好きなんだ」と言外に言ひたかつたのか否か、それは御想像に任せる。ある年代の人までは記憶にあると思ふが、例へば五十年前、我々日本人には今のやうに、少なくとも相手かまはず握手したり抱擁したりといふ習慣はなかつた。礼儀として身体的接触は極力遠慮したものだ。さういふ時代の話と理解して頂きたい。また、これだけ聞くと福田恆存は潔癖症であると早合点する読者もゐるかもしれないが、決してさうではない。癇性なところはあつたし、気が短かつたり気性の激しさもあつた。せつかちであつたことも事実だが、いはゆる潔癖症とか神経質とは違ふ。さらつとした乾いた気質の持主だつたと言つてよい。

情緒や情がないといふのとは全く違ふ。むしろ、細やかな情の持主と言つてよかつた。ただ、日本的な纏綿《てんめん》とした情緒、さらに言ふと粘着するやうにベタついた情の世界に陥ることを好まなかつたのは確かだ。カタカナで言へば、ドライな性格でウェットな状況を好まないと言へば、当たらずと言へども遠からずといつたところだらう。さういふ意味で、日本人特有の情緒的な特質からは大分隔たつた性格の持主だつた。ヌメッとした情は嫌悪したに違ひない。また、感情をあからさまに表に出すこと、殊に悲嘆・愁嘆といつた気持ちは恐らく礼儀としても出来るかぎり内に抑へ込んでゐたのではないかと思ふ。

さういへば父の涙もほとんど見たことがない。記憶にあるのは、昭和四十八年に母親を亡くした時、出棺の前だつたか、一瞬、手で鼻を抑へた姿だけだと思ふ。父の涙はどう記憶を辿つてもこの一度の他には全く思ひ出せない。

さういふ一面を持つた恆存が、欧米を視察してはつきり意識せずにゐられなかつたのが、人情情緒の世界に嵌つて「場」や「状況」に、いはば粘着しやすい日本人の性向であり、飛躍するやうだが、明治以来、近代西洋に出くはした日本人が如何なる問題を抱へ込んだのかといふテーマだつた。

一年間の欧米留学から帰国したのが昭和二十九年（一九五四）の九月、半年も経たぬ昭和三十年「文藝」一月号から十月号まで断続的に七回に亙つて連載した『日本および日本人』（麗澤大学出版会刊『福田恆存評論集』第三巻所収）と、二十一年後の昭和五十一年に「新潮」に書いた論文『醒めて踊れ――「近代化」とは何か』（同第十一巻所収）に、アメリカでの同じ体験談が繰返し語られてゐる。二十年余を経てもなほ強く印象に残つたといふことは、言ふまでもなく恆存がアメリカで目撃した光景を羨ましく思つたといふことであらうし、そこに、欧米人と日本人の民族性、謂はばその特徴的な気質の相違を嗅ぎ取り、日本人にはない西洋人の乾いた気質に羨望を懐いたといふ事だらう。どうしやうもない厳然たる彼我の差に、茫然としたと言つてもよいかもしれない。

そして、この一年に亙る欧米旅行のごく初期に遭遇したその出来事に、恆存は日本の近代化の難しさを嗅ぎ取り、眼の眩む思ひをしたのだらう。帰国後の彼の著作に、〈日本の近代化の困難〉に触れるものが多く、しかも、二十年あまりに亙つて〈日本の近代化〉といふ主題の変奏を書き続けたことに、我々はもう少し深く思ひを致すべきではないか。

帰国直後に書かれた代表的な論文の一つが、この問題を最初に扱つた『日本および日本人』だが、論文の導入部直後に現れる母娘の別れの描写のくだりを引用する。

　これはアメリカのニュー・メキシコの一寒村の駅で見かけた光景ですが、若い娘が、その母親を見送りに来てをりました。母親はもうよぼよぼの年よりです。西洋人の大仰な感情表現には、われわれも映画などで慣れてをりますが、そのときも、二重窓で完全に遮閉された車輛の内部から遠くに眺めた母娘わかれの一景は、そのまま無声映画の一カットよろしくで、母親の頭を胸に抱きかかへた娘は、ハンケチをだしておいおい泣いてゐる。だが、それはほんの一瞬のできごとでした。私は二人が村のはうから車に乗つてくるのを見てゐたので、一部始終を知つてゐるのですが、駅の入口のところで、娘の運転してきた車はぴたりと止り、中から親が姿をあらはす、母親は鞄を下におろし、娘の胸に顔をうづめる。両人、抱きあつて、しばし泣く、つぎの瞬間、二人はさつと別れて、母親は、ホームへ、いつぽう娘のはうはハンケチをポケットにをさめ、なにごともなかつたかのやうに颯爽と車に乗りこみ、後も見ずにさつさと村のはうへもどつていく。書けば、こんなふうにとがきの文句よろしくになつてしまひます。

　その感情の割り切りかた、ふんぎりのよさは、つくづく感にたへました。娘のうしろ姿や歩きつきには、芝居書きの私の眼にも、いささかの心の動きも感じられませんでした。檀家の葬儀をすませ、懐のなかの御経料の高を考へながら、家路をたどる坊さんのやうなものだ。けつして抑制されたストイシズムなどといふやうなものではない。その娘はいま別れの儀式を一丁かたづけただけで、帰れば家事が待つてゐる、そんな調子でした。

これは極端な例でせうが、それに似たことを、私はたびたび経験してゐます。日本人にこんなのはゐない。諸君のうち、たいていのひとは経験してゐるでせうが、だれか汽車でたつひとを見送るときの、あの間のわるさ、汽車の窓を隔てて、見送るはうも見送られるはうも、どうしていいかわからずにとまどつてゐる。両方とも、一刻もはやく出発のベルが鳴ればいいとおもつてゐます。それがもし悲しい別れなら、改札口でさよならはできますまい。汽車が動きだしても、いつしよに駈けていきたいでせう。また、それほど悲しくないなら、おいおい泣いたりする芸当はできないでせう。その両方をあのアメリカの田舎娘はやつてのけたのです。

それは、いはば別れの一様式みたいなものだ。日本人の生活には、その種の明確な様式がありません。それがないから、心理の陰翳がますます複雑化してきたといふこともありませうが、そのまへに複雑だからこそ、はつきりした様式を見つけだせないといふことも事実でせう。

いづれにせよ、私たちのならはしでは、いちわう通用してゐるひとつの様式としてのエチケットにぶつかると、それはそれとしてその裏を考へる。だれか客が来て、「食事はおすみですか」とたづね、「もうすみました」と答へられても、それは表むきのエチケットで、じつさいは遠慮してゐるのだらうとおもつてみます。それが事実か遠慮かを確認するためには、もう二三の会話をかはしてみなければなりません。（中略）
かう書くと、ずいぶんこまかく、神経をはたらかせてゐるやうですが、じつさいのところ、私たちは無自覚のうちにほとんど習慣的に、なんの苦もなく、その程度の心理の操作をやつてゐるのです。（原文正漢字、以下同）

右の列車の見送りの風景は、時代も変つた今の若い人々にはぴんと来ないかもしれないが、その後の「食事はおすみですか」のくだりの遠慮・配慮が日本人特有のものであることは分かるだらう。さういふ意味で、私たちが「無自覚のうちに……その程度の心理の操作をやつてゐる」ことになら、誰でも思ひ当たる節があるのではないか。七章からなる『日本および日本人』で恆存が論じてゐるのが、この無自覚の「心理の操作」を支配する、我々日本人の、まさに無意識の美感＝美意識の問題であり、そして、西洋の確固たる神、宗教、信仰などとは似ても似つかぬ、我々日本人の「神」の概念を背後で支へてゐるのがこの美感＝美意識であつて、しかも、これは「汚れ」を避けようとする意識と同じものだと、恆存は見てゐる。逆に辿るべきだらう——つまり、「汚れ」を避けようとするやうな柔らかな信心や心遣ひから日本人の美感＝美意識が生れ、その美感が無自覚のうちに「食事はおすみですか」云々の遣取りのやうな「心理の操作」をなさしめる、つまり「心理の陰翳がますます複雑化し」たといふわけで、その結果、「はつきりした様式を見つけだせない」といふ日本人の性格が創り上げられたと恆存は考へる。簡単に言へば右の「心理の陰翳」を「ますます複雑化」させてしまふのが日本的情緒纏綿であり、「様式」、つまり形式やスタイルを「見つけだ」すのが欧米の乾いた気質と言へる。

とはいへ、母娘別れの光景に、「その感情の割り切りかた、ふんぎりのよさは、つくづく感にたへました」といふ恆存もまた、さういふ「はつきりした様式を見つけだせない」日本人の一人には違ひないのである。

だが、恆存はそこに留まらず、感情の割り切り方一つ取つても、このアメリカの母娘に体現された、一つの「場」から次の「場」への割り切つた飛躍に、感嘆し「感にたへ」たと言ふのだ。日本人は、さういふ場や感情の割り切りが苦手だと言ふ。我々はドライとウェットを一瞬のうちに切り分け切り替へることが不得手で、どうしても一つの「場」に粘着してしまふ。善悪の問題ではなく、また正せる質のものでもないのだが、せめて我々日本人は自分たちがさういふ民族だといふことに気づき、そのことに警戒しなくてはならぬと、恆存は言ひたいのだらう。

『日本および日本人』は、この母娘の光景が描かれてゐる「神経のこまかさ」といふ第一章の他にも「きれいずきと贅沢」「祖先の美学」「「みえ」といふこと」「和といふこと」など、どの章でも日本人の特質を問題にし、最後の章は「距離感の欠如」といふ一文で終る。

誤解を恐れずに、この「距離感の欠如」の章を私なりに咀嚼して要約しておく。西洋においては絶対神の下《もと》で、人間は全て相対化される。自分を確認し認識するためには、この絶対者を円錐の頂点に置くことにより、その頂点と自分と、またその頂点と他者との位置を計ることが出来る。それが可能であるがゆゑに、同一平面上に存在する自己と他者の距離をも計れる――その絶対者といふ、我々人間と絶対的に隔絶した存在があるがゆゑに、我々人間同士は自と他の区別が出来、自他の距離も計れる。つまり、己の自我と他者の自我の相対化が可能になるといふのだ。絶対神ではない日本の「神」からはさういふ自他相対化の可能性は生じない。神々自体が相対的であり、その神々が神話から徐々に人間世界にまで末広がりに繋がつてしまふことを考へても、どこにも絶対がなく、従つて自他の相対性を意識せずに終る。島国の単一民族といふこともあり、ものごとも人と人もすべて同質性の方向へと傾き、明確な自他の意識を持たない。截然《せつぜん》たる自己と他者の線引きを嫌ふ。嫌ふどころか、同じ輪（和）の中に互ひを閉ぢ込め合はうとし、結果、相互の関係は限りなく曖昧になる――そこに「距離感」は生れにくい。大略、さういふ主旨である。

そして、この「距離感」を一つの基準・水準器にして、『日本および日本人』から二十一年後に恆存は『醒めて踊れ――「近代化」とは何か』を書く。そしてこの論文では、話題をことごとに、演劇、舞台造りの世界に収斂させて論を進め、やはり、日本の近代化の難しさを説き続ける。再び長い引用になるが、この論文に書かれた、同じアメリカの母娘の光景を見てみよう——文体、描写法の違ひを比較するのも一興、この『醒めて踊れ』に込めた恆存の意気込みも伝はつてくる。

昭和二十八年に私が初めてアメリカに行つた時の経験を話す。再び海外旅行をするにしても二度と船を利用する事はあるまいと思つて、私は横浜からサン・フランシスコまで二週間掛けてクリーヴランド号の船客となつた。サン・フランシスコから目的地のニュー・ヨークまでも飛行機を用ゐず、サンタ・フェ鉄道のプルマン・カーで乗り心地の良い旅を続けた。アリゾナ、テキサスの辺りまで行くと、汽車は殆ど一昼夜砂漠の中を走り続けた。確かダラスを過ぎて間も無くの事だつたが、寒村の小駅に停車した。寒村の小駅といふのは紋切型の表現で、実のところ駅は見えても村は何処にも見えない。北は相変らずの砂漠地帯で、駅のある南側は所々にウィーピング・ウィローといふユーカリと枝垂柳《しだれやなぎ》の合の子の様な樹木が固つて見え、木造の小駅もやはり五六本のウィーピング・ウィローに囲まれて、ひつそり静り返つてゐた。私の乗つてゐた汽車が停車するのと殆ど同時に、恐らく遠く離れてゐる町か村から乗り附けたのであらう、一台の大型車が駅の直ぐ側に停車し、中から四十歳前後と覚しき婦人とその母親らしい老人とが姿を現した。若い方が運転して来たのだが、服装、鞄から、旅に出るのは老人の方と察しが附いた。二人は抱き合つて稍《やや》大仰に泣き、互ひに体を抱き締め、最後には頬に接吻を交し、それが済んだ途端、母親はスーツケイスを手にし駅の中に姿を消した。娘らしい女はその後姿を見送りもせず、さつと身を翻して車に乗込み、母親がまだ汽車に乗込んだとも思へぬうちに、Uターンして何処かへ消えてしまつた。愁歎場から一方は日常の家庭生活への、片方は旅への、その変り身の早さに私は半ば感歎し、半ば呆れ返つた。これが日本だつたらどうであらう。今日屡々《しばしば》見掛ける事だが、僅か三泊四日の新婚旅行の見送りに親戚、縁者、友人が十数人、開かぬ新幹線の窓の前に群を作《な》して、別れを惜しんでゐる、いや、楽しんでゐる。また、私など偶に講演のため地方に出掛けるが、やはり新幹線の開かぬ窓の前で主催者側の人が数名見送りに来て、この場合は義理にも別れを惜しんでゐるとは言ひ難く、彼等も私も気拙い思ひで一秒でも早く列車が動き出せばいいと願つてゐる。弓道に残心といふ言葉があり、矢を放つた後、ほんの数秒、そのままの姿勢で、手応へではなく放ち応へを心のうちに確め収める事を意味する。その程度の残心は列車であらうが、自動車であらうが、玄関先であらうが、人と人との別れには好もしい美徳である。が、新幹線や飛行場での見送りとなると、余りにも度が過ぎてゐはしないか。アメリカ南部の小駅で私が見た母娘の別れ方に倣《なら》ふに限る。しかし、この彼我の差は何処から来るのか。

『日本および日本人』と『醒めて踊れ』と、両者に現れる同じ情景、しかも日本における見送りの比喩が付くという構造に至るまで、全く相似形をなしてゐる。が、印象は明らかに違ふ。前者は柔らかく気楽、あるいは軽やか。後者は、どことなく生真面目で硬く、厳しいとも言へる。なぜ変るのか。これこそ、『醒めて踊れ』の主題ともいふべき、「場」と「言葉」、「話者」と「言葉」の関係、つまりは「距離感」の違ひだ。『日本および日本人』は、帰国直後の恆存の中にどこか帰朝報告といふ意識があつたのだらう、気楽に読んでもらひたいといふ意識が働いて書かれてゐる。読者に近づかうとする筆者の姿勢が見て取れる。他方、『醒めて踊れ』では、仰々しく言へば眦《まなじり》を決して、日本の演劇界、文学界に論戦を挑む気迫が込められてゐる。謂はば、『醒めて踊れ』の方が読者を、そしてさらには自分の思考を、より突き放して客観的に筆者が書かうとしてゐる。読者と書き手の「距離」が、あるいは言葉と書き手の「距離」が、『醒めて踊れ』の方が『日本および日本人』よりも、突き放した分、遠いといふ違ひがある。その話者の意図、意識の違ひが話法、すなはち「言葉の用法」の違ひにまで及ぶ。

『醒めて踊れ』全体を要約するのは私の手に余ることだが、その中から流れに合せて、恆存の言葉を引用しつつ、少し敷衍《ふえん》してみたい。まづ、ロシアが、革命によらず帝政ロシアのままだつたとしたら、近代化は可能だつたのかといふ問ひを発し、「後進国の近代化が西欧先進国に真似るといふ西洋化の形を採らねばならず、後進諸国においては近代化即西洋化になる事は不可避である」といふ持論を展開する。が、直ぐに、そもそも「近代」といふ言葉の定義そのものが不可能だと恆存は考へる。なぜなら、「言葉の背後に意味を探つてはなら」ず、続けて「言葉に定義は無い、ただ用法あるのみ」、従つて「殊に近代化といふのは私達がその過程の中に在り、それが何処へ到達するのか、また到達しようとしてゐるのか、行方の全く解らぬものである以上、それに定義を与へる事は誰にも出来る筈が無い」と恆存らしいロジックを展開する。

ここから、議論は演劇の世界を題材にして、「言葉の用法」の問題へと進む。つまり、如何に言葉を用ゐるか、即ち如何に言葉を操るかが主題となる。話し手が発する言葉が、どの程度に主観的な（例へば「痛い！」「眠いな」「畜生！」などの如く）自分の肌に纏りつくやうな話者に近接した言葉なのか、それとも、もつと客観的に突き放して語られねばならない、例へば諧謔を弄するやうな言葉、あるいは洒落や皮肉のやうに、話し手が自分から「距離」を置いて意図的意識的に操らねばならぬ言葉なのか、と問ひかける。この「距離」をおく言葉ほど、つまり、言葉との「距離感」を保つことほど難しいものは無く、俳優にとつてこれは難事であるが、俳優はおろか、実は日本人にとつてこれが最も苦手なことなのだといふ。一言で言へば、現代の日本人は「言葉で遊ぶ」ことは得意ではない、苦手なのだ、と。

一例として、芥川龍之介の『河童』を恆存が脚色した戯曲の中に出て来る「たとへ他人の自由を抑へつけてでも自分の自由を確保する自由に専念する自由のチャンピオン達」といふやうな科白を、軽やかに自在に操り語る力が現代の日本の俳優には欠けてゐる事を例に挙げ、「言葉を自分から遠く離す事によつて、私達は逆にその言葉を精神化し、支配、操作する事が出来る様になり、随つて自分に近附け、言葉を物そのものから離して自分の所有にする事が可能になる」として、さういふ「距離」のある言葉を自在に操ることの難しさを説く。この、言葉を自在に操り遊ぶことが出来るか否かこそ、言語芸術たる演劇の要であり、日本人は得てして人間関係にせよ、おかれた立場（場面）にせよ、それらから「距離」を置くこと、その「場」から自分を引き剝がすことが苦手な民族だといふことにまで論は及び、この「距離」を置く能力こそ、いはゆる「近代化」に適応できるか否かの要になるといふのだ。むしろ逆に、「近代化」への適応異常が最も明確に現れるのが言葉を操らねばならぬ演劇であり、つまり、「言葉」を意識的に自分から「距離」を置いて喋れるか否かに、それがはつきり現れてしまふと恆存は考へた。

　詮ずる所、「近代化の必要条件は技術や社会制度など、所謂「ハードウェア」のメカナイゼイション（機械化）、システマタイゼイション（組織化）、コンフォーマライゼイション（画一化）、ラショナライゼイション（合理化）等々の所謂近代化に対処する精神の政治学の確立、即ち所謂「ソフトウェア」の適応能力に在る」（傍点筆者）、その「適応能力」を身に付けるためには「言葉や概念に囚れず、逆にこれを利用する事、即ち言葉の用法にすべてが懸つてゐる」と断じ、「自分と言葉との距離が測定出来ぬ人間は近代人ではない。いや、人間ではない」とまで言ひ切る。さらに、「この意識を最も強烈に持たなければならない演劇人、役者にそれが最も乏しいといふのもまた事実で」あり、「それが身につく土壌が日本に欠けてゐるからで」、とすれば「さういふ土壌に生じた文学や芸術や学問が、或は政治や制度が、もし近代的に見えるとすれば、それは何処かにごまかしがあるに違ひ無い」とまで懐疑の目を向ける。

それに続けて、先に引用したアメリカ人母娘の別れの情景が描かれ、彼等が所有する、一つの「場」から次の「場」へ軽々と位置を変へ跳躍する力が日本人には無い、日本人は「場」の切り変へが苦手で、一つの場に粘着してしまふ――つまり、「精神の政治学の確立」が出来ずに近代化を進めようとしてもがいて来た、それは「適応異常」以外の何ものでもないといふわけだ。

具体的な「場」を挙げれば戦前は国家に、戦後は企業に、あるいは現今では家族に（さもなくば「自分」といふ、場すら成立せしめぬ狭小な点のやうなところに）粘着して、もがけばもがくほど、その場に張りつく蠅取り紙の上の蠅となつてゐる、といふことになる。恆存は、本書でも何度か触れてきた英国で観たリチャード・バートン演ずるハムレットを、ここでも引合ひに出して、「ハムレットは彼の前に次々に現れる敵、身方に対して、自らの手で実に鮮かに場の転換を計る……その場に応じて複雑な自己の異つた面を、詰り狂気から正気へ、燥ぎ廻りから沈痛な独白へ……と急激な変化を見せ」つつ、しかもなほ、「その根柢に一貫した性格、人格が成立する」、さういふ近代的な、それもシェイクスピアの主人公中最も近代的な人物を、バートンは見事に演じてゐたといふ。

言ひ換へれば、ハムレットは自己を自在に操り、自己をどこかに隠し危機を回避する。同様に近代人たる我々は、近代化がラショナライゼイション（合理化）であり、メカナイゼイション（機械化）であるなら、そのガラス張りの合理的で機械的な近代に付合ふためには、適応異常を起さぬ、変幻自在の自己を維持しなくてはならない。ところが日本人は、さういふ（ハムレットの如き）多面体のやうな人物を恐らく異物として弾き出し、さういふ態度を不誠実だと見做す。あるいは不真面目な性格の持主として糾弾しかねない。いはゆる村八分である。

生真面目一辺倒で来た日本が、近代以降に辿り着いたところは、どこにも自己を隠しやうのない息苦しい世界でしかない。その異様な状況に疲弊した挙句、その状況自体に麻痺してしまふ。昨今の世相を視れば、恆存が近代日本の適応異常を執拗なまでに説き続けたのも宜《むべ》なるかなと言へるだらう。

『日本および日本人』より八年後、昭和三十八年（一九六三）から三十九年には『日本近代化試論』といふタイトルのもとに、「ライシャワー攻勢といふ事」「適応異常について」「日本の知識階級」「人間不在の歴史観」「軍刀の独走について」（後に「軍の独走について」と改題）「近代化を阻むもの」といふ六本の論文を「文藝春秋」誌に連載し、昭和四十年三月号の雑誌「展望」には『演劇的文化論』といふ題でやはり我国の近代化に触れてゐる。さらに昭和四十五年の「文學界」一月号から十一月号までに五回掲載した『公開日誌』では、「自己は何処かに隠さねばならぬ」「『藪の中』について」「フィクションといふ事」などと題して日本近代の諸問題を論じ、さらには昭和四十五年の十二月に刊行された中央公論臨時増刊「歴史と人物」に掲載した論文『乃木将軍は軍神か愚将か』（後に『乃木将軍と旅順攻略戦』と改題）では、日本が近代西洋と正面から相対せざるを得ない近代戦に関して同じ主題を論じた。そして昭和四十八年から四十九年に掛けて雑誌「新潮」に十回に亙つて連載した近代日本文学史観とも呼ぶべき『独断的な、余りに独断的な』は、恆存の演劇活動多忙が原因で休載を余儀なくされ、謂はばその弁明の〝連載終了宣言〟として書かれたのが『醒めて踊れ』なのである。かうして羅列すると分かるやうに恆存は、欧米から帰国後、『日本および日本人』以来、日本の近代化の主題を執拗に追ひ続けてゐる。ちなみに、恆存が日本にとつての、あるいは東洋の後進国日本にとつての近代化を如何に捉へてゐたかが、最も素直に読者の腑に落ちるであらう一文を『乃木将軍と旅順攻略戦』（麗澤大学出版会刊『福田恆存評論集』第八巻所収）より引いておく。

……かうして私は日露戦争、旅順攻略戦を透して太平洋戦争を見、太平洋戦争を透して旅順攻略戦を見てゐた。「戦勝」に酔つてゐた国民一般に、或は一途に戦争指導者を憎んでゐた知識層に、私が最も言ひたかつた事は近代日本の弱さであり、その弱さを「いとほしむ」気持を持てといふ事であつた。事実、私は文学報国会の求めに応じ、文学青年らしく齋藤茂吉の一首「あが母の吾《あ》を生ましけむうらわかきかなしき力をおもはざらめや」を引用して、その話をしたことがある。

さて、漸く長い「前置き」を終へて「L嬢の物語」に入る。読めばお分かりになろうが、上述、母娘の別れの光景を頭において、読み進めて頂きたい。再び、長い引用をする。

＊

9時20分、家を出、荷物を東京駅に預け、駅前中央局にて新文学へ同人費を振替につくる。大分手間どつて興亜院へ着いたのが、10時10分 ペスト第二回目の注射をし、お歴々には会はずにそのま、逃げるやうに帰へる。振興会に立寄り（文部省）釘本、長沼氏から紹介状を貰ふ。書いてもらつてゐる間に大出正篤氏来 奉天にて遭ふべかりしものを、逆襲さる。同氏よりも二、三紹介状をもらふ。予定以上に時間をとり、振興会を出たのが、11時40分。taxi にて olympic grill に、向ふ。L既に待ってゐる 最後の（?）昼食を共にする。元気でゐるのがうれしい。真に予を敬慕してくれる女性はやはりLのみ。手紙と餞別をくれる。金ではない、細かい心づかひが温かく身に沁みる 食後たゞちにそこを出て、筋向ふの横丁を有楽町の方へ歩いてゆく。人に出遭はんことをおそれる。電連通り〔「電通通り」の誤記と思はれる＝現在の西銀座通り。筆者註〕に出て1時、出発の迫るのが気になり、又人に見かけられるのを慮り、すぐtaxiを拾ふ。別れがひどくあつさりしてゐる。Lもさう思つて寂しく物足らないのではないかと、気になる。~~車中互ひに見えなくなるまで見送りつ見送られつ、~~しかしこのあつさりした別れもやはり、これでよいのだとも思ひなほす。例の如く、いつまでも佇んでこちらを眺めてゐるLの視線が気になる。別れはあつさりしたのに越したことはない。強引にLの視線を無視しようとするが、やはり、その心持も憐れまれ、車中時々後をふりむく。友人同志の別れ、見送りに際しても予はかうしたはぎれの悪さを最も嫌ふものなり。

1・05東京駅。一時預けの荷物を引出し、紹介状や餞別を整理してゐるところへ予期に反して父があらはれる。心理的なバランスのくづれた為、ひどく父にそつけない態度を示す。が、一方、気の弱い父の心配が心に沁みて、何かやさしい言葉をかけたくなる。黙つたまゝ荷の整理をし終へ、何か話しかけようとしたところに井上氏の立つてゐるのを発見する。挨拶してゐるところ、眼の端に清水氏の弟君があらはれる。父に両君を紹介してゐると、藤平、福村両嬢。

時間がないので急いでホームに入る。父に身体を大事にするやうに言ふ。思はず背に手をかけて抱くやうな形になる。こんな時、もの云へぬ父。予は自分より強い父が欲しかつた。が、この弱い父をやはり、愛してゐる。1・30発。心のバランスが取り返へせず、妙に後髪をひかるゝ思ひ。疲れが出てゐねむりする。（横浜—鴨宮）めざめて心機一転、平常心にかへる。北京随筆をよみ、周作人の項を瞥見し、随筆

文学について考へる（後略・原文横書き）

恆存は普段日記を付けなかつた。が、現在、私の手元に三種類の日記が残つてゐる。一つは欧米滞在・旅行中、つまり昭和二十八年（一九五三）から二十九年に掛けてのもの。もう一つは和綴ぢに墨筆の三冊、これは昭和三十七年（一九六二）九月下旬から昭和三十九年（一九六四）十月上旬までの二年間に亙るものだが、つまり、文学座から分裂し、財団法人現代演劇協會及び附属劇団「雲」を創る前後の少々生々しいものである。よく、あの分裂騒動の忙しいさなか、毛筆の日誌など付けられたものだと読めば読むほど感心する。

そして、最も古い日記が昭和十七年（一九四二）に書かれた支那へ行つた時のものである。右の引用は、お分かりと思ふが、その支那に出張する第一日目の書き出しである。日付は欄外に9・28となつてゐる。

年譜によれば、「この年、九月末より十二月初めまで日本語教育振興会より当時の満洲、蒙疆、北支、中支の視察旅行を命ぜられ次の各地を歴訪――」とあり各地の地名が出てゐる。

それらの年譜的事実はさておき、読者諸氏はこれを読んで如何なる感想を持たれるだらうか。私はと言へば、そもそも、この日記を公開することにためらひがあつた。許される事なのか、批判される事なのか。泉下の父は言ふまでもなく怒つてゐると思ふ。が、それでも、かうして公にしたのは、恆存が二度に亙つて記したアメリカの母娘の光景との符合が、余りにも合ひ過ぎてをり、福田恆存を知る上で恰好の材料と思はれたからである。

もはや細かい説明は不要だらうが、『醒めて踊れ』の昭和五十一年、『日本および日本人』の昭和三十年と遡ると、それから更に十三年前の昭和十七年に恆存は、自らの体験として全く同じことを書いたわけだ。

しかし――Ｌ嬢との別れについて「別れはあつさりしたのに越したことはない」と語つておきながら、「やはり、その心持も憐れまれ、車中時々後をふりむく」恆存の心情、情緒をどう考へたらよいのか。あるいは、後段の父親との別れはどうなのだらうか。たとへ、父親が予期せぬ形で東京駅に見送りに来たにせよ、そして、その為に心のバランスを崩したにせよ、やはり、肉親への情、殊に自分より弱い父親への情ゆゑ、その「場」「状況」に粘着せず、あつさりと切り替へられなかつた事も事実だ。（横浜から鴨宮までの「ゐねむり」、当時の列車ではたつぷり一時間はあつたはず、「平常心にかへ」らなくてはをかしい。）さういふ意味で、私は先に父もまたさういふ「日本人の一人には違ひない」と書いたのである。『醒めて踊れ』に書いてゐるやうな弓道の「残心」を遥かに超える心の揺れに翻弄されてゐる。

Olympic grillといふのは戦後もかなり後まであつた洋食屋で、銀座通り、今のティファニー本社ビル、その前にはサンリオがあつたところの二階に昭和も後期まであつたといふ。だとすると、「筋向ふの横丁を有楽町の方へ歩いてゆく」といふのも分かる。店を出て通称マロニエ通りを電通通り、今の西銀座通り（外堀通り）へと歩き、道を渡つてタクシーを拾つたのだらう。となると、ものの数分、五分と掛からない。別れといふだに、あつさりを通り越して、全くそつけない道行……L嬢の「未練」の見送りも分からうといふものだ。銀座の二丁目にゐたのなら、せめて、東京駅まで二人で歩けばよかつたものを、気の毒に、恆存さん、相当に「人目」を憚つたのだらう。ならば、いつそのことマロニエ通りなどに入らず、銀座通りを渡つた二丁目の角でタクシーを拾つてしまへば、至極「あつさり」してゐてよかつたらうに……。

それにしても、Lとはなんといふ名の略だらう。礼子なり瑠璃子なりの頭文字なら、我々日本人は普通Rを使ふだらう。それを父が気取つてわざとLにしたのか。それとも――実は百合子さんが本名でそれを英語のlilyに変へて、頭文字Lとしたのか。あるいは、さらに気取つて、L嬢をladyに擬《なずら》へてLにしたのだらうか。

そもそも、Lなる女性は誰だつたのだらう。私が今も同居する母、敦江（九十六歳）ではあり得ない。当時母は文部省に勤めてゐたが、父に初めて会ふのは、父がこの支那視察から戻つて（十二月）、その報告に文部省を訪れた時のことださうだ。父が辞去した折、その後姿を見送りながら文部省の上司が母に、正確な言葉ではないが「あれが新進の文芸評論家、福田恆存だ」といつた類ひの説明をしてくれたと、これは母から直接聞いた。それが父母の最初の出合ひで、結婚は二年余り後の昭和二十年一月、といふことは、恆存はL嬢と別れの昼食を済ませた脚で支那に向かひ、帰国後直に、やがて吾が母となる敦江に出遭ひ、付合ひ始めたと考へてよからう。

つまり、恆存は「真に予を敬慕してくれる」Lなる女性を三月も経たぬ間に、いともあつさりと袖にした――と、私は勝手に邪推してゐる。あつさりL嬢を袖にした恆存こそ、「場」にも「人」にも粘着せぬ日本人らしからぬ「近代人」といふことになるのだらうか。ここまで来ると、日記の「最後の（？）昼食」といふ、疑問符付きの書き方が、いやに意味あり気にさへ見えてくる。

ところで、私と父と二人で初めてロンドンを訪れた昭和四十三年のこと、ロンドンの街を案内してくれながら、父は母との文部省での出合ひを嬉しさうに話してゐた。具体的にどういふ出合ひであつたかまでは聴かなかつたと思ふ。また、支那視察の報告をしに文部省を訪れた後、どういふ経緯で二人が言葉を交すやうになつたのか、そこまでは私も知らない。今さら老いた母からそんなのろけ話を聴く気にもなれない。（文庫版註・母敦江はこの文庫版が出る令和三年（二〇二一）の一月初めに、満九十九歳で亡くなつた。）

さて、L嬢が誰であるか、今さらどうでもよいことであらう。また、L嬢との別れとアメリカの母娘の別れの光景の符合も、敢へて言へば座興の域を出ないかもしれぬ。が、その事象自体ではなく、恆存がそこに垣間見た日本の近代化に付き纏ふ「悲劇」こそ、恐らく現代の我々も、もう一度立ち止まつて振り返らねばならぬ問題ではないのか。恆存は、それを説き続けたのではないか。明治維新以来、否も応もなしに西洋を受け止めざるを得ず、さういふ形で近代化を押し進める運命を背負つた日本——その、殆ど克服不能の難題を、我々日本人が背負つてゐることを忘れるなと、説き続けたのだ。

大正元年（一九一二）生まれの恆存は、近代日本の苦しみを骨身にしみて実感してゐたのだ。先に引用した『乃木将軍と旅順攻略戦』の一節、つまり、「近代日本の弱さ」を「いとほし」めといふ恆存の言葉が、私には余りにも「切なく」響く。恆存は、否応なしに近代化の道を歩まざるを得なかつた吾が日本の苦悶する姿を「いとほしむ」、少なくとも恆存は、その「いとほしみ」を心に秘めて生き続けたに違ひない。『乃木将軍と旅順攻略戦』は司馬遼太郎の乃木将軍愚将論に対する反論として書かれたものではあるが、恆存はこれを書く遥か以前から、乃木将軍の胸中を察し、乃木に代表される近代化にもがく日本を「いとほし」んでゐた。

そのことを明らかにするため、最後に、L嬢との別れで始まる支那大陸視察の日記より、旅順を訪れた昭和十七年十月五日の記述の一部を引用してこの稿を終る。福田恆存が、近代日本の宿命を、そして、それを無言のうちに呑み込み、粛々と背負つた乃木将軍をどれほど「いとほし」んでゐたか、お解り頂けよう。

（前略）11・00出発。10分足らずして白玉山

記念撮影、旅順港を一望の下に俯瞰す、後方
旅順要塞半円形に羅列す。12・00過ぎ記念館、露兵の
外套その毛（ラクダ）の素晴らしさに皮肉な微笑。食事。1・00出発
1・30ころ東鶏冠山。旅順要塞中の圧巻なり、案内子の
大仰な説明にも当時の日本兵の苦闘まざまざと偲ばれたり。
ペトンの強靭な防禦力も知らず、精鋭な兵器も、文化的な
優越さも無視して身を挺して行つた無暴にも近き
挑戦は悲壮といふべく、されど、それをわれわれの血のつな
がる父や祖父たちの苦悩だと実感されるとき、悲壮感は
そのまゝ、われとわが身をいとほしむいぢらしさに通じるのを覚える
これもまた近代日本を生めるうらわかき母の力であらうか。感慨
胸に迫り暫し去ること能はず。
2・40水師営。佐々木信綱の歌碑あり。この庭前に背の
曲りたる乃木将軍、勝ちながら粛然として歩む将軍の猫背の
後姿彷彿たるものあり。
4・00近く二〇三高地、この地の意義、乃木将軍の苦衷
（国民の非難）涙ぐまし。

恆存の晩年

昭和五十六年（一九八一）の五月五日、夜の十時前後だつたらうか、母屋の――つまり同居する私達夫婦ではなく父母が使ふ電話が鳴つた。たまたま近くにゐた私が受話器を取つた。受話器から聴こえてくるK氏の声がいささか緊張してゐる。父が倒れたといふ――氏は主に高校の教師を集めて主催する読書会で、時折父を講師に招いては講演会を開き、父とともども歓談を楽しんでゐた。その父を囲んでの歓談の酒席のことだと思ふが、父が体調不良を訴へたといふのだ。

当時父は東銀座にあつた銀座東急ホテルの一室を東京の住まひにして、簡単な書棚ども設《しつら》へ、芝居の稽古などの折にはそこを使つてゐた。電話の主は、会合の場から父をホテルに連れて行き、父は今自室で休んでゐると告げた。その電話が自発的なものか、父に頼まれたからであつたか、恐らく、父からの依頼で母に電話したといふことではなからうか。

入浴中だつた母を急かせておき、私はホテルに電話を入れた。フロントを呼び出し様子を聞いたが埒が明かないので、たしか702号室だつたと思ふが、直接父の部屋を呼び出した。電話に出た父の様子は確かにをかしかつた。呂律《ろれつ》が少々怪しいのだが、酒に酔つてゐるのか、何が起つたのか見当もつかない。「横になつて休んでゐるやうに、母と二人で至急車でホテルに向ふから」、そんなことを言つて電話を切り、まさに取るものも取り敢へず、母と家を飛び出したわけである。東京へ向ふ車の中で落ち着いてはゐるものの緊張した母の空気を感じた記憶がある。私も緊張してゐたと思ふ、常になく慎重に運転をしようと自分に言ひ聞かせてゐたことは鮮明に憶えてゐる、恐らく、焦つてゐる自分に無茶な運転をしないやう言ひ聞かせてゐたのであらう。

この夜の記憶は殆どが断片的なもので、助手席の母の面持ちと東名高速を走つてゐる時の何とも言へぬ気分の次に残つてゐる記憶は、ホテルのベッドに横になつた父との会話になる。横になつてゐた父が起きてドアを開けに来たのか、顔見知りのフロントの係にマスターキーで開けてもらつたのかといつた些事はすつかり忘れた。

既に時間は十二時を過ぎてゐたと思ふ。横になつた父は、「少し呂律が廻らないんだよ、喋り方をかしいだろ？　右手もうまく動かないんだ」と訴へた。呂律が廻らないと言つても、僅かなもので、聞き取りにくいといふ程ではなかつた。取り敢へず医者に診てもらはうといふことになり、ホテルに聞いて近くの夜間緊急外来クリニックにタクシーで連れて行つた。そこの医者の専門が何であつたか、知る由もない。一通り「診察」はしたものの、何といふ病名の診断が下されたわけでもなく、確か、一晩ゆつくり休んで翌日大病院の診療を受けるやうに言はれたのだと思ふ。

その夜は、恐らく母と私はホテルに投宿して、翌日、病院に父を連れて行つたはずだが、これも明確な記憶がなく、母を残して私は深夜に車で帰宅したのかもしれない。父のスケジュール帳には日大駿河台病院への入院は翌々日、七日からとなつてゐる。

ともあれ、これが父の「晩年」の始まりとなつた。上述の事態を前にすれば恆存が脳梗塞に見舞はれたことは、今なら誰にでも想像がつくだらう。しかし、今から四十年近く前、医者でもない限り我々は、少なくとも私は脳梗塞といふものをそれほど身近に理解してゐなかつた。夜中の緊急外来の医者の口からもその種の可能性への言及もなかつたと記憶する。

今にして思ふ。なぜ、私と母は、その夜すぐに救急車を呼んで父を大きな病院に連れて行かなかつたのか。なぜ、脳の異変に思ひが至らなかつたのか……。悔やんでも悔やみきれない。それを言ひ出すと、定宿の顔見知りのフロントの人々もどう思つてゐたのか。そもそもK氏らは父が倒れた時、なぜ、救急車を呼ばなかつたのか。倒れた時、父は「これが断末魔か」と言つたやに聞く。K氏らはゾッとしたとまでいふ。私はK氏らを非難してゐるのでも、ましてや恨んでゐるのでもない。そのくらゐ脳梗塞といふものは一般に認知されてゐなかつた。尤も、私の推測だが、父が倒れた折その場に居合はせた人々は、少なくともその中の誰か、救急車を呼ばうと思つたのではないか、恐らくそれを口に出しさへしたのではないか。が、父が、謂はばダンディズムとでもいふか遠慮からか見栄からか、それを断つて、宿まで連れて行つてくれ、休めば治るだらう、とでも言つたのではないか。万死に値するとすれば、ホテルに駆けつけた私と母かもしれない。父を一刻も早く大病院に搬送して点滴をしてゐれば、予後も全く問題はなかつたのかもしれない。事実、ずつと後になつてのＭＲＩでも父の脳には梗塞の痕跡すらないほど、その折の梗塞は軽いものだつた。しかし、かうしてかもしれない話をいくらしても意味はあるまい。

脳の病は恐ろしい。その後、物を書くにしても演出するにしても、嘗ての切れ味の良さは恆存の仕事から徐々に失はれてゆく。痕跡すら残さぬ程度の軽度の梗塞であれ、脳がダメージを受けたことが、急激な速度で父の衰へを加速させた。駿河台の日大病院への一ヶ月の入院後、一時的に復活はしたものの、以後まともに仕事をしたのはほぼ二年程に過ぎない。発症が数へ歳で父七十歳、丁度今の私が同じ歳である。父と私は干支が同じ子年で、当時、私は数へで言へば三十四歳、満年齢なら三十三の若造だつた。ついでながら、祖父もまた同じ脳梗塞で――昔は我々一般人はこの言葉は使はず脳軟化と呼んでゐたが――私の生れる前年、昭和二十二年の七月に亡くなつてゐる。（恐らく間違ひなく、祖父と父と二人の体質を受け継いでゐると思はれる私は、日頃から血液がサラサラであるやうにと過剰に意識してゐる。）

＊

筆を先に進める前に、ここで時間を遡り少し横道に逸れる。そもそも父がなぜ脳梗塞に襲はれたか、専門的なことは分からぬが、私が傍で見てゐての当て推量で少々書いておく。まづ、父は日頃水分を取る量が少ない。偏食が過ぎる――大の肉好き、野菜嫌ひ。偏食の典型的な例を一つ挙げると、芝居の稽古に入つた折、稽古場で取る夕食の出前が例へばカツ丼。これに嵌ると、週に六日間毎日、しかもひと月からひと月半の稽古の間中、毎晩出前はカツ丼。鰻に替はるとひと月余り毎晩鰻丼。それだけではない、滋養強壮――キョーレオピンが効くと聞けば朝晩二カプセルづつ、朝鮮人参が良いと言はれれば朝晩二匙づつ……といつた調子で、この朝鮮人参など、どろつとしたエキスをそのままペロペロ舐めてゐた。これで水分摂取が少なくて、血液がドロドロにならないわけがない。

そんな性癖を持つた上に、劇団雲の分裂（昭和五十年八月）以来、いや、昭和三十八年の設立以来と言つてもよいが、父は劇団経営者として、そして昭和四十九年に自前の三百人劇場を建ててからは劇場経営者としても、金策資金繰りに奔走してゐた。多くの劇団の御多分に洩れず、財団も収入源は役者が外部の仕事で稼いだ額の三割を収める、それが殆どだつた。雲分裂によつて、稼ぎ頭の俳優たちがごつそり脱けて、残留組（雲の残留者と、財団法人現代演劇協會傘下のもう一つの劇団欅を統合して劇団昴創立＝昭和五十一年）にも稼げる役者は何人もゐたが、人数比から考へても、その収入減少は劇場を建てたばかりの財団にとつて相当の痛手であつた。

曖昧な記憶ではあるが、役者が納める三割の収入がこの分裂でおよそ三分の一に激減したと聞いた。しかも皮肉なことに、自前の劇場を欲しがつたのは役者たちであり、経営責任者の恆存は飽くまでやつかいな「荷物」を背負ふことに反対してゐた。

劇場を欲しがつた雲の殆どの俳優が折角の劇場が出来た直後に抜けてしまひ、昴ができた初期の頃には、三百人入る劇場での某公演では、観客より出演者の数の方が多かつた日があつたといふ、笑ふに笑へぬ逸話が残つてゐる。それでも劇場は経営して行かねばならない。しかも、建築の最中にオイルショックに見舞はれ、建築費用は高騰。しかし、用意した金は限られてゐる、当時のこと、恐らくはあれこれ手抜き工事が行はれたとしか思へぬトラブルが、以後次々と発生、その経済的な対応には後に理事長職を引き継いだ私も随分悩まされた。（雨が降ると地下室にあふれ出る地下水、煙突のボヤ騒ぎ、何をどう補修しても降雨の後はどこからかあちこちに漏れてくる雨水——後年私が劇場を閉鎖する時には、築三十六年で老朽化などあり得ないと、ネット上で批判されもしたが、関係者なら誰でも知つてゐる事実である。）

さういふ状況で、父は関西までも足を延ばして向かうの財界人に協力を仰いだり日夜金策に走り回つてゐた。ただし、これは私は余り詳しくは知らないことではある。父は家で愚痴を零《こぼ》す人間ではなかつた、愚痴めいたことをいふ時は面白をかしく冗談めかして私や母を笑はせて楽しませてゐたので、実際に父がどの程度の苦労をしてゐたか知る由もない。いづれにせよ、当時父が金策で疲労困憊してゐたことは想像に難くない。しかも、昭和四十九年から五十年に掛けては月刊誌の連載でかなり重量級のものを二つ抱へてゐた。その上、言ふまでもなく分裂と新たな出発の為に、演出や脚色翻案等もこなさざるを得なかつた。これで身体を壊さぬ方がをかしい。さういへば脳梗塞で倒れる前年の昭和五十五年の一月には肺炎で日大板橋病院に入院してゐるが、これとても、疲労の蓄積が大きな要因となつたことは想像に難くない。では、なぜ、さういふ状況に父が、財団が、あるいは劇団が追ひ込まれたか。

そこに触れるには時間をさらに遡らねばならない。そもそも劇団雲の分裂は何故起こつたのか——物事は起こるべくして起こる。ほとんどが必然の結果だらう。しかも、その必然は、多くの場合些細な偶然の積み重なりの結果に過ぎないのだ。この分裂についても、私は漸く劇団に首を突込みだした頃のことで、はつきりしたところは全く分からない。いや、はつきりしたことなど誰にも分かりはしない。父自身にも分かつてゐはしなかつたと思ふ。

ただ、巷間噂されることで、これは恐らく間違ひなからうと推量できる原因の第一は福田恆存と芥川比呂志の路線の対立、さう言へば聞こえはいいが、要は両雄並び立たずといふ事で、きな臭い権力争ひが路線の対立といふ芸術的仮面を被つたに過ぎまい。仮面といつても、仮面にも三分の理——いや、この場合、それぞれに自分の芸術理念を信じてゐたには違ひない。恆存は文学としての演劇を目指し、日本語のリズムを打ち壊しても新たな劇言語を開花させようとして、自らの翻訳によるシェイクスピア作品から現代の小説家たちに書かせた新作も含めて、自分の芸術理念を具現化しようとしたのだらう。一方、芥川は飽くまでも役者でありながら——しかも「名優」といふべき才能の持主であつたにも拘らず、気の毒なことに年来の肺疾患ゆゑに声量体力共に役者としての限界を感じてゐたはずで、さうなると演出家として福田の向かうを張らうとする。勢ひ、芥川は財団・劇団設立の趣旨とは無関係に、俳優たちがやりたい芝居を取り上げ、つまり年下の俳優たちが求める、さらに目新しく斬新な戯曲へと向ひ新機軸を打ち出して、自分の求心力を維持しようとしたのではないか。これは一方的な「証言」に過ぎないかもしれないが、父が家で零したことがある。「芥川は、あちこちで、下の役者たちに、『お前にはあの主役をやつてもらひたい』などと、配役でみんなにいい顔をして喜ばせるから困る」と言つてゐた。

路線の対立や芸術の仮面を被つた暗闘など、どこでもいつでも起る陳腐な出来事、さう言つてしまへばそれまでだが、これは、父のあとを襲つて理事長に就任した私自身が、後年散々味はされたことでもある。

もう一つ、芥川の体力の限界と関係のあるエピソードを書いておく。創立後五年も経たぬ昭和四十二年（一九六七）十二月のことだが、福田演出で主演に芥川を据ゑた『リア王』が上演される。終幕近くで狂気のリアに、変装してケイアスといふ名でずつと仕へてきた忠臣ケント伯が、自分は実はケントだと名乗り出る場がある。リアが言ふ、「辺りが霞んで見える。お前はケントではないか？」、ケントが応へる、「は、左様でございます、下僕《しもべ》のケントにございます。では同じ下僕のケイアスはどこにゐるか御存じでいらつしやいますか？」、それに対してリアは「あいつは良い奴だ……」云々と応じる。

この遺取りで福田と芥川の解釈がぶつかつた。

稽古から戻つた父が愚痴を零した。「あそこではリアは、ケントを認識してゐないんだよ。それなのに、芥川はケントをそれと認めたんだと言ふんだ。だから芝居がお涙頂戴の人情芝居になつてしまふんだ」――要は、芥川は、恐らく体力精神力共に楽な、忠臣ケントを認識できた甘い人情劇の世界に入らうとし、福田は、『リア王』といふ宇宙大の世界を描いたこの戯曲にさういふ日本的情緒の入り込む余地は無く、ケントの絶望とリアの狂気のうち幕が閉ぢるからこそ空洞のような巨大な宇宙空間が絶望と共に描かれるはずだ、さう考へたのだらう。ただ同時に恆存は、人情の世界に入り込む芥川に体力の限界ゆゑにそのリアの世界を背負へぬ衰へゆく役者を見て、同情もしてはゐた。かうなると、もはや路線の対立だなんだといふ大仰な話ではなく、それこそ、生身の人間と人間のなまなましい話になつてしまふ。

さて、分裂の原因の第二だが、これは私個人の推察に過ぎず当事者に聞いたわけでも噂を耳にしたわけでもない。が、雲の分裂の原因は、昭和三十八年（一九六三）の文学座からの劇団雲独立後、ほんの数年のうちに既にその萌芽を胚胎してゐたに違ひないと私は考へてゐる。そのことに触れる前にさらに遡つて雲設立時からのことを少し振り返つておく、その方が、私の推察といふ第二の原因が一層際立つと思ふ。

文学座からの独立の理由は、これまた路線の違ひもあるが、文学座の若手たちの、自分たちも思ひ切り芝居がしたい、いい役を配役されたいといふ素朴な出発点から始まつてゐたはずで、当然新劇団が設立された暁には、俳優たちは文学座での『ハムレット』上演で名実ともに柱となつた芥川比呂志を軸に、福田を統率者として一丸となつて自分たちの劇団を創るといふことだつたはずだ。事実、独立直前のその熱気と緊張感は我家にも伝はつてゐて、当時高校生の私にすらひしひしと感ぜられた。雲の旗揚げ公演『夏の夜の夢』は、その年の三月から五月に掛けて東京及び地方で華々しく成功裡に行はれた。その折の熱気も昨日のことのやうに憶えてゐる。『夏の夜の夢』には創立メンバー全員がそれぞれに適材適所で配役され出演してゐた。第二回公演は恆存翻訳（共訳）・演出になる、ジョージ・バーナード・ショーの『聖女ジャンヌ・ダーク』だが、主役ジャンヌには岸田今日子、まさに雲の中心となる女優だつた。その後も、小池朝雄主演で岸田がヒロインを演じたピランデルロの『御意にまかす』を文学座の幹事の一人、岩田豊雄を招いて上演、飛び出してきた文学座から座の幹事を演出家として平然と呼ぶ方も呼ぶ方なら、乞はれて受ける方も受ける方、豪胆といふほかない。福田と岩田の大人の付合ひが垣間見える。さらに昭和四十年（一九六五）には、恆存が二十九年にロンドンで観たリチャード・バートンの『ハムレット』を演出した英国屈指の演出家、マイケル・ベントールを招聘して『ロミオとジュリエット』を上演、直後には『夏の夢』の再演を果たし、かと思ふと福田はドストエフスキーの『罪と罰』を脚色演出。一方で、若い演出家の中心だつた荒川哲生が新宿のアートシアターでアメリカの新人劇作家たちの一幕劇を次々と上演するといつた次第で、順風満帆の滑り出しとしか言へない状態だつた。

が、しかし、である。昭和四十年のこと、つまり雲設立の僅か二年後のことになるが、「にんじんくらぶ」の解散に伴ひ、恆存はその一部の俳優（南原宏治、岡田真澄、藤木孝等）九名を糾合、財団法人現代演劇協會傘下に第二の劇団、「欅《けやき》」を設立、財団法人下の二劇団制を採る。この事態を雲の役者達がどう受け止めたか、想像に難くはあるまい。右に書いた通り恆存は雲設立以来、翻訳演出脚色、そして当時としてはほぼ初のと言へる海外本場の演出家招聘と、雲の為に能ふかぎりのことをしてきたのは事実だ。が、劇団欅は、設立後直ぐには旗揚げ公演を行はなかつたものの、当初の九名の俳優の他に、内田朝雄、解散した「ぶどうの会」から久米明、宝塚出身の鳳八千代など外部から毛色も様々な役者を集め、雲設立から四年後の昭和四十二年三月に、福田恆存の書き下ろしで旗揚げ公演を行ふ。バーナード・ショー原作の翻案とはいへ、殆ど創作と呼んでよい『億万長者夫人』を鳳八千代を主役に謂はば当て書きのやうに書き下ろして演出する、しかもこれが当時大受けして再演まで果たしてゐる。

私個人の推察だがとは書いたが、この経緯が、後の雲分裂の第二の遠因となつてゐないわけがない。早い話が岸田今日子の立場にしてみれば、確かに、旗揚げ公演の『夏の夜の夢』では若い恋人たちの一人、御俠《おきやん》なハーミアといふ、岸田には打つて付けの嵌り役を配役され、第二回公演の『聖女ジャンヌ』では主役に抜擢されるなど、どの舞台でもいい役を与へられてはゐる、さうであつても、福田は自分を主役に当て書きの創作などしてくれないといふことにならう。岸田一人ではあるまい。雲創立メンバー全てにとつて、なにゆゑの第二劇団設立か、と疑問と不満が渦巻かう。福田自身は文学至上の演劇を雲で、より娯楽色の強い芝居を「市民劇」と銘打つて欅が受け持ち、勤め帰りのサラリーマンが気楽に足を運べる舞台を提供し、二つの劇団を財団法人の両輪として演劇運動を展開したかつた。

恆存は当然この考へを雲の役者たちを集めて説明もしたことではあらう。が、役者たちは自分たちの自由にできる劇団を、「芝居をしたい一念」で作つたのであつて、従つて「演劇運動」ではなく「芝居をする集団」のつもりだつた……さういふ意識のずれが恆存との間に生じたとしてもをかしくない。しかも、文学座の本流を意識し、純文学的演劇集団を自認してゐたと思はれる雲の俳優たちは、宝塚や売れてはゐても素性のしれない商業演劇系の役者、あるいは今流に言へばタレント的な役者と一緒にされては堪つたものではなからう。これがのちの雲分裂の大きな遠因となつたと、私が推測するゆゑんである。事実、雲の俳優の口から「財団法人て一体なんなの、俺たちは劇団を創つたのに」とか、「宝塚とでは学校が違ふ——基礎や芝居の質が違ふんだ」といつた言葉を私自身聴いてゐる。

なほ、株式会社にせず、財団法人にしたのは、寄付金集めをしやすくするためもあらうし、演劇運動構想が恆存の念頭にあつたからではないか。また、ものごと一般の行き違ひといふものは、殆どが偶然の産物であらう。文学座からの脱退（分裂）を毎日新聞にスッパ抜かれたために、劇団の出発が大幅に前倒しになり、間の悪い事に、財団法人の認可が下りる前に、雲創立といふ形で脱退の記者会見等々が行はれた。勿論恆存は財団構想を雲の役者たちにも説明はしたであらうが、この非常時といふか、文学座からの脱退といふ緊張と興奮の時期に、誰も財団法人だか株式会社だかに殆ど興味を示さなかつたのではないか。かういふ時期の恆存の説明が不十分だつたといふこともあつたのかもしれない。

更に雲の役者たちと、欅の役者たちと恆存との相性の問題が、後の分裂に繋がる大きな要素としてあつたと思はれる。大分後になつてのことだが、実際、父自身、家ではかなりはつきりと両劇団の役者たちの質の違ひを口にしてゐた。「雲の連中は、オレのことを先生つて呼ぶんだ、でも、欅の役者たちはみんな、福田さんと呼んでくれる」——日頃から、政治家であれ文人であれ、教師でも恩師でもない人間を「先生」なんて呼ぶもんぢやないと口癖のやうに言つてゐた父のこと、自分を「奉る」雲の役者と、友人扱ひする欅の役者と、相手をしてゐて居心地の良さは間違ひなく欅の連中だつた。昴に統合された後だつたかそれ以前からのことか記憶が定かではないが、欅系の役者たち数人が毎年正月の二日には大磯の父の家に来て、私も加はつて新年会をやつてゐた。雲の役者たちが恆存の自宅で宴会をしたこととといへば、創立当初に一度だけではないかと思ふ。稽古や本番の舞台のはねた後などに、皆で食事に行くにも、父は欅系の役者たちと一緒の時が愉しさうだつた。

＊

横道が長くなつたが、ここまでの事情を幾分かでも分かつて頂いた上で、脳梗塞後に話題を戻す。

先に、「痕跡すら残さぬ程度の軽度の梗塞であれ、脳がダメージを受けたことが、急激な速度で父の衰へを加速させた。駿河台の日大病院への一ヶ月の入院後、一時的に復活はしたものの、以後まともに仕事をしたのはほぼ二年程に過ぎない」と書いたが、脳梗塞以後にも評論を幾つか書いてはゐるものの、生前最後に編まれた自選の『福田恆存全集』（文藝春秋刊）に、それらは一切選ばれてゐない。福田恆存の「まともな仕事」の掉尾《たうび》を飾る作品はなにかと問はれれば、何と言つても昭和五十五年（一九八〇）の末に書いた評論「小林秀雄『本居宣長』」（後に「小林秀雄の「本居宣長」」と改題）を私は挙げる。文春版『全集』も、この作品を最後の評論として採り上げてゐる。

一方、舞台の演出は退院直後に稽古に入つたT・S・エリオットの『カクテル・パーティー』、翌年六月に上演されたシェイクスピアの『ヘンリー四世』(第一部)等、決して悪いものではなく、むしろ脳梗塞の痕跡を感じさせないと言へるほどの出来だつた。『ヘンリー四世』を演出した昭和五十七年(一九八二)には、ほかに二作品の演出もしてゐる。それらも決して悪い出来ではなかつた。幾ら共同演出を立ててゐたにしても、この頃までの舞台には大きな瑕疵《かし》はないし、恆存自身の稽古場での指揮にそれほどの陰りを感じた役者もゐなかつたと思ふ。

が、評論にしてもエッセイにしても、少数の例外を除けば、筆力は明らかに落ちてゐる、あるいは、徐々に落ちて行つたと言はざるを得まい。福田恆存が書く文章の魅力といへば、やはりその論理の飛躍の見事さ、とでもいふか、そこまで跳べるかといふ跳躍をしてみせ、しかもそれが一見矛盾してゐるとすら見えかねない論理の展開を納得させてしまふ躍動感にある、さう言つたら分かつて頂けるだらうか。あるいは、人を振り廻して、あれよあれよといふ間に納得させてしまふレトリックの妙とでも言へばよいのだらうか、脳梗塞後、その跳躍のエネルギーが徐々に落ちて行つたといふのが私の実感である。恆存の文体や、シェイクスピアの翻訳に育てられた私の目には、少なくともさう映じてゐた。

さうなると、私としては、そのことに父の注意を促さぬわけには行かなかつた。母もまた私と同じ考へだつた。勢ひ我家では夕食などの折に、私（や母）が、「もう書くのを止めた方がいい」と意見する、そんな会話が増えてゆく。父としては、当然本人はそんな事を認めたくない。当り前だらう――この世の誰が、お前は老いた、脳の回転がをかしいぞと言はれて、はい、さうですかと素直に聞き入れるものか。実際に脳の回転がをかしくなければ、怒るのは当然であるし、もし、実際に回転がをかしくなつてゐれば、なほのこと、本人はそれを認めるわけがない。父も当然、反論する、喧嘩になる。私と母に向つて、「お前たちはさう言ふが、編集者は俺の書いたものをいいと言つてくれる」と、他人の評価を持ち出してくる。こちらとしては、「編集者はさう言ふに決まつてゐるぢやないか。こんな時、家族と他人とどつちの言ふことを重んずるか、信ずるか」と冷酷な刃を突き付けざるを得なくなる。

論理の展開の例にはならぬが、少し時間を先に進めて、父自身によるメモを父の手帳から一つ挙げておく。昭和六十二年（一九八七）十月下旬のことである。書ける書けないの話ではないが、父母と私とで話してゐたのだらう、かういふメモがある、「収納庫の場所、食堂ニスルノハどうかといつた。Noと敦江いへるを逸ひきとりて、それはウツトウシイ、むしろ使はれてゐない「オバーサンの部屋」の□□□□〔四字判読不能〕にそれを作つたらいいといふ。ぼく黙る。（敦江と逸との「共同作戦」エレクトラ・コムプレックス）僕の考へは、わが家の中で、一番わが家に非ざるところは、第一に書庫、第二に食堂」――それを言ふならエディプス・コムプレックスと言つてくれといふ茶々はさておき、判読できぬ字もあるので定かではないが、私は家の中心に位置して四方に明り取りの窓がない食堂の替りなら、父のいふ北向きの「収納庫」よりは、亡くなつた祖母が使つてゐた部屋が南の庭に面してゐて、明るくて気持がよいのではないかと考へたのだと思ふ。いづれにせよ、そのやうなことまでもが意見のずれになつて行つた。

母は口数の多い女ではない。従つて、といふより、口から生れたと自分でさへ思つてゐるほど口煩い私が率先して矢面に立ち、侃々諤々の、議論にならぬ議論を延々とすることになる。これは辛かつた。父にとつては、辛いといふ言葉では表せぬ、むしろ屈辱であつたらう。いくら仲の良い、友達のやうな親子だと（これは確か日生劇場で丸谷才一に）言はれた父と私との仲であつても、息子に「お前はもうだめだ」と突き付けられて、素直に受け止められる父親がこの世にゐるわけがない。といつて、こちらはこちらで、これ以上福田恆存の名を穢すやうな文章を書くのは、何としても止めさせたかつた。具体的にどういふ会話だつたのかは、今書き残せるほど事細かな記憶もなく、読者にも父にも申し訳ないといふほかない。

さういへば、いつごろだつたか、既に余り評論を書かなくなり、講演だけはまだ時折引き受けてゐた時期があつたが、父が、ある日、母と私に「講演ももう止める」と言ひ出した。どうしたかと思つたら、その日の昼だつたか、講演をしてゐて、話の接ぎ穂が見つからなくなつて立ち往生したらしい。父のその時の説明によると、講演をする時、普通なら小さな木の芽が大樹に育つやうに、その講演のテーマといふ太い幹を下から伸ばして行き、あちこちで四方八方へ枝葉を広げ、さらにその先にも小枝を出す、そんな具合に話を枝葉に広げても、今までは戻るべき大樹の幹が分かつてゐた、どこに話を戻すか、なぜ枝葉に話題を繰り広げたかの論理が分かつて喋つてゐた、それが、今日の講演でどこへ戻つていいか解らなくなつたんだよ、さう言ふのだつた。以来、講演も断り、仕事は殆どしなくなつたといふわけである。

さういふ状態の父との会話が、殊に複雑な話題となると実に難しくなつたことはお分かり頂けるだらうか。会話がとんでもない迷路を進むために記憶はおろか再現などとてもできるしろものではなかつた。敢へて説明するとすれば、父は論理的に話してゐるつもりだから、こちらもそれに理詰めで応じる、すると父の論理が微妙にずれて行く。恐らく枝葉から幹に戻れなくなるのだらう。自宅での息子との会話ゆゑ、気の緩んだであらう父はそのことに気づかない。勿論、気が付きたくもなかつたらうし、それで、息子にやり込められるのだから、さぞ不快な思ひをしたことだらう。

雑駁な書き方をすると、例へば、父が「A＝Bだろ、B＝Cだらう、さうなれば」と来たら、後には当然「だからC＝Aぢやないか」と続けてほしい。が、そこで、「だから、C＝Zだらう」といふ横つ飛びの意味不明な結論で終つてしまふ。こちらが聞き流して、それで沈黙してゐればいいものを、私の性格からか、「いや、C＝Zぢやなくて、C＝Aつて言ひたいんだろ」と切り返す。すると父は「だからさつきから俺はC＝Aだと言つてゐるぢやないか」「いや、親父、今、あんたはC＝Zつて言つたんだよ」「ああ、だから、さつきから俺はC＝Zだと言つてるんだ」……と、この種のかみ合はぬとでもいふか、論理の整合性もなにもあつたものではない会話が延々と迷路の如く続き、仕舞ひにはこちらにも訳が分からなくなりかねない、喜劇のやうな途轍もない遣取りが繰り広げられて、互ひの焦燥は頂点に達する。

食堂の場所のやうな家庭内の話題で済めば、まだしも、といふのは、吾々親子の「悲劇」は私が劇団の仕事で、父の跡を継いでしまつたことに始まる。跡を継いだことによつて、我家での二人の会話も殆どが劇団関連のことにならざるを得ない。

当時、劇団には幹部会と呼ぶ決定機関があり、週に一度、理事長や事務局長、経理担当者、研究所長（文芸・演出部の責任者）などが集まつて、全責任を理事長の指揮の下に進めてゆくわけだが、その会議に、父の脳梗塞から二年後の昭和五十八年（一九八三）五月に理事に就任した私も出席することとなつた。日常の父の言動に周囲の人々も不安を感じ出したことも理由の一つである。稽古場でも徐々に父の衰へが見えだし、役者たちにも不安が広がる、さうなると一事が万事といふもので、劇団内のあちこちに不穏な空気や不安が充満し始め、事務局長、研究所長それぞれに何とか父をサポートし福田恆存の劇団を維持しようとした。さういふ空気の中で、くだんの幹部会の方で一理事の私の出席を期待するところもあつたやうだ。事務局長等々の人々にはどうしても目上の理事長に異論を唱へ、「あなたの言つてゐることは、をかしい」とまでは踏み込みにくい。

そこを私が、援護射撃をしたり先陣を切つたりして、いはば息子の立場を利用して父の混乱を抑へる役回りを演ずることになる。集団は纏めねばならず、上演作品の選定から担当の演出家を誰にするか配役はどうするか全てに目を配り決定し、一方では財団全体の経済、経営を考へなければならない。それらの目配りが出来なくなりつつある恆存に、理事長といふ最終決定権を委ねておくこと自体、問題であることは容易に想像して頂けよう。

他人を交へた会議の席ならまだよい。これが二人で帰宅して、同じ屋根の下に住む親子に戻つた瞬間から、恐らく父は会議で抑へ込まれた憤懣がやるかたなく、私に向つて噴出するのだらう。どうしても父は私にぶつかつて来ざるを得ない、さうなるのは理の当然と言へる。私は私で「親父いい加減にしてくれ」といふ気持が湧き、劇団の会議の席上より激しく窘《たしな》めることにもなつてしまふわけだ。テーブルを叩いて怒鳴りつけたことさへあつた。

死者に口なし、今さら抗弁一つできない父のことを悪しざまに言ふつもりはない。決して父に非があるのではない。非があるとすれば、病そのものであつて、父はその被害者犠牲者に他ならない。気の毒なのは、病を得た父に他ならない。ただ、家族としてのみ付合へたなら、父と私は悲しむべき諍ひを延々と繰り広げる必要もなく、こちらが老いて病んだ父を労《いた》はれば済む。（かう書くだけでも、今の私は涙が滲む。）が、さうは問屋が卸してくれなかつた。劇団が存在して、私がそこに首を突込んでしまつたからには、二人は親子であつて、親子ではない。家に戻つても、二人は劇団の責任を負ふ宿命から逃れられぬ理事長と理事といふ公的な立場から逃れやうもなかつた。いや、私の性格の歪みも大きな要因だつた。父への対抗心、あるいは父への――理屈っぽいだけで論理のキレを失つた父への苛立ち、以前とは違つてしまつた父への謂はば「怒り」が私を父以上に理屈つぽくさせて、二人のかみ合はない不毛の議論は果てしなく続いた。

劇団内の不穏な空気と書いたが父の脳梗塞罹患直後から、劇団内では既に「権力闘争」が始まつてゐた。その結果、劇団が父の描いた芸術理念から徐々に逸れてゆく。私はそのことを父に分からせたく、またかうなつたら後は俺がやるからと、愚かにも私は思つてしまつた。父のやりたかつたことを一番解つてゐるのは自分だといふ自負と傲慢と浅ましさ――これもまた一つの権力欲に過ぎないのだ。そして、さういふ私の存在自体が「権力闘争」の一因であつた可能性も否めないのだ。

不穏な空気は、俳優の中にも演出家の中にもあつた。早い話が徒党を組まうとして年長の者がそれぞれに若い役者たちの歓心を買はうとし始める。それを私にそれとなく教へて、私に接近する者も出て来る。それら全てを抑へて、福田恆存の理念を継承して行けるのは私だ――私がさう考へたのは、どうみても私の傲慢と軽率のなせるわざとしか思へない。それゆゑ、「親父、後は俺に任せて一歩退け、俺にお墨付きを与へろ」といふ私が愚かなのだが、父は、それが一番いいのかもしれないと思ひつつ、世襲を避けるべきだとも考へてゐたはずだ。といふのも、中村光夫の章で詳述したように、私を専務理事にする折に父は前以て、わざわざ私を同道して中村光夫宅まで了解を求めに行つた。世襲に疑問を呈する中村に父が何と応じたのか、それは聴いてゐないが、父は悩んだであらう。この世界で世襲はよくない、それは解つてゐる。しかし、自分の演劇理念を継承し得るのは逸しかゐない、恐らくさう考へたに違ひない。一番弟子で、劇団構成員の多くが後継者はAではないかと考へてゐる中で、そのAを父が全く認めなくなつてゐたことも一方の現実であり、また、Aが若手の役者を糾合して蠢《うごめ》いてゐたのも父は知つてゐた。尤も、A氏の動きには権力闘争の側面もあつたには違ひあるまいが、父の衰へに動揺する若手を何とかして纏めたいといふ熱意もあつたと、私は考へてゐる。

そのA氏の「処遇」については後述することもあらうが、さういふ不安定な状況が自分の脳梗塞以後生じてゐることも知つてゐる恆存の苦悩はいかばかりであつたか。劇団の今後を誰に託すか、世襲は好ましくない、しかし、世襲しかない、一方、Aには不純な動機が見受けられる、父は思ひ悩み続けたらう。しかも、幹部の役者の数名が「逸さんを平理事から、専務理事に」と勧めてもゐた。つまり世襲を望む人々も存在した。これら、諸々のことが混然として、父と私は解のない方程式を解かなくてはならぬ苦しい立場に追ひやられ、自らそれを呼び込みもした。

そんな状況下でも、結局私が専務理事になつた切掛けは何かといふと、昭和五十九年

（一九八四）十一月公演の『ハムレット』の稽古場だつた。父の演出に、演出部から助手が二人付いた。私は理事として、あるいは研究所の文芸部員として様子を見に毎晩稽古に付合つた。ところが、父は演出席で居眠りばかりして、如何にも稽古が辛さうな様子を見せる。稽古場は混乱、助手や私を含め船頭が何人ゐるのかといふ体たらく。しかも、父の演出プランは、嘗ての、昭和三十年の芥川ハムレットをなぞつてゐると思はれる節が随所に見られた。これでは舞台は間違ひなく失敗に終る。俳優が違ひ、時代が違ふ。その折々の『ハムレット』でなくてはならない。

二人だけになつた時、私は何故居眠りばかりしてゐるか、こんな状態では助手のどちらかに演出を委ねた方がいい結果が出ると難詰した。父は先述の如く銀座東急ホテルに投宿してをり、そのビルの改修工事の音が煩くて眠れないのだと抗弁した。私は、それなら、部屋を替へてもらふなり、別のホテルに移つたらどうかと提案するが、父は聞き入れず、翌日もまた居眠りをしてゐる。私は、劇団に属する立場としては、いい舞台を創る妨げとなるものは排除せねばならず、一方、息子としては父の老いを晒したくはないといふ家族としての思ひに駆られる。父にこれ以上醜態を演じさせたくはない。結果としては父に厳しい態度を取ることになる。

こんな状況の中で、何とか初日を開けはしたものの、私はもはや限界だと思つて、「後は俺がSさん達と協力してやるから、もう休め、手を引け」と父に引導を渡すことになる。

この『ハムレット』公演が、甚だ仲の良かつた父と私の、因縁ともいふ「闘ひ」の始まる切掛けとなつた。父に近い役者で父の信頼も大きかつたK氏以下昴の役者の一部の進言もあり、父はしぶしぶだらう、私は『ハムレット』公演終了直後の昭和五十九年十二月に専務理事に就くことになる。K氏らの思ひは、第一に、父の衰へゆゑの「民心」の動揺や演出部内の不穏な空気を収めたいといふことに発したのではないか。ただ、自分で言ふのも気が引けるが、当時若手の演出家の中で、『ジュリアス・シーザー』等の演出を含め、私がそれなりの実績を積み上げてゐたといふことにも起因するかとも思ふ。

ここで父の名誉のために書いておくが、前にも少し触れたやうに、発病後『ハムレット』の時期までに演出した、昭和五十六年九月の『カクテル・パーティー』（T・S・エリオット作、福田恆存訳）、翌年二月の川口松太郎作『業平』、六月の『ヘンリー四世』、十月の同じく川口松太郎作『椰子の葉の散る庭』、十一月の『医師クノック』（ジュウル・ロマン作、岩田豊雄訳）、翌五十八年十月上演の恆存訳の『オイディプス王』（ソポクレス作）、及び同作品の翌年五月の再演辺りまでは、演出不能といふことはなく、むしろそれぞれに成果を挙げてゐる。『カクテル・パーティー』『ヘンリー四世』は切れ味のいい演出であつたし、川口作品は落ち着いてしみじみとした味はひのある舞台に仕上がつてゐた。尤も、出演俳優たちが老いた父を助けなくてはと、一丸となつてゐたといふ面も否定できないかもしれないが。

が、このスケジュールをよく見て頂きたい。発病と一ヶ月の入院の後、約二年半余りの間に、再演も含めれば七本の舞台の演出である。つまり、二年半余りの間に恐らく合計十ヶ月以上は東京の一人暮し、その間は、カツ丼か鰻丼、稽古の後はしばしば夜食の酒席。しかも前述の如く、劇団雲分裂後の金策といふ荷物があり、客を呼べる多くの役者の脱退に伴ふ観客減がそれに一層拍車をかける。恆存の健康が蝕まれ、といふか、血液ドロドロが恐らくは急激に進行したのではないかと、私は素人なりに推測してゐる。

私が専務理事になる切掛けはハムレット演出時の父の衰へだが、やがて、父が理事長職を辞し会長となり、私が理事長に就任するのが昭和六十三年（一九八八）二月のことだつた（年譜では三月）。その間三年有余、父と私は確執を抱へたまま、劇団の行く末について不毛の議論に消耗する日々を送つた。細かなことは忘れた、自分の放つたに違ひない過激な言葉も記憶の彼方だ。どちらもどちらだつた、微かな記憶で一場面を構成すると、私が「いいから、劇団の後は任せておけ」と言ふ、父は「駄目だ」と来る。で、私が「それなら俺は一切手を引く、親父がゐては俺もうこれ以上出来ない、疲れる」と。すると「いいよ、俺がNやMと一緒にやつて行くよ」と言ふ（このN、Mは父の弟子筋で父を慕ひ信頼して就任してゐた名目上の理事で、劇団劇場経営に実際に携はる意思のあらうはずもない）、私としてはさう言はれたら、「そんなこと無理だらう、NさんやMさんが困るだらう」と返す、父は「俺がゐるから大丈夫だ、一緒にやればやれる」

とくる。私、「本気でそんなこと思つてゐるのか。荒唐無稽とはこのことだね」といつた具合だつた。構成と言つたが、この会話の一部は、三年余りの間に父と交した会話の中で今でもぼんやりとだが憶えてゐる数少ない情景の一つである。

私としては、父との軋轢と劇団内の暗闘との、謂はば股裂き状態とでもいふか、父と二人になればぶつからざるを得ず、一方、劇団内にも息子が跡を襲ふことを快く思はぬ人々はあちこちにゐたので、彼等に対しては理解を求め友好関係を築かなくてはならない。私の立場を利用しようと、たとへ無意識にしてもさういふ行動に出る人もゐた。私が背後に背負つたかういふ状況を父に解つてもらひたくとも、既に二人の間に相互理解の道筋は無くなつてゐた。かうして、父と私の衝突、確執は徐々に始まり徐々に深まつて行くばかりだつた。

衝突のエピソードをもう一つ書いておく。理事長交代、父の会長職就任直後、三月下旬から四月初めまで、私はロンドンに行く。帰国が四日、午後である。その日、私が日記に記したメモをもとに、主語等々を補ひつつ整理して再現してみる――帰国早々、（父が）「会長にはならぬ」といふ前言を引繰り返すやうな「筋の通らぬ話」を始める。（私が）「向後三年間会長職に就く」と「評議員宛に通達したことを忘れたのか」、昨年暮れに（私が）「いつそ解散したらいいではないか」と勧めた折には、「自分には解散できぬ」と答へただらう、（それに対して私が）「それだつたら（つまり解散しないで存続させるなら）、俺がSたちとやつて行くから、（会長職に就いて）後は任せろ」といふことで一旦は話が落ち着いたはずだし、（それを受けて）「正月の劇団新年会でそのことを発表し」、（各方面への）「案内状作成になつた」わけだから、「その筋通すべし」、（さういふ私の再説得に父は前言通り）「三年間は会長に留まると（漸く）断言する」、（それに対して私は）「そのことが（また）変るやうでは、（私は）理事を退くから、勝手にせよ」――と、互ひに筋の通つたやうな通らぬやうな不毛の会話を交した記録がある。

本章で私は、今まで度々「記憶にない」「憶えてゐない」といふ言ひ方をして来たが、これは事実であつて、なにしろ三、四十年前のこと、それが私の健忘症のせゐか、また、この劇団内の暗闘と父との確執の挟み撃ちにあつた私が、御多分に洩れず鬱を患つたせゐもあるのかもしれない。どこかで私の無意識が、今でも、嫌なことあるいは逃れたいこと、自分の都合の悪い事にも蓋をして記憶の表に出すまいとしてゐるのかもしれない。

＊

いづれにしても、当時の一連の私の行動は、謂はば「父殺し」の情景と呼ばれても仕方がないだらう。この前後の時期に私が演出した作品二本の行き掛りにここで触れておく。

父が倒れた昭和五十六年の末に私は先述の『ジュリアス・シーザー』を、当時の若手俳優たちの殆ど全てを配役して上演した。この時期、若手俳優はシェイクスピアの舞台に出たがつてゐた。いかなる役であれ配役されるだけで喜ぶ不遇の役者は大勢ゐるし、シェイクスピアの舞台に科白のある役で出る機会は若手にはなかなかない。さういふ彼等の不満の捌け口も必要だつた。

しかもこの時期は、数年前にA氏演出で上演されたあるシェイクスピア作品の方向性と舞台成果とに怒つた父が、シェイクスピア禁止令を出し、当時、暫くシェイクスピア作品は封印されて上演されなかつた。そこで私が、福田シェイクスピアを演りたくてこの劇団に入つて来た若者たちの不満を解消したかつたのと、禁止令があつても、本公演でなければよからうと、心身共に弱つた父の目を盗むやうに、小公演の場で出し抜くやうに『ジュリアス・シーザー』を上演してしまつた。なし崩しに禁止令を壊さうといふ目論見も私にはあつた。

この通り、レパートリー選定からして、劇団といふところも、ウンザリするほど人間臭く政治的であり、集団といふものは常に政治的であらざるを得ない。その上、とんでもないことに、私は稽古場で、ブルータス一党を演ずる俳優たちに、かう言った――正義の為に暗殺せねばならぬシーザーをイメージするのに、あるいは暗殺の正当性をイメージするのに、我々劇団昴の上にゐる人間たちのあれこれを思ひ描いてみろ、と。これは決して理事長の恆存をシーザーに擬することを意識的に意味してゐたのではない、むしろ、恆存の弱体化の隙に蠢きだした演出部の幹部や、ある幹部俳優のことが私の頭にはあつた。

若手を糾合してクーデターを起さんがために『シーザー』を選んだといふことではない。が、どうして、この時期に、私がかういふ「クーデター劇」を選び、若手の役者たちはその舞台に稽古場に夢中になつたのか。「意識下」のことかもしれぬが、私は「意図的」に一つの党派を組んだのではなかつたか。醜悪か否かは知らぬが、正直のところ私には、そこに人間の願望や運命が透けて見える気がしてゐる。事実、この『ジュリアス・シーザー』は評判になり、少ない公演回数といふ事情もあつて、立ち見客で劇場のドアが閉まらぬといふ逸話まで生み、それがまた若い役者たちに、自分たちにも自立できる力があるといふ「幻想」を持たせたかもしれない。

さて、もう一本、昭和六十一年（一九八六）の秋に私は『マクベス』を演出した。父の脳梗塞から既に五年が経ち、先の『ハムレット』からも二年が経つてをり、恆存の衰へはもはや誰の目にも明らかだつた。本人もまた自分の衰へ、疲労感に辛い思ひをしてゐたに違ひない。が、『ハムレット』以来、父を退かせようとする私と、プライドから何らかの意図があつてか、なほ理事長職を全うしようとする父との軋轢は高まる一方だつた。

私が『マクベス』を演目に選んだのは恐らく偶然ではあるまい。といつて意図的ではあり得ない。もともと好きな戯曲であり、シェイクスピアの悲劇の中では『リア王』と共に前から演出してみたかつたことも事実だ。が、マクベスが父とも慕ふダンカン王を殺して王位を奪ふ。なぜ専務理事だつたその時期に選りに選つてこの作品を演出候補に挙げ自ら演出したのか。無意識にせよ、私は父を葬り去つて、自分が責任者にならざるを得ないと思ひ定めてゐた、が、実は、自分が責任者＝権力者になりたかつたのではないか。王位簒奪、権力の委譲——無意識の底にさういふ願望が潜んでゐたといふ推測はあながち誤りではないだらう。勿論一方には、父の干渉なしに劇団の運営をすることで、劇団の抱へたさまざまの齟齬をなくしたかつたといふ思ひもあつた。そして、何よりも父との軋轢、親子の不和を無くして楽になりたかつたのではあるまいか、今にしてさう思ふ。

　私は『マクベス』を、最初、実質はともかく、父との共同演出で進めようとしてゐた。父の名前を一つの重しにして、私は役者たちの理解を求めたかつたのだらう。父からの一通の手紙がある——手紙と言つても、郵送されたものではない——「逸殿　父」と表書きされた封筒に入つてゐる。ある夜、仕事机に向つてゐた私のところへ父が来て、「逸、これ読んでおいてくれ」と言つて手渡した。互ひに殆ど無表情だつた。同じ屋根の下に住みながら封書を渡す、これだけでもふたりの関係がどれほど複雑だつたか分かるといふものだ。中身も左の如く実に素つ気ないものである。

　一、K君、マクベスよりはずすこと

同君より電話にて要求あり、従つて小生側においてもこれを諒承せり。
一、マクベス、やはり小生演出は全集の解題、及び新稿執筆のため殆ど不可能と判断、共同演出も無理なる事態なること、電話のあとにて気付く。故にこれは逸一人にて演出するやう改めて懇願せざるを得ず、敢へて御諒承ありたし。

一、マクベスの演出逸一人となるもOは意に介せざること、電話にて確かめ得たり
一、その他 配役（譬へば、バンコウ・U）、必要ならば相談に応ず。
右 手紙は大げさと存ぜしも、再び喧嘩したくなく
又 小生の考へ揺るがぬ証拠として、自筆するものなり

福田恆存

逸殿
追伸　金曜の晩、Sとの電話、あとよく考へ見しも、疲れて帰ることのみ伝へ、条件等、一切話したる覚えなし。これも病気のためか、呵々

出来るだけ問題点のみを箇条書きで記さうとしたにしても、この素つ気なさ、あるいは「再び喧嘩したくなく」の言葉からも、二人がどういふ状況に置かれてゐたか、どちらも身動きとれぬ状況だつたことは十分お分かり頂けると思ふ。

「全集の解題」とは文藝春秋から出す『福田恆存全集』巻末に付す「覚書」のことであり、事実、『マクベス』の稽古に入る前から父はこの作業に入つて塗炭の苦しみを味はひ、難渋するが、これについては後述する。「新稿執筆」とは、あへて辛辣に言へば、虚勢であらう。もしくは事実、何らかの執筆依頼があつたのかもしれない。が、実際には、父はこの時期一切執筆をしてゐないと思ふ。

追伸部分の内容は不分明ではあるが、恐らく「金曜」には東急ホテルにゐて、自宅に「帰ることのみ伝へ」その晩のうちに自宅に戻り、この手紙を土曜か日曜に認めたといふことではないか。日付はない。『マクベス』は昭和六十一年の九月下旬に初日を迎へてゐる。配役はかなり前に決定するから、昭和六十年に、遅くとも六十一年の早い時期に書かれたものだと思ふ。『ハムレット』から一年か二年の間に父との関係がどれほど悪化したか目に見えるやうな手紙ではないか。

結果として、『マクベス』は私一人の演出となつた。そのことはさておき、意図的か無意識かこの作品を選択した私は、やがて見事に「シッペ返し」を食ふ。御存じの方も多いと思ふが、この作品はその余りの暗さといふか、マクベス夫妻の王位簒奪への凄まじい執念と行動ゆゑか、英国でも上演の度に事故や病人が出るため、『マクベス』といふタイトルを口にすることを憚り、「例のスコットランドの芝居」（マクベスはスコットランドの武将）といふ呼び方をしたり、うつかり「マクベス」といふ名を口にした時には、"touch wood"（木に触れ）と言へといはれてゐる。木に触れるのが厄払ひのおまじなひとなつてゐるからである。現代でもそのままかどうか、つぶさには知らぬが、とかく縁起の悪い作品なのだ。（さう言へば、公演最終日にマクベス役者＝私の母方の叔父西本裕行の父親、つまり私の祖父が亡くなつた。）

話を「シッペ返し」に戻すが、万事が順調に進んでゐた稽古開始から二週間も経つた八月末のこと、例のマクベスが幻の短剣に導かれ、眠つてゐるダンカン王暗殺に向ふ場面、その幻の短剣に気づいて手に取らうとする。それが演出席の目の前で演じられた。マクベス役の叔父が、幻の短剣に魅入られ吸ひ込まれさうな表情でその短剣を取らうとして右手が空を切る。その刹那、私もまた、なにものかに吸ひ寄せられ魅入られた。ゾクッとして体に緊張が走り、殆ど金縛りの感覚で背後の壁に引き摺り込まれるやうに感じた。私のスケジュール帳は、殆どスケジュール以外余白ばかりなのだが、その日には、その時の状況説明に続けて「キンチョウトケヌまま、10時過ぎケイコ止む　夜3：00すぎ睡眠薬にてどうにか4時間程眠る」とある。その後は公演が終るまで、何の記述もないが、十月下旬に東京と地方の公演を全て終へた後の、十一月八日からスケジュール帳はまるで日記の如くびつしりと、毎日の精神的不調が綴られてゐる。その最初の日の書き出しが、九日記、となつてゐて「夏の（8・27）件以来、上半身、首から上の緊張がとれず、顔が張つたやうな、ピリピリするやうな重いやうな感じ云々」と始まり、さういふ記述が年末までビッシリと綴られてゐる。そして、毎日最後に（N）か（U）とメモをしてゐる。これは恐らくnormalのN、憂鬱のユウをUとメモしたのだらう。日によつてはそれぞれの横に下降線か上昇線を矢印で書いてゐる。落ち込みつつあるか元気が出始めたかの意味だらう。

勿論、掛りつけの医者や、役者に紹介された漢方の名医に助けを求め、埒が明かず最後は精神科（今流に言へば心療内科）に掛かり、あつといふ間に分かつてしまふのだが、要は鬱病だつたわけである。短剣のシーンの日は、稽古が終つた後、行きつけの小料理屋で一人で夜食を食べたが、何を食べても味がない、飲み込んでも砂を飲み込んでゐる感覚しかない。車の運転をしても緊張は続き、広い交差点の赤信号を目では認識しても、体が反応せずそのまま突切るといふ状態だつた。王位簒奪だか権力闘争だかしらぬが、理屈で説明すれば、父と劇団との板挟み、いはば中間管理職的鬱病といふのが恐らく一番適切だらう。以来治癒まで数年掛かつたが、この私の鬱を父は知らない。私は家人にしか言はず、大学の授業等々も劇団の仕事も、とにもかくにもこなしつづけた。成果は決して褒められたものではない。かうして、私は「父殺し」の「罰」を受けたわけだ。

ここまで書いて、ふと思ひつき、今まで一日延しにしてゐた、段ボールに入れて放置してゐた父のスケジュール帳の山を引繰り返し、脳梗塞から亡くなる前年まで付けられたスケジュール兼日記的メモを引張り出して丹念に見てみた。すると昭和六十一年十一月二十九日のところに○印があり右ページの余白に「この日、逸と話し合ひ、その気持ち、よく分る」と書いてある。で、自分のスケジュール帳も確認した。右のビッシリと書き込み出した、つまり私が「罰」を受けた後の日々の記録といふわけだが、二十九日の欄に当時在職してゐた北里大学の白金校舎で薬学部の授業を済ませ、午後には劇団で演劇学校を教へた後、「帰宅」と記し、その後に「親父と数時間話す」とのみ記してある。

それから一週間余り先の十二月八日には「夜12〜2：00、父と劇団の話」とメモ、一日置いて十日には「夕食時、父が劇団の話を始め、例のシリメッツレツをはじめ、断続して朝6：00過ぎまで。不愉快なり、もう沢山。実にくらい気分になり、ゆううつになる。同時に激しい緊張。顔や体、ピリピリ、血滞留」とある……。先述の「A＝B、B＝C……」云々式の父の思考の混乱は、この時期に頂点に達してゐた。一方、こちらは完璧な鬱病患者と来た。いよいよ話がかみ合ふ訳がない。

スケジュール帳をひと月ほど戻すと、十一月十六日の項には「昨夜、父と、劇団のこと話しもはや解散すべきことを進言」とまである。どういふことかといふと、自分の精神力の限界もさることながら、父の衰へゆゑに人心収攬がもはや困難なことに加へ、経営が厳しく、銀行からの借財・俳優への未払ひ金・事務局長等幹部クラスの給与削減（つまり借金）が限界に達してゐること、などなど負債総額にすれば当時の金で二億を軽く超えてゐた。内部の人々への借財を増やしても劇団を維持したいといふのは、事務局長以下殆どの構成員の考へ方だつたが、これらの借財が雲分裂以来、徐々に膨れ上がつてゐるため、劇場維持の不可能が目に見えてをり、土地を担保にして銀行からさらに金を借りることも出来ようが、それは足元の大地に亀裂が入つてゐることに目を瞑る愚行に過ぎない、劇場（土地）を売るしかない、私はさう判断してゐた。が、売つてしまひ「福田恆存」といふ看板と「三百人劇場」といふ拠り所を二つながら失つた場合、役者は決して一つに纏まらない、そのことを父に訴へたことを、これはかなりはつきり記憶してゐる。といふか、この当時から父の死後までこの構図は何一つ変らなかつた。後年、理事長としての私が劇場売却を決意し、最終的には劇団昴を独立させて私自身は劇団から手を引き、自分は財団法人現代演劇協會を終息させる責務のみ負ふ覚悟をした時の判断となんら変るものではなかつた。

かういふ生々しい実情はともかくとして、老いた父が右の十六日の私の話等々の結果、二十九日のメモに「逸と話し合ひ、その気持ち、よく分る」と書いてくれてゐることを発見して、今、私は少しほつとした気持ちになつてゐる。私が「父殺し」と解釈した上述の時期、父は劇団の置かれた実情と、恐らくは劇団内での私の立場をそれなりに理解してくれた瞬間もあつたのだらう。父は芸術理念を足場に、私は経済的現実主義を足場にしてゐた。その立場の違ひを、父は事の顚末の初めから分かつてゐてくれたのかもしれない。しかも、劇団の演出家も役者も殆どは、芝居さへやれればいい、芸術理念にも経済問題にもおよそ関心が無いといふ事実も、分かつてはゐたのではないか。

やがて、父が理事長職を退き会長となり、私が理事長に就くのはなほ一年余り後、昭和六十三年三月のことではあるが、父は徐々に劇団の問題に口を出さなくなつて行く。

最後に、僅かに時間を遡るが、『マクベス』の稽古の終盤に、劇団の別動隊が『夏の夜の夢』を持つて地方公演に出てゐた。父は山形での公演に合流するために出かけてゐるが、その折のメモと思はれるものを挙げておく。これも今回見つけてほつとしたものの一つ、この年（昭和六十一年）の手帳の後半にあるメモ帳部分に書かれてゐる。数行に分かち書きされてゐる、以下のやうなものである。

羽田まで一人で
「生まれて初めて」の〈でもないが、一対一と
お見送り　なるとそんな
ありがたう　気がする〉
恆存

敦江殿
十一月十二日機上にて

＊

以上、劇団に絡んだ親子の確執を軸に話してきたが、『ハムレット』から一年余り時間を戻して、昭和五十八年の半ば頃からの父の仕事――三本の翻訳と、文藝春秋から刊行された自選の『福田恆存全集』各巻末に附した「覚書」（昭和六十一、六十二年に執筆）に触れる。これにしても、恆存の衰へを強調することになつてしまふ。しかし、世には明るい「晩年」を送る人もあらうが、多くの「晩年」は暗く辛いものではなからうか、さう思つてお付合ひ願ひたい。ただし前にも言つたが、身内といふものは厳しいもので、第三者から見たら、この稿とは異なる福田恆存が存在することは言ふまでもない。あるいは身内といふものは必要以上に、身内の者の失態を大きく見過ぎる嫌ひがある。私もその例外ではない。また逆に身内同士だからこそ、気を許してしまふこともあらうが。

『ハムレット』演出の前年（昭和五十八年）の雑誌「新潮」九月号に、恆存はソポクレスの『オイディプス王』を翻訳発表してゐる。この『オイディプス王』の翻訳については、劇団の会議の席上の会話を思ひ出す。その頃は会議もまだ穏やかで和やかなものだつた。レパートリーに話題が及んだ時だと思ふ――今までにシェイクスピアの翻訳を福田恆存は随分してきてくれた、しかし、我々日本人は未だに上演可能な言語に翻訳されたこのギリシア悲劇の名訳を持つてゐない、疲れて大変だらうが、「福田さん、訳してくれませんか」――研究所長のAが切り出した。私は後を受けて、これを冥途の土産にして、とまで言つたかどうかは忘れたが、冗談半分に、ほぼさういふ主旨の発言をして、畳み掛けて翻訳を依頼したのである。父も頼まれて、嫌な気はしなかつたのだらう、にこやかな顔をして、まんざらでもなささうな様子だつた。

実際の翻訳作業は、あまり定かではないが、この年の春先だつたと思ふ――ある日、私が食堂を通り掛かると父が話しかけてきた。『ハムレット』以前のこと、父もしつかりしてをり、二人の軋轢も生じてゐない。父は浮かぬ顔をして、私にかう言ふのだ。「逸、オイディプス、どう訳していいのか、分からないんだ……」、さう言はれた私は、どういふことか俄かには計りかねて「どういふ意味？」と鸚鵡返しに尋ねた。父の言ふには、翻訳に取り掛かつてはみたものの、いざ原稿に向つたところ、プロローグの対話で始まる散文の部分まではなんとかなつたのだが、プロローグを閉ぢる、いはゆる「入場のコーラス」の韻文をどう訳したらいいのか分からないのだといふ。コーラスといふのはテバイの長老に率ゐられた市民集団と思へばいいが、その科白の多くが傍観者的に市民の不安を表出したり、解説役を果たしたりしてゐる。父には、そのコーラスの対話ではない部分の文体、口調が見つからない、分からないといふことらしい。で、私は、「ぢや、ためしに俺がやつてみようか」と言ふと、「ウン、頼む」となつた。（散文韻文といつても、現代の感覚では全て「古文」といふことになるかもしれないが。）

そこで、半日だか一日掛けたらうか、私の頭の中に沁みついてゐる福田訳シェイクスピアを水準器にして、ともかくも試訳を渡した。何のことはない、『ロミオとジュリエット』の最初に登場する序詞役的に観客に解説をするやうなものだと当りをつけたまでのことで、以前まだ父が元気な頃『タイタス・アンドロニカス』の下訳をしたのとさして変らない。その試訳を父に見せると、即座に「ああ、さうか、これでいいんだ」といふことになり、そのコーラスはほぼ私の原案のまま使はれてゐる。

不思議といふか、これは、脳梗塞とはさういふものかといふよい例かもしれないが、その後、対話部分は言ふまでもなく、第一から第四の長いコーラスと幕切れに一つ短いコーラス、計五つあるが、一度も私に助けを求めることはなかつた。最初のコーラスで引掛かつた他は、なんの齟齬も来さず、それほど苦労もせずに、いはばすらすらと訳了し、この年の十月には財団法人現代演劇協會設立二十周年記念公演として、恆存演出で劇団昴が上演し、既に述べたことだが翌年五月には再演も果たしてゐる。翻訳も舞台の出来栄えも見事だつた。（ただ、後に掲げる原稿用紙一枚に亙る父自身のメモ書きを見ると、『オイディプス王』にも、母の手が入つてゐる可能性を完全には否定はできない。私は『アンティゴネ』と『リチャード二世』の翻訳にはその可能性を見てゐるが。）『オイディプス王』の舞台で私に不満があるとすれば、一つ装置に関してである。父は彫刻家ジャコモ・マンズーが好きで、たまたまこの時期にマンズーが、恐らく母国イタリアだと思ふが『オイディプス王』の装置を担当したことがあり、その装置を見た父は、原案として使用する許可を取つた。が、その結果の舞台は俳優の動きと居どころを甚だ制限するものとなつた。ギリシア悲劇は円形劇場とまでは言はぬが余り道具が複雑ではない空間で、しかもその自由に動ける空間を使つて、あへて動きを少なく科白術で聴かせるべきだと私は思ふ。失敗の確率は高くはなる。父の考へも同じかもしれない。むしろ先手を打つて役者が動きやうがない空間を造つてしまへば、役者たちはその居どころに安心して居られる、動きまはれる空間に放り出されて、しかも少ない動きで科白術のみに頼つて闘ふよりは、外からの束縛があつた方が自分の作業が一つ減らせるといふものだ、そこを父が狙つたなら、それはそれといふところだらう。

翌年、恐らく新潮社から依頼があつたのだらうが、『オイディプス王』と三部作をなす残り二編のうち、日本でも比較的人口に膾炙《くわいしや》してゐる『アンティゴネ』を翻訳、九月に新潮社から文庫が出た。が、未だにこの翻訳による上演はされてゐない。一度、父が亡くなつた後だつたが、まだ私が理事長だつた頃、レパートリー会議の席上、昴の演出家が演出したいと言つたことがある。私は、「反対はしない、でもあの台本で上演できるか、オイディプスと比較して、もう一度読み較べた上で考へてみて欲しい」と頼んだ。翌週の会議だつたか、彼は「やはり、無理ですね」と応じた。

一つには作品自体が『オイディプス王』ほど劇的な構成ではなく、詩の朗読、静的な対話に終始して、戯曲の内容自体劇的展開に欠ける。さらに本来なら科白はもつと劇的＝詩的であるべきなのだが、恆存の日本語が砕けすぎてゐる。嘗てのシェイクスピア作品や一年前の『オイディプス王』にすらみられた恆存独特の「格調」に欠けてゐる。『オイディプス王』からの一年の間にこれほど筆力が落ちて行くものかと、暗澹とした記憶がある。父自身は、『オイディプス王』に較べ『アンティゴネ』は原文自体が口語的にやや砕けたものであることを活かすべく訳したといふことも、私は理解した上で、さうではあつてもなほ父の筆力の衰へは否めないと考へてゐる。口語的に訳したにしても、そこにはそれ相応のリズムや緊張感が無くてはならないだらう。

それはそれとして、恆存自身が文庫に付けた解説の言葉、「(『オイディプス王』に比べて)『アンティゴネ』では（中略）コーラスの部分だけでなく、せりふもずっと抒情的である。それをこのようにぶっきらぼうな文体で訳したのでは、どうにもならぬと言われるかも知れぬ。が、負け惜しみではないが、せりふはもちろんコーラスもどう喋ったらよいかということは私なりに考えてのことである。そのとおりに成る、成らぬは別にして、演出のことを考えずに、時には一つ一つのせりふがどの役者の口から出るかということまで考えずに、戯曲の飜訳は出来ないであろう」といふ自信もしくは強がりと、先の私の見立てと、果たしてどちらを採るか、それは興味を持つた読者の判断に委ねる。是非、新潮文庫で二つの戯曲と恆存の解説を読んで頂きたい。ちなみにこの『アンティゴネ』のみが、恆存の創作劇翻訳劇すべてを通じて上演されてゐない唯一の戯曲といふことになる。

戯曲は、科白といふものは、本質的に俳優や演出家に、その科白をどう読むか強要してくるものでなくてはならない。それだけの靭さを持つてゐなくてはならない。作者あるいは翻訳者には、それを生み出す覚悟が求められる。殊に翻訳の場合、訳者といふフィルターがかけられることを免れない。それだけに、日本語の持つ味はひなりリズムなりを出来得る限りにおいて、日本語に移し換へ、日本語の科白として成立させる強靭さが求められるはずだ。さういふ意味で福田訳の『アンティゴネ』には、俳優がいかに喋るか、演出家が如何なるエネルギーを客席に届けたいのか、その訳文からは読み取れないといふことだ。『オイディプス王』までの福田訳にはそれがあった。さういふ意味で、『オイ

これは父にしかできない仕事、母の援けはまず無かったと私は推測してゐるし、『オイディプス王』が父にとつて最後の優れた翻訳といふことにならう。

父の名誉のために一つ付け加へておく。この新潮文庫の『オイディプス王・アンティゴネ』の解題は総じて優れてゐる。殊に、その終り近くにある、「翻訳は自国語によつて他国の領土を掠め取り、そうすることによって、自国語の語義や語法を拡張しようとする文化的・平和的略奪行為である」といふ一節は素晴らしい。これほどにまで翻訳といふ行為の本質を剔抉した表現を私は他に知らない。敢へてここに挙げておきたい。

その翌々年、昭和六十一年に父は十九冊目のシェイクスピア作品を出版した。歴史劇『リチャード二世』である。やはり、脳梗塞以前のシェイクスピアに比べると明らかに劣る。その評価はさておくとして、脳梗塞後遺症の恐ろしさは、実に他愛のない形で現れる。ある日、家人と私と三人でゐる時に、父が英文のテキストを持つてきて、「ここの英語が分かんないんだ、読んでみてくれ」と言ひ出した。二人で見るとどこにも難し

いところはない、単に関係代名詞を読み取れてゐないだけ、しかもそのレベルたるや出来のいい高校生なら問題なく読み取る態のものだつた。そんな状態でも、何とか父は全幕訳了して、六月には新潮社から刊行した。当時、私は父に替つて財団劇団のことで手一杯だつた。自宅で父がどんな状況でこの翻訳作業を進めてゐたのか、あるいは母の手が入つてゐるのか、今となつては俄かには断定できないが、後掲の父自身の書いた長いメモによれば、母の援けを求めたのかもしれない。ちなみに、『リチャード二世』は父の死の直前、平成六年（一九九四）九月に昴によつて上演されてゐる。

さて、全集の「覚書」だが、これについても父は散々な苦労をする羽目になる。『アンティゴネ』の翻訳の頃から、軋轢を避けたい父と私はあまり会話を交さなくなつて行つた。父も『ハムレット』以降徐々に劇団に顔を出さなくなり、二人の摩擦も少なくなつて行く。その翌年、すなはち昭和六十年になると、父は『リチャード二世』の翻訳と、全集の自選の作業に取り掛かり、さらに、その「覚書」（解題）を書く準備を始めた。私は家にゐても父と話す必然性もなくなり、なるべく接触を避けた。大学の仕事に加へて、上述の如く劇団の経営を成り立たせるための益体《やくたい》もない仕事に忙殺されるやうになつたこともあり、家での父との接触も勢ひ少なくなる。父としても、私との不毛な軋轢に時間を浪費するより、自分の最後の全集をきちんとしたものにすることに専念したのだらう。従つて、二人の確執についての物語は終る。ただ、冷え切つた二人の関係は以後二度と元の仲のよい親子に戻ることは無かつた。父が全集に忙しくしてゐることも、余り私の頭になかつたやうに思ふ。

この「覚書」を、私は都合三回読んでゐる。最初は全集刊行時、二度目は麗澤大学出版会から出した『評論集』を編纂する折、三度目が、これを書くための確認作業としてである。その度に印象が違つて来る。一度目は、父への感情がなほ相当に否定的だつたせゐか、「覚書」への私の評価は辛辣な――なんと瘦せ細つた文章！　よせばいいのに……といふものだつた。二度目の『評論集』編集の折には共同の編集作業に当たつてくれたS氏の提案で「覚書」を纏めて載せないかと言はれ、私は気乗りもせずに読み返した。で、驚いた。一読、印象はあの衰へた父がよくまあここまで書けたなといふものに変つてゐた。さう感じたについては、執筆当時の私の脳裏に残る父の情けない姿といふか、書斎ではなく仕事を茶の間に持ち出して母の援けを借りて必死で格闘してゐる映像ゆゑか、追憶による同情が湧いたのか、以前読んだ折の恐らくは私の偏見の入つた印象と異なつて、これなら「解題」としての価値が十分あると思へるやうになつたのだらう。そして、今回これを書くに当つて三読したわけだが、私の「評価」は更に高くなる。三十年余りの歳月を経て、漸く私も冷静に客観的に読んだといふことか。

「覚書」三読目にして、と折角褒めておきながら早速あら探しもないだらうと言はれるかもしれないが――いや、死せる父をなほも鞭打つか、と思ふ方もあらうが、むしろ具体的な箇所を例示して、この「覚書」を書く恆存の苦心の跡を読者にも分かつて頂ければと思ふ。「嘘」といふ言葉を使ふかもしれない、それでも、私は、この「覚書」の有意義を主張する、だからこそ、そこを冷静に切り分けて、読者に「ああ、福田恆存、衰へて虚勢を張つても見栄を張つても、最後まで、やはり福田恆存らしさを失なふまいとし、文体も必死で形を付けようとしてゐるな」と、そこを見てもらひたい。偶像破壊が私の目的ではない。美しい仏像の頭部が損なはれてゐようとも、優れた造形は残された部分でも十分に鑑賞に堪へる。残された姿が、却つて我々の想像力を掻き立て、完璧な像を彷彿《はうふつ》せしめる、さういふ見方をして欲しい、さうなれば私がいささかの偶像破壊をしたとしても「覚書」の資料的な価値は微塵も失はれはしまい。

まづ、「覚書二」の終りの数行――「ロレンス流にかうも言へようか――「民主主義社会の原理は収奪にある、人を制せねば、人に制せられる」と。それがまたどういふ意味か理解しかねるといふのが大方であらう」とあつて、それに続けて、父は「それはさうなのだが、今はこの辺で勘弁していただかう」と「勿体」をつけて終へてゐる。まさに「勘弁」して欲しかつたのだらう。以前の父なら、ほんの一段落でも民主主義の本質を一言で簡明に述べられたはずだ。かういふ逃げの打ち方にも父の脳の働きが手に取るやうに見える。

「覚書三」、麗澤版（以下同）の264頁。真ん中一行空けの前の終り方。「覚書三」の冒頭から、欧米視察のことが三ページ半に亙つて延々と書かれ、唐突に「いや、こんな調子で海外旅行の話を書いてゐたのでは切りがない、この辺で止めにしよう」とある。こんな書き方自体、どこにでもあるし、あつて構はない。しかし、そこから私に透けて見えるのは、書きやすいアメリカでの初体験を書き始めたら、ついつい止まらずに、といふか、次にどう飛躍してよいか分からずに書き綴つてしまひ、それを止めるのに、「いや、こんな調子で」とやつたに違ひない。かういふ切替への折、嘗ての父の文章はもつと自然な跳躍の姿を見せてくれた。「この辺で止めにしよう」と唐突に無理矢理ブレーキを掛けることはなかつたし、それをやる時は無理なブレーキと思はせぬ旋回を見せてくれた。

「覚書五」、最終三行（331頁）。「その後、「雲」の残留者と「欅」とを一緒にして劇団「昴」（すばる）を作つて現在に至つてゐるが、肝腎の私は、四半世紀前「雲」を作つた時の夢をそのまま持ち続けてゐる同じ私である。が、その私はもはや若くはない、このまま一体どれほどの人がついて来てくれるであらうか」で終つてゐる。しかし、これが書かれたのは、昭和六十二年（一九八七）である。既に述べて来たやうに、五十九年の『ハムレット』以降は父は殆ど劇団から手を引き、レパートリーから何からすべては私と事務局長以下各部部長が中心となつて進めてゐた。父は劇団に関はつてゐず、この全集に専念してゐる。「このまま一体どれほどの人が」云々は、敢へて言へば「虚勢」、控へ目に言へば父としての我々への精一杯の「皮肉」でしかなからう。あるいは、「覚書五」の終りを飾る美しい修辞に過ぎぬと言つてもよい。

「覚書六」となると枚挙に暇《いとま》がないと言つたら言ひすぎかもしれぬが、比喩としてはまさに、暇がない。334頁冒頭六行。「ここまで書いて来て、はたと詰つた」から「お前の「覚書」など何も脈絡など無いではないかと言はれても、どうもさうは行かない、人には脈絡など無いやうに見えるだらうが、やはりそこには脈絡もあり、間もあるのだ」は強がりとでも言ふべきか。そもそも、「はたと詰つた」のは今に始まつた事でもなければ、ここだけの話でもない。先述の如く、殊に「六」は母の援けを借りて継ぎ接ぎで完成させたもので、脈絡（道筋）を付けられずに「詰り通し」といふほかなく、かういふ書き方で、跳躍力の喪失を補つてゐる。「脈絡」を付けるためにどれだけの「間」を掛けたのだらう……あの頃の、情けない顔をして溜息をつきながら茶の間で母と対座する父の姿が目に浮かぶ。

351頁、最後の一節、次頁三行目までにもかなりの無理が表れてゐる。全部を引用すると長くなるので、その後半部を。「……そこで、いつそのこと、自分が今までに書いてきたこと、書きたかつたことを箇条書き風にして示し、一体、この私が何が言ひたいのか、読者諸氏におぼろげながらでも解つて戴かうと甚だ不精な手を思ひついた」とあるが、「不精な手を思ひついた」のではない、もはや筋道立てた文章が書けなくなり、母の援けも恐らく限界となつて、「箇条書き風」にしか書けなかつたのだらう。以前自分の書いた評論の引用に継ぐ引用で済ますしかなかつたのだらう。

ところで、「六」のほぼ終りに近づいたところ（371頁）で、父は「この全集の終つた後、一体何をしようかと考へてゐたところだ、さうだ、シェイクスピアの飜訳でも続けるとしよう。それが出来れば、しめたものだ」と書いてゐる。私としては父のその「虚勢」にエールすら送りたい。しかし、後に挙げる担当編集者T氏への手紙の抜粋からも、父の本音が那辺にあるか、お分かり頂けると思ふ。それにしても、もはや、何をやる気力も体力もなく、空漠とした時を眼前に見据ゑてしまつた恆存の、この虚勢を私は責める気にもなれない。今まで書いて来た「覚書」の見栄も虚勢も、全ては、その老いに手を貸した私も責めを負ふべきものだらう。最初に書いたが、私が父とは異なる道を歩んでゐたら――そんな「もしも」は考へる意味もないかもしれない、が、今の私は、やはり、もしもさうであつたなら、私は私なりに気の合ふ親子として、「父殺し」もせずに済み、晩年の父の支へとも話し相手ともなつてやれたかもしれぬ。それを思ふと、言葉もない。（なほ、「覚書」に興味ある方は文春の全集の各巻末をご覧になるのもいいが、麗澤大学出版会の『評論集』第十二巻に六編纏めてある、そのはうが続けて読みやすいだらう。）

（文庫版註・今ではビジネス社刊の『私の人間論』に、この「覚書」が纏められて出版され、入手可能である。）

「覚書」についてここで終らせるのも一つの方法かもしれない。これ以上私が書くべきではないのかもしれないが、一歩間違へると暴露記事になりかねないことを承知でさらに筆を進める。

＊

『福田恆存全集』は昭和六十二年の一月から翌年の七月に掛けて計八巻刊行される。恐らく「覚書」に取り掛かつたのは昭和六十一年春頃からだらう。当時の鬱で自分のことに精一杯だつた私の記憶に頼るよりも、ここからは、主に父が文春手帳に記したメモを中心に、担当編集者の言や、私が僅かにでも目撃した情景などを織り交ぜて書いていく。

全集第一巻に付した「覚書一」は、父の生れや、両親、自分の名前、生ひ立ちのことで始まり、この巻に掲載された評論も父の若い頃の作品のせゐか、却つて記憶もはつきり残つてゐたのではないかと思ふが、齟齬や違和感は感じられず、父の手帳のメモにも、それらに関して何の記述もボヤキもない。が、恐らくこの執筆時から父の苦闘が始まつたのであらう。

昭和六十一年八月半ばのものと思はれる担当編集者T氏に宛てた父の手紙がある、ここから暫くその手紙の要約、抜粋も交へて父の置かれた状況を再構成してみよう。「覚書二」に取り掛かつたのがいつか、具体的には不明だが、「一」の直後と考へてよからう。

とにもかくにも「二」の原稿も一応書き終へ文春に渡す、が、納得できなかつたのだらう、T氏に宛てて「もう一度書き直す」と伝へる。昭和六十一年の手帳、六月を見ると、三日から二週間余り、右ページの空白メモ欄に縦線が引かれてゐる。途中二ヶ所、それが途切れるが、一回は銀座の診療所と「ハイシャ」に行き、もう一回はT氏が来宅してゐる。そして縦線の終る十八日に「敢へて起きる」と書かれてゐることから察するに、縦線は寝込んでゐたことを示したものであらう。

そして、翌十九日の余白に「この日より仕事、覚書（二）書き直し」とある。その書き直しが七月の初めには終つたらしく、手紙によると「改めてお出でいたゞき、とにかく読んで下さつて、このまゝでよいかどうか考へてみて、端的に、ここはいゝ、あそこはまづいと言つていたゞくといふことで、原稿をお渡ししたのです」。そして八月五日（火曜日）に、T氏からの電話があり、それはそのまま印刷所に廻すから、続きを書いてくれと言はれ、コピーした原稿を印刷所に廻し、T氏は原稿そのものは送り返したやうだ。父も「仕方なくもう一度原稿に目を通し」たといふ。T氏としてはその後の「訂正はゲラですればよいから」「続きを書」くやうに父に頼んだらしい。が、父の手紙によると——

（略）しかし後を書くにしても、
やはりまえの原稿に目を通し、消しの部分や訂正の部分に印をつけてと思ひ、そん

なことを
三度も繰返し《(ママ)》ゐるうち、残すところは殆どなくなつてしまひました。毎日書斎にこもつてはゐたものゝ、どうしてよいのかわからず、机の前に坐つたまゝ、たゞ考へてゐるだけで頭も手も金縛りにあつたやうな憂鬱な毎日（略）

こんなことは「生れて初めて」と言ひ、以前なら――

（略）いざ書き始めたとなれば、後を振り向かず五十枚も百枚も一気に書き上げてしまふのが常でした。ところが今度はさうは行かず、覚書（一）も難渋はしましたが、覚書（二）にかゝつてからなほのこと、お渡ししてからあとで、それが全面的に改稿を要するなどといふことは、しかも、どこから手をつけてよいのかわからぬなどといふことは、全く初めての経験です。（略）

この後、脳梗塞の後遺症だらうと考へてゐると記し、八月一日に原稿を渡してから、いよいよ「頭がきかなくなつて来るのがよく分ります」とある。次の件は、前述した、講演で話す折に、枝葉から幹に話を戻せなくなつて講演を断るやうになつた時と同じである。

時には、まだ手をつけぬうちから、その全体像がかすかに見えてゐて、今書いてゐるのはこゝ、次はあそこと、懐中電灯で照らせばどう進んでいゝか見当がついたものですが、今はその懐中電灯のあかりが、一箇所に停止してしまひ、書いてゐるところしか見えず、全くお先真暗、全体像が浮かび上がつて来ないのです。

（略）前にはこれから何か書かうとした

あへて引用を前後させたが、この時、実はもつと重大な局面を迎へてゐた。「二」が書けないなどといふだけでは済まなくなつてゐた。この手紙の書き出しは、以下のやうになつてゐるのだ。「今更何ともお詫びの仕様もありませんが、私の全集案の企画を中止して下さるやう、お願ひ申上げます」。そして、先の脳梗塞に触れた後で、「今のまま覚書を中断したところで、全集の企画をやめたところで、なにもやる気は／起しません。何もする気が起こらないのです。たゞ前へ前へと進んできただけに、それを／急に止めてもどうしたらいいのか分かりませんが、暫くどうなるか時の経過を見守る／しか仕方ありません」。

全集の刊行は翌六十二年一月からだから、企画中止もあり得なくはなかつたのかもしれない。しかし、T氏を始め、文春との古くからの付合ひを考へてか、父はT氏に、当時社長だつたK氏、専務のT氏にも非礼を詫びに行くとまで言ひ出したといふ。さういふ背景があつた上で、「覚書六」まで続き、全集も何とか六十三年七月に無事完結に漕ぎ着ける……。

時系列を戻す。昭和六十一年十一月二十五日の手帳に、「4:30 T来／バンサン／サイゴの」と記入し、右ページ余白に、こんな記述がある。「死神と二人三脚の気もち／いま僕が死んで／一番メイワクのか、るのはT君だ／よろしく言つてください。それからS君／にもよろしく」。「T君」は言ふまでもなく担当編集者だが、「S君」は全集の年譜等々を受け持つてくれた佐藤松男氏のことであらう。よほど老衰が進み、まざまざと「死」を意識しだしたのだらうか。この頃からメモ帳には体調、血圧、病状等々の記述が徐々に増える。そして同じ週の土曜に、前に述べた「この日、逸と話し合ひ、その気持ち、よく分る」といふ記述になるわけである。翌日の日曜には私が親しかつたHといふ中堅の役者が大磯に来てゐる。「昴のH来、逸のところへ——二人いつしよに國よし」、鰻を食ひに行つたことまで記してゐる。またこれも「覚書」からずれるが十二月五日の余白には、「大いに怒る／A切る」とあるが、これは先述の劇団演出部所属のA氏を切り捨てた、といふことだらう。かういふ辺りは歳のせゐもあるが、父の潔癖がもろに表に出たところであり、父の知らぬところで微妙な動きをした氏と絶縁、氏は劇団を去つた。悲劇といふほかない。

昭和六十二年に入つて、一月の半ばに一週間ほど肺炎のために大磯の東海大学病院に入院、二十一日に退院、二十三日（金）には「Tに出発の本（全集）を／持つて来てもらふ、直ぐ／返つ《（ママ）》てもらふ、申訳なし」とある、「出発の本」とは全集第一巻の見本が出来上がつたことを指す。かうして、全集は無事進行、上述の「三」の難行苦行も周囲の協力でなんとか乗り越えたやうだ。三月二十七日に「T来／（巻二）持参してくれる」とある。

ところがその三日ほど前の右余白に「脚、依然フラフラ」とあつて、その下に「一応覚書三の代筆たのむ」とあり、翌二十五日には「2:00 T、G、速記者来」と書いてゐる。編集者が速記者を連れて来たといふことだらう。四月八日に「T／入朱用原稿を持参」とある。「覚書三」の速記原稿に朱を入れたと思はれる。そして、二十七日（月）に「T君第三巻覚書を取りに来る」とあるから、二十日近く掛けて、速記されたものに恆存本人が手を入れ、何とか完成させたと思はれる。母の援けもあつたのだらう。

その週の右の余白、五月の一日の項に、「覚書四」とあつて、その下に非常にペシミスティックな文章が書かれてゐる、判読しにくい、曖昧な文脈だが、そのまま推測で記す。「書き始める前はあれほどたくさん／書くことがあると思つてゐたのに！　やはり書下すそれぞれの時代の長さに影響されて／ゐるのか各巻のいつたいいつに終つていいのならなんでもない／ことなのか？」このメモの途中からの吹き出しがあり、下の横に「全集覚書中絶くやしいが……」ともあり、その横に「いよいよ死ぬしかないか、／医者にはどうしても分からない、なぜやせ衰へてゆくか／このまゝ死ぬか！」と、かなり自暴自棄といふか、自分の衰へに対する苛立ちのためだらう、憤懣のぶつけどころがないといつた様子が窺へる。

この「覚書四」から「五」が一番苦しんだ時期らしく、六月の十二日になつて「速記（第四巻覚書）」といふメモが出て来る。私が最近T氏から聞いた話と総合すると、この四巻辺りが書けなくて速記を元にT氏が「下書き」（代筆ではない）をしてくれたやうである。六月二十七日に「T君より覚書（四）の原稿とゞく」とあり欄外に「小生これに手を入れる」、さらに七月十三日に「T君来／覚書四原稿トリニ来ル」とある。T氏にも確かめたが、そして、覚書の文体からも、この二週間余りの間に恆存が相当に手を入れて自分の文体にしてゐることは間違ひない。

八月一日の手帳の欄外には「覚書（五）の構想」とあつて、そこから一週以上に亙り赤のボールペンで縦線が引かれ、九日の日曜欄外に「構想まとめる」となる。この時期、父は脚の激痛に苦しめられたらしいが（椎間板ヘルニアが原因と思はれる）、十三日欄外には「脚のこと思ひ切つて／覚書五書き始める」とあるのに、十日余り後の八月の二十五・二十六日の欄を跨いで「覚書ヤメマシタ！」と縦書き、二十六日の下辺に「T君あすより出社」と書いて、二十七日に「T君にそのこと告げる」となる。八月二十五日は恆存の誕生日に当るが、最悪の事態出来といふところだらう。

ここで、昭和六十二年九月、恆存自身が四百字詰め原稿用紙一枚にびつしりと書き記したものを、敢へてそのまま掲げる。恆存がどれ程、苦闘してゐたか、その苦闘の中でなほ冷静、冷徹たらんとしたか、お解り頂けよう。

（一）病識　○動悸はげしく、息ぐるし（心臓のくすりでかなり良くなる）
○目方38キロに下る（一月入院前は四十二キロ）坐つて一時間もすると、尻が痛くて堪へられず、軽い眩み、しびれ、顔の両頰、手、足、唇、（八月以後）
○便秘、浣腸、前夜は下剤を飲んで漸く毎日あり
○椎間板ヘルニア、左の坐骨神経、七月末から腰を曲げて歩く
○味覚ほとんど無し、飯まづく、我慢して食ふ、（但し、甘味は元のまゝ）
好物の肉がまづくなる、食ひたいものなし、最近いち《（ママ）》ぢるし
○頭左半分が何かかぶつたやうな感じ、ぼやけてくる
何も仕事が出来ず、机の前に坐し、
文章をつゞらうとして何も書けず、
書きくづしのほごの山
○口乾いて仕方なし
これは抗ウツ剤の為か、或は眠剤のためか　Halcion 0.5mg
（今年三月以降、使用）

黒砂糖を少し食後に口に入れると、良し
しかし、白い泡のやうなツバしきりに出る、うがひ薬を使つて、口中、ノド
元を洗へど全くキリなし
舌が、上顎にくつついて離れず、
食事がノドを通らず、舌が廻らず、かみくだいて、飲みこむ。
夕方以降、家内にも話が通じない

（二）病歴
大6・肋膜炎、赤痢、ヂフテリヤを続けさまに患ふ
昭56・5、軽い脳梗塞、一月ばかり入院、その後遺症なるやもしれず。
○日大スルガ台病院
その後、ソフォクレス、シェイクスピアを二、三翻訳。（家内の手伝ひあり）
昭62・1　一月、一週間位入院、その後、三週おきに通院
○東海大・大磯病院
気管支拡張症で寝たり起きたり
その後、月に一度か二度、東京まで車で外出、大磯で外出したのは、二、三度
○その間、右の症状、――（病識（一）に詳述せり）

○全集刊行中、その巻末あとがき原稿作成に苦慮
全八巻中、一、二、三、四のあとがきはなんとか、書き上げる、
現在、その五巻のあとがき、
それが、なかなか出来ず、〆切九月十六日、——伸ばして今日に至る
六十二年九月はじめ頃
今日も（62・秋の彼岸）

かかる塗炭の苦しみを潜り抜け、九月二十一日には「T／原稿ワタス」とあるから「五」の原稿を渡したといふことだらう。しかも、翌日の欄には気の毒なことに「T君××電話にて／K、T両氏、／渡した原稿書き直しの意見のよし」と「惨酷」なメモがある（K、Tは当時の文春の社長と専務だらう、なほ××は判読不明）。しかもその欄外に、二行に亙つて「又も地獄の責苦か！／敦江に原稿書いて貰ふことにする」といふ奥の手（?）がメモされる。「五巻の覚書をわたす」と出て来るのが、十月の十三日、火曜日。「覚書六」については、十月二十八日に「覚書六」とあり「T、G 両氏滄浪閣」となつてゐて（大磯の滄浪閣で会食だつたのだらう）、翌年一月二十九日に、「T、第六、第七の／覚書原稿とりに来る」と、少々意味不明な記述がある。「覚書」は六までである。第七とは、恐らく第七巻に載せた佐藤氏の手になる「年譜・著書目録」のことと思はれる。かうして「覚書」を兎にも角にも完成させて、手帳の「覚書」に関するメモ等も終る。

少々瑣末に過ぎたかもしれぬが、こんな羅列であつても、恆存がどれ程苦しんだか、お分かり頂けたら有難い。

私の記憶にあるのは「覚書五」のころからだらうか、もう少し前かはつきりしないが、茶の間で、母の援けを借りて、溜息をつきつつ苦吟する父の姿である。たしかペンを持つてゐたのは母だつたやうな気がする。どういふ会話を父母がしてゐたかは全く定かではないが、母が、「あなたは、かういふことを言ひたいのでせう」と問ふと「さうなんだ、だけどその前の節と上手く繋がらないんだよ」、といつたやうな会話と思へば当たらずといへども遠からずだ。T氏への手紙の懐中電灯のくだりと同じである。一つの節を書いても、次の節との繋ぎ（渡り）が上手く書けないで苦労してゐた。前に述べた跳躍の見事さが出せぬために、苦吟する父を母が何とか援けてゐたのだ。今回三読目にして、やはり、その文体の衰へ、散見されるリズムの無さ、そして、脈絡の危ふさは蔽ふべくもないと、私は思つてゐる。

父の精神は相当に疲弊してゐたのだらう、手帳のそこかしこに書かれたメモも、さらに陰鬱なものになつて行く。昭和六十三年の誕生日、八月二十五日には、「誕生日dark birthday／あと、おれのなしうるコト　何もなし！」とある、「覚書」も終つてしまひ、何をする気にもなれず、何をしてよいかも分からず、茫然とした日々だつたのではあるまいか。同じ月、三十日の右ページには「最悪の日ダ！／敦江、よき夫ではなかつた、僕を許しておくれ。／適、逸、仲よく／お母さんを大事にしておくれ。」と弱気な書き込み。その下、同じページに長々と（ここは珍しく縦書きで）昔の記憶が書かれてゐる――「私が遊んだ銀行は郁文堂本社になつてゐる。／宿直？の夫婦と子供数人／強盗に皆殺しにあふ。／その子供の一人／女の子と私はいひなづけに／なつてゐた。そして一日、その／銀行の二階ギャラリーで／遊んだのをおぼえてゐる／ソレが私の最初の／キオク／が正しいか否か」とある。昔の記憶は残るもの、恐らくこれは事実なのだらう。次の週、九月六日の右欄余白には再び、「郁文堂倉庫　本社／大勢子供がゐて／ギャラリーで遊んだ／それは何才の時か／ぜひ知りたし」とある。切ない。同年十一月十八日の右余白には「死んだらゴミ（土）になる／ゴミになるのを怖れてゐる」と。更に翌平成元年二月十八、十九日に掛けて「Depressive／死が見えてくる。／覚書のつゞき。材料を考へて／切り抜ける」とあるのだが、「覚書」は一年以上前に終り、『全集』自体も半年以上前に完結してゐる、頭の混濁なのか、あるいは「死」が見えて、切り抜けようと、「覚書七」でも夢想したのだらうか。なほ、三月の末には長年務めてゐた「文春　菊池寛賞顧問辞退ヲ申出ヅ」といふ記述も見られる。

四月二十八日には「最悪病状？（脚痛の為／夜眠れず）」とあるかと思ふと、動悸が「はげしい」といつた記述が前後に何度か見えるものの、五月の五日から八日に掛けての欄に縦書きで、「俺の評論は硬いものを／余りにもカンカン噛み砕いて／やりすぎた！」と、冷静な目を覗かせる。が、総じて、芳しくない病状、体調不良、食事の味のなさなど、あるいは「入歯金冠ハヅレル」など不快を感じてゐる記述が歳と共に多くなつてゐる。

ただ、救ひは――全集完結と前後して財団の会長となつて、実質的にも形式的にも引退した父は、全集完結を待つて、シェイクスピアの翻訳などといふ「詰らぬ」ものには手を出さず、昭和六十三年の五月には母と九州を旅行、六月には山形の「あらきそば」の芦野又三氏の招きで田舎蕎麦を愉しみ、立石寺や蔵王を巡り、七月には弟子筋の人々との集まり蔦の会の面々と祇園祭の山鉾見物に、母も同道して社寺見物なども楽しんでゐる。

この京都旅行から戻つて、七月二十三日付で蔦の会の人々にほぼ似た内容だが礼状を送つてゐる。内容は似たり寄つたりだが、それぞれ、例へば先遣隊として先乗りしてあれこれ手配してくれた方にはその礼を、下賀茂茶寮で開かれた「全集完成祝」の段取りをつけてくれた方にはその礼をと言つた心配りをして、すべてに共通して書かれてあるのが、自分が京都産業大学に勤めてゐた頃からの知り合ひ（お抱へ？）のタクシー運転手の連絡先を、全員に「何かの時に」と思つて書き送つてゐることと、「今度の蔦の会ほど楽しいことはなかつた、これも自分が歳を取つたといふことでせう」といつた文言である。

蔦の会は私も子供の頃から何度か参加してゐるが、いつでも愉しかつた。「今度ほど」と父が書いてゐるのは、全集も完成し、財団劇団の雑事からも解放され、自分を慕つてくれる人々のみと久しぶりの京都を訪れたからだらう。どの手紙にも父の嬉しさが溢れてゐる。私との仲が疎遠になつても、父が最晩年に蔦の会の人々などとかうして和やかな時を持てたと思ふと、こちらまで嬉しくなる。勿論、それは三十有余年の歳月を経たからこそ、今になつて漸く私が辿り着けた心境ではあらうが。

さらに翌八月に、やはり母と諏訪の黒田良夫氏（父が最も心を許した友人の一人）の招きで諏訪を訪れ燈籠流しや花火を楽しんでゐる。漸く父にも平穏な日々が訪れたのだ。翌年、平成元年（一九八九）の十月には文春のT氏と関西に旅し、保田與重郎の炫火忌に参列、同月、山梨に母を同道して恩師落合欽吾とその弟Y氏を訪れて昇仙峡などを見物してゐる。

平成二年（一九九〇）も同じやうに旧知の人々と久闊を叙し、蔦の会の人々に夫婦で誘はれ、奈良、桜井、飛鳥を旅するが、この頃から旧来の肺の弱さが祟り、外出と言へば歌舞伎見物くらゐになつてくる。父の手帳にも殆ど毎月のやうに「カブキ」といふ書き込みがあり、たまに演目も記されてゐる。

＊

私は、丁度この平成二年の夏から一年余りに亙り文化庁在外研修員として、家族を連れてロンドンに滞在した。これは正直に言へば、父と同じ屋根の下に暮す息苦しさに、私が逃亡を企てたともいへるのだが、遠く離れてみると本来の仲の良い親子に戻る瞬間もあつた。父と時々手紙の遣取りもした。父からロンドンの街の写真を送つてくれと言つて来たことがある。私は昔二十歳の時に父と一緒に歩いた場所を中心に、父が訪れたであらう所を片端から写し現像して大部の写真を送つた。父からは「懐かしい、それにしても、逸、写真を撮るのが上手い」といふ返事を貰つたのだが、引き上げるゴタゴタで無くしたらしく手許にない。ただ、もう一通、比較的長い手紙が残つてゐる。左に挙げる。備中和紙の便箋で四枚、一枚目の冒頭欄外に「御多用中御返事無用のこと」と大書されて本文が始まる。

この頃ペンで書くと力の入れどころが狂つてしまひ読みにくいだらうと思ふので、ボールペンで勘弁してもらふ。「文春」の原稿すばらしい、あの号で、いや、こゝ数年、あれに匹敵するものは見当らぬ　T君にはさうまで言はなかつたが、とても喜んでゐた「昴」の原稿で思ひだした。一九六三年の末にM君と一緒にストラトフォードへ行つた時だ。ピーター・ホール（左註）が舞台に登場して窮状だ助けてくれと訴へてゐたつけ。その翌日汽車のフォームで出遭つたが、献金箱がのしあるいてゐるやうだつた　その
（註、オルベリ夫人にいはせると

ピーター・ホールは浅利慶太とか！）

悄然たる姿を思ひうかべる。それが買はれて国立へ引張られたのだらうが、だが、その頃の当方を考へると他人のことは言へない。アジア財団から××万円、東京財界から○○万円、大阪財界から△△万、それが漸く集つたかどうかといふ頃だつた。つまりストラトフォードの駅のフォームで、東西のMRショーゼン氏が顔をあはせたといふだけの話。「ケネス・リーの話は尤もだと思ふ。R・S・Cは新企劃と金との悪循環、それが、約三十年も続いた又、古い話になるが、一番はじめにあそこでシェイクスピア（オセロー 夏の夜の夢）を観たのはアンソニー・クェイル、まるでボトムがオセローやつてゐるみたいなもの、心に残るのは逸と一緒に見たパスコのリチャード二世、その前にはたしかピーター・ホールの演出だつたけれどアッシュクロフトのマーガレット（ヘンリー六世第二部）、これは名演技だつたね。これもたしかの話だが、血だらけになつた敵のリチャードを杭にくゝりつけ、往復びんたをくはしながらの

高笑ひ、あれは絶品だつたよ、圧巻だつたよ。

「イギリスがなつかしい。体が一人前なら遊びに行くんだが。
〔一行何が書いてあるか解らぬほどに抹消＝筆者註〕
今頃のロンドンはいゝだらうね。僕がニュー・ヨークからロンドンに
渡つたのが、一九五四年四月一日、これはぜひすゝめるが、
キューガーデンの入口をはひつたところ、つまり門の正面にヒースが
一杯咲きほこつてゐた。それを見に行つたのは四月か
五月のはじめ頃だつたと思ふ。ヒマがあつたら日曜日にでも見に
行つてごらんなさい
「それから act と behave との違ひ、結局はあそこ《(パンフレット)》に書いてあつたとほりで良いのだが、
心から《アクト》（リアル）役にはいつて《(ママ)》ゆくべきか、形から《ビヘイヴ》（ナチュラル）はいつて《(ママ)》ゆくべ
きかといふ意味もあるん
ではないかしら。ところで日本では、一行のせりふの意味のわからない、つまり喋
れぬ
テレビ・アクタばかり見せられる。いやになり、腹が立つ。さういふ役者に
耳できいたこともない、目で読んだこともない「台詞」を喋らせるの
だから閉口するよ。見なければいゝのだが、湾岸戦争のおかげで
テレビをよく見るやうになつた。キリがないからこれでやめる（紙もなくなつた）

逸　様　　　福田恆存

(テイプでもレコードでもギールグッドのリア手に入るならゼヒたのむ
ストラトフォードのレヴィ・フォックスは
死んだらしい。去年はクリスマス・カード来なかつた)

三枚目のアンソニー・クェイルのオセローの欄外上に囲みで、「オリヴィエは見なかつたが、オセローは白鸚の方がすばらしい」と書いてある。白鸚のオセローは父自身の演出で昭和三十五年八月に上演されてゐる。白鸚はいふまでもなく八世松本幸四郎である。

不分明と思はれる箇所を冒頭から、説明しておく。文春原稿とは私が平成三年（一九九一）四月号にロンドンから寄稿した「クロス・カルチャード」といふ、いはば多重文化を背負つて育つた兄妹の話から敷衍して、日本人であること、国際人であること、母国語とは何か等を論じたエッセイで、今自分で読んでも出来は悪くないと思ふ、が、いくらなんでも父の手紙は褒め過ぎである。「T君」とは既出の全集担当編集者、恐らく彼を通して私に原稿の依頼があつたのだと思ふ。

「昴の原稿」とは、私が劇団のパンフレット用に送つた三回に亙る連載原稿「ロンドン寸見」のことで、手紙の二枚目「ケネス・リーの話」に繋がる。ケネス・リーは劇評家兼演劇学校教師、私がリーと会見した時に、シェイクスピアの生誕地ストラトフォードに本拠地を持つロイヤル・シェイクスピア・カンパニーのことに話題が及び、リーが、RSCのロンドンの本拠地バービカン・センター閉鎖を受けて、「RSCはストラトフォードとロンドンの二箇所に本拠地を持ち、その維持のためには当たる芝居を上演しなければならず、『レ・ミゼラブル』等々、手を広げ過ぎて、そのため更に金が必要となり新たな企画に手を出し、さらにまた金が必要となり……と、さういふ悪循環に陥つてゐる」、さう語つたことを私が原稿に書いたので、そのリーの意見に「尤もだ」と父が応じたのである。

ピーター・ホールはRSCで名を成し、ナショナル・シアターの責任者も歴任した、いはば「名演出家」、カギ付きにしたのは毀誉褒貶があるからだが、私が後に観たシェイクスピアの『十二夜』はいい舞台だつた。父は好きではなかつたやうだが、手紙に出て来る通りアシュクロフト主演（の一人）の『ヘンリー六世』では、アシュクロフトに、かもしれないが父も大いに満足したやうだ。註に出て来るオルベリー夫人だが私も会つた事がある。実は日本人で、当時ロンドンのオルベリー劇場他ウエストエンドの劇場街の小屋主のオルベリー伯爵だつたか、とにかく貴族の奥方に収まつた女性。「ピーター・ホールは浅利慶太」といふ比喩はどういふ意味か……敢へて御想像に任せる。

「イギリスがなつかしい。体が一人前なら遊びに行くんだが」とあるが、この頃か、もう少し前か、ロンドンで私たち夫婦は本気で両親のイギリス旅行を考へ、我々の家には寝室が足りないから近くのアパートの空き室やB＆Bを調べて回つたこともある。が、父の体調は十三時間近くのフライトと時差に耐えられるものではなかつたのだらう、実現はしなかつた。が、父の手紙の言葉といひ、我々のアパート探しといひ、互に異国に離れてゐればこそだらうが、父と私との距離がこれだけでも縮まつたことは、ただただ有難いといふほかない。とはいへ、帰国後はやはり、あまり会話らしい会話を交さなかつたのも現実である。

actとbehaveの違ひといふのは、名前を御存じの方もあらうが、二十世紀後半英国随一の喜劇作家（当時は世界的に最も有名な演劇人だつた）アラン・エイクボーンと私との何度かの会見の中で、彼が言つたことである。その内容まで説明すると複雑になる、ここでは、二つの違ひについてエイクボーンと恆存は同じことを言つてゐるので、私なりの言葉にすると、シェイクスピアで心理主義的なリアリズムや現代的な「自然」な演技を楽に演じてしまはず、様式をきちんと身に付けろ、と二人とも言ひたいのである、表面的な「らしさ」をなぞるのではなく、演技の「型」を身に付けろと。

二十世紀の名優ギールグッドのリア王はカセットもレコードも出てゐなかつた。音源は間違ひなくあることは確かなのだが、彼の朗読になる詩やシェイクスピアの他の戯曲は幾らでも市販されてゐるのに、未だに私はリア王を見つけられずにゐる。見つけたら、意地でも菩提寺の墓の前で終幕の名ゼリフを流してやらう。レヴィ・フォックスはシェイクスピア・センターの所長、以前私もお世話になつたことがある。

平成三年の夏、我々一家は帰国する。父の手帳に戻るが、その年、七月二十日の欄外には、「きのふけふ／敦江笑顔で／うれしくなる」と徐々に弱々しくなつてゆく父の心持ちが見える。恐らく母は私達の留守で、父の愚痴や我儘を一人で引き受けざるを得ず、母こそ鬱状態だつたのではないかとすら同情する。が、こんなところに「うれし」さを見出す心情を思ふと、今となつては気の毒といふほかない。平成四年（一九九二）四月四日には、「散歩／敦江と共に花見／家の廻りと街道から一囲り、いつもの通り」とあり、七日九日にも同じく散歩の記述がある。十月二十三日には「敦江にうながされ／敦江と散歩うれしかつた／だが、家の周囲をひとめぐりしただけ」とある。勿論「ひとめぐり」しかしてくれなかつたの意ではない、父の脚が弱りそれしか歩けなかつたといふこと。少しおいて十一月二十四日には「敦江と散歩、といふより／ヒナタボッコ」と微笑ましいが、心身ともに少しづつ衰弱してゆく父の心持ちも透けて見える。翌年の六月十一日にも「敦江に誘はれ庭、空地を／散歩楽しい」と書いてゐるし、七月三十一日の欄外には「敦江と二人で二階から平塚の花火を見た／一昨年の今／夜を想ひおこす」と苦痛の中の一瞬の穏やかな時が記される。私達一家がロンドンに滞在中の平成三年の夏にも、私達の居住部分の二階のベランダから、母と二人で花火を楽しんだのだらう。

そんな穏やかな日々に、何とも申し訳なし、八月の二十一日には「ハヤルにひるま／叱られる／ジュンジュンと」と記入してゐる。私にはもはや記憶にない、恐らくは、父が情けない愚痴やら何やらで家族を憂鬱にさせることか何かを、母のことも考へろとでも諭したのではあるまいか。九月二十五日「敦江カマクラ／独り残るツラサ／つくづく感じる」、二十六日「敦江、東京／一日中起きてゐるかぎりただ一人」——あれ程に孤独と孤立に耐へぬいた福田恆存にして——老いとはかうも惨酷なものか。

この文春手帳のメモには毎日のやうに、脚の激痛、風邪気味で寝込んだこと等々が散見され、日々の最高気温と天気あるいは血圧、来訪者などが書き込まれて来たが、この頃から空白が多くなり、十二月中旬以降はなにも書かれてゐない。この月下旬肺炎で伊勢原の東海大学附属病院に入院したためもある。最後の平成六年（一九九四）の手帳は一緒に一纏まりにしてしまつてあつたが、何一つ記述はない。一月に大磯の東海大学病院に転院し、三月に退院はするものの在宅酸素を携へての養生で、この頃は見てゐるのも気の毒なくらゐ辛さうな呼吸だつた。手帳に何か記す気力体力共に残つてはゐなかつたと思ふ。また、書き記すほどのこともなかつたのだらう。

さういへば、伊勢原の病院には看病疲れの母に替つて一月二日の晩、一晩だけ私が泊まり込んで、世話をした記憶がある。そんな時には二人の間に一種平穏が訪れる。これが私に出来たせめてもの孝行だつたのかもしれない。

＊

十月下旬、年譜によると「急激な血圧低下で東海大大磯病院に緊急入院。重篤の肺炎なるも以後小康を得た数日」。勿論、これは母が書いたものだらう。私は前日歌舞伎夜の部を観て、そのまま東京泊、翌日の歌舞伎昼の部を観たことしかスケジュール表にない。右欄に「東海大病院／72-3211／3A、06号」と恐らく父の病室をメモしてあるのみ。この頃、私は父に代つて劇団のあらゆることに携はりつつ、大学（明治大学に移つて数年）もあり、ロンドンに行つた目的の大きな一つ、日本の演劇教育のありやうを探るために、当時英国随一の演劇学校の講師を招いてワークショップを毎年開いたのだが、その企画等もあり、ほかに当時あつた菊池寛ドラマ賞の選考委員等々で殆ど東京に出てゐることが多かつた。父の容態を考へたり、その寿命が尽きようとしてゐることなど殆ど頭に入るいとまもなかつたかもしれない。

そして、父の入院に至るまで二人は真の和解などしはしなかつたといふのが実情である。これは弱つた父に原因があるのではない、間違ひなく私の性格の歪み――人を許すことの苦手といふか、適当なところで折り合つたり馴れ合ふことを嫌ふ歪みゆゑであつて、それ以外の何ものでもない。

十一月の半ばの週末には、エリオット協会のシンポジウムがあり、三年前にロンドンから演出家を呼んで、エリオットの『寺院の殺人』（恆存訳）を上演したこともあつて、私はそのシンポジウムに出席することになつてゐて、その準備もしなくてはならなかつた。そんな状況で、父を病院に見舞ふこともほんの数回だつたと思ふ。

名古屋でのシンポジウムから戻つて二、三日した火曜日か水曜日（十五、六日）だと思ふが、僅かな時間を見つけて見舞ひに行つた。父は体調もあらうが寡黙だつた。従つて私も寝台の隣に腰を下ろして見守るだけだつた。いや、何か喋つたのかもしれないが記憶にない。調子はどうだくらゐ、聴きはしただらう。暫くして沈黙してゐた父が無表情といふか感情を表に出さず、言つてみれば乾いた調子で唐突に、「俺が劇団を始めたのが間違ひだつた」と言つた。耳を疑つた。そこまで、父を追ひ込んでしまつたのか——返答のしやうもなく、私はただ沈黙してゐた。それからどれほどの時間が経つたのか、やがて父が改めて「ハヤル……」と声を掛けてきた。恐らく、死期を悟つた父は長い沈黙の間に、私に最後に言ふべきことを考へてゐたのだらう。次に父の口から出た言葉は、「劇団はお前の好きにしていいよ」といふものだつた。

数年に亙つてあれほど対立し混乱したことを、私のために解きほぐしてやらうと思つたのだらうか。解らない、真意は分からない。ただ、その父の顔が何の感情も示さないことの、父のストイシズムに、私は頭のどこかで半ば呆れ半ば感歎を覚えながら、私の心は父の余りに意外な「やさしさ」を感じ、嗚咽を堪へつつ、「いや、お父さんが創つた劇団だから、やれるところまでやるよ」、さう言ふのが精一杯、後はなにも言へなかつた。

私には未だに解らない、父の真意が那辺にあつたのか、そして、あの瞬間に二人は和解したのか否か。しかし、それは今となつてはどうでもよいことであるし、どうにもならないことでもある。いづれにしても、これが二人の最後の会話であつた。

母の書いた年譜によると——

「十一月十九日、朝一言二言ののち声が出なくなり終日筆談」

「二十日、朝より血圧下りつづけ、家族友人に囲まれ午後一時穏やかに終る」

——最後の日、日曜日だつた。久しぶりに、まる一日予定の空いてゐた私は、前日の様子を母から聞いて、午後にでも見舞ひに行くつもりで起きた、ややあつて十時頃であつたらうか、母屋の電話が鳴る、私が受話器を取る。あの脳梗塞発症の時と同じ感触だ。病院からで、内容は忘れたが容態急変を告げられた。母と家内と家にゐた子供たちと駆けつけた。兄一家も来た。連絡した親戚、父の妹たちもばらばらとやつてくる。私は父の右手を持ち続け、軽く揺すつては、誰それが来たよと語りかけた。必死とも違ふが、どこかで父を呼び戻さうとしてゐたやうな気がする。こちらの声に頷く父の力が弱つて行く。やがて、医者が駆けつけた。ナース・ステーションの機器に父の心拍や血圧が出てゐたのだと思ふ。

父の最期は、年譜の通り穏やかなものであつた。ゆつくりと幕が閉ぢるやうに、生と死の境ひ目も見せず、死が生といふ出来事の先に連続して存在するが如く自然に流れゆく、まことに静かなものであつた。

生きることと死ぬことと——エピローグ

恐らく、私が小学校の高学年の頃の記憶だと思ふが、定かなところは分からない。父と二人で縁側にゐた。蟻が縁台を歩いてゐる。父がそれを指して言つた。「逸、蟻を指で潰すだろ」「ウン」「蟻は死ぬだろ」「ウン」——「その時、蟻は、自分がなぜ死んだか分からないだらう」「ウン」「唐突に死が来る、死んだといふことにも気が付かないだろ、死んぢまつたんだから——ぢやあ、人間はどうだ、歳だ病気だ交通事故だと原因を探すだろ」「ウン」「でも、人間も蟻と同じで、もしかしたら本当のことは分からないのかもしれないぢやないか——蟻と同じで自分の理解を越える、人間を越えたもつと大きなモノの力で死ぬとは考へられないか」——この通りの言葉ではないが、ほぼこのやうな文脈、言ひ回しで、父は「死」の理不尽を、あるいはそこにあるカミ＝自然の如き人智を超えた大いなるものの存在を教へてくれた。日常の一コマに過ぎないが、この記憶は、靄の中にありつつも、なほ鮮烈な印象として残つてゐる。以来、といふ言ひ方は大袈裟かもしれぬが、私は死を客体視するのが習ひ性となつた気がする。

さらにずつと幼い頃、私が初めて「死」といふものを肌で直感したのは一匹の仔犬の死に遭遇した時だつた。四歳になるかならぬかの頃（昭和二十七年頃）だつたらうか、家の近くを走る東海道線の列車を見るのが楽しみで、祖母に連れられて家から一分も掛からぬ線路際に行つたものである。直ぐ傍に踏切があつた。道幅の広い踏切で、番小屋があり、列車の来るたびに踏切番の男が遮断機の開閉をする、当時としてはよくある光景だつた。ある日、真つ白でころころと肥つた仔犬が私に懐いて、祖母と共に仔犬を可愛がつて暫く遊んでゐた。私達が帰らうとした時だつたか、その仔犬が踏切の方へよちよちと歩いていく。遮断機は降りてゐた。踏切番が、咄嗟《とつさ》に後を追つて仔犬を助けようとした、が、間に合はなかつた。子供心に、轟音を立てて下り車線を近づいてくる機関車の姿が目に焼きついてゐる。その瞬間を目にしたかどうか、そしてその後の記憶は何もない、何も憶えてゐない。祖母が咄嗟に庇つて私に見せないやうにしたのかもしれない。見てしまつた記憶が慄きの余り抹殺されてゐるのかもしれない。家に戻り、台所の床に祖母と向ひ合ひに座つて「可哀さうだねぇ」と話してゐた記憶だけがある。

翌日のことだと思ふが番小屋の裏手、線路沿ひの道端に捨てられた仔犬を見つけた。まだ血の跡も生々しく、腹が鋭利な刃物で切られたやうにスパッと切り裂かれてゐた。そしてその傍らに——一匹の犬がゐた。当時の私の背丈からは自分より大きく見えるくらゐの、やはり真つ白な母犬（だらう）が、その仔犬の亡骸を舐め続けてゐた。その姿に私が感じた感情こそ、今言葉に直すと「胸を衝かれる」といふ言ひ方がぴつたりだらう。これが私にとつて最初の「死」の記憶であり、映像である。この仔犬との戯れと喪失の感覚が一種のトラウマとなり、現在に至るまで私の度を越した犬好きがあるのかもしれない。

丁度それと前後する時期になるだらうか。高田保が亡くなつた。島崎藤村の住んだ家に高田保が住んでゐたことは案外知られてゐない。といふより、今や高田保といふ文人の名を知る人も極めて少ないのだらう。それはさておき、高田の住まひの斜め向かひに、Sといふ医者の家があつた。その裏手のSが所有する借家に私達は住んでをり、私は時々「高田さんの小父ちゃん」の家に遊びに行つたことをぼんやりとではあるが憶えてゐる。

ある夜、父が帰宅するなり、母に告げた。「いま、そこで中川先生とぶつかつて、高田さん、亡くなつたたつて」。中川先生とは高田氏掛りつけの医師の名前で私もよく知つてゐた。母の応答に割つて入つた私曰く、「中川先生、悪い人だね、高田さんの小父ちゃんにぶつかつて、死なせちやうなんて」。両親が大笑ひしたか、場合が場合だけに苦笑したのかは憶えてゐないが、言ふまでもなく父は、丁度高田宅から出てきた中川先生に「出くはした」の意味で「ぶつかつた」と言つたのである。それはともかく、高田氏の「死」は人間に関しては恐らく初めての体験であつたにも拘らず、仔犬程の衝撃はなかつた。が、中川先生を「悪い人」と思つたといふことは、既に「死」といふものを何らかの意味で理解しはじめてゐたのだらう。縁側でガラス戸に凭《もた》れ、片手で身体を支へて坐つてゐる「小父ちゃん」の姿は、今でもはつきりと瞼に焼きついてゐる。(今、「新潮日本文学辞典」で調べたら、高田保の死は昭和二十七年二月二十日となつてゐる、私が四歳になつてひと月も経たぬ時である。当時、高田氏の具合は悪く、その衰へも子供なりに感じてゐたやうに記憶する。)

それから四年後。私が小学校二年を終らうといふ時期のこと、昭和三十一年(一九五六)の初め頃だらう。私たち兄弟とそれぞれ同い年で仲よく四人でよく遊んでゐた友人の、その弟の方のY君が病死した。なんの病気かまでは記憶にない。当時のこと、肺結核でもあつたのだらうか。お別れに行つた。いつも元気にチャンバラごつこなどをして遊んでゐた同い年の友達の棺に納められた姿は、既に手の届かぬところに行つてしまつた事実を感覚的に否応なく突きつけてくる――その透き通るやうな、余りにも美しく綺麗な寝顔に、私は初めて死の冷たさ、惨酷を味はつた。小学二年ともなると、我々は直感的にであれ「死」を何らかの形で感じ取る。その時の、不思議な気持は――悲しみとか衝撃とかではなく、理解不能なものごとの存在を突きつけて来る現実を、どう受け止めてよいのか分からぬのに、否応なしに受け止めさせられる理不尽に心が対応できずにゐる――さうとでも形容の仕様がない。どこか虚空に抛り出されたやうな不安感とでも言へばいいだらうか。

それから更に数年を経る——

六十年安保闘争時、つまり昭和三十五年（一九六〇）のこと——いま七十歳前後の老人辺りまでしか、実感がないことだらうが——いや、七十年安保闘争を高校生くらゐで経験した世代にも記憶があるかもしれぬが、当時、わが国の共産化（＝革命）への不安を我々は現実に共有してゐた。そして、勿論、それを実現させようとする、あり得ぬことではない可能性に酔つた勢力が確実に存在してゐた。（いや、現在の方がさらに共産勢力はより隠微な形で着々と成果を挙げてゐる。「家族」の解体をこの五十年の間どこまで成し遂げたか、考へてみるといい。）

昭和三十五年といへば、私は小学六年生になつてゐた。当時、父は安保闘争のさなかに、まさに孤軍奮闘、昭和二十九年に巻き起こした「平和論」論争以来の「保守反動」振りで、「文化人」相手に論争するだけならまだしもだが、当然、周りが放つておかない、あちこちで講演を依頼され、壇上でも「保守反動」振りを発揮してゐたらしい。「進歩的文化人」相手なら、一人書斎で相手をなで斬りにして「快哉」を叫んでゐればことは済む。六十年安保騒動直後に父が書いた『常識に還れ』（麗澤大学出版会刊『福田恆存評論集』第七巻所収）の冒頭など、今読み直すと、まるで落語か漫才でも聞いてゐるやうで、斬られた人々（政党も）には申し訳ないが、思はず吹き出しさうになるほどである。

が、こと講演となるとさうでもなかつたのかもしれない。当時の父の講演を聞いたことなど、小学六年の私にはあり得ぬわけだから断言も出来ないのだが、あちこちで講演をして帰路につかうとすると、聴衆の中にゐたと思はれる急進派全学連の学生から罵声を浴びることなどは、屢々あつたらしい。具体的なことはもはや分からぬが父は身の危険を感じてゐたのだと思ふ。

ある日の記憶が残つてゐる――当時、自宅の茶の間の脇にある小部屋ほどの広さの廊下に籐製の椅子が幾つか置かれてゐた。そこに腰かけた父が、兄と私、二人の息子を前にして、いつになく真剣といふか、私の記憶の中でデフォルメされてゐるかもしれぬが、沈鬱とすらいへる面持ちで、しかし淡々と息子二人に語り聞かせてゐた。話の中身を説明することは殆ど不可能である。抽象的な話が主体だつたのではないか。あるいは、明確な言葉を父が避けたのかもしれない――いづれにしても、父が、私達二人に分からせたかつたことは、ただ一つ――敢へて言葉にしてしまへば、「父の死を覚悟しておけ」、さういふことだつた。その趣旨だけは伝はつた。

父の死。恐らく、私達二人にはそれがぴんと来なかつたのではないか。だが、私に父のただならぬ覚悟が伝はつたことだけは確かである。何事にも穏やかな兄は困つたやうな顔をしてゐた。一方、兄と正反対に、血の気の多い私は一種の興奮状態だつたやうな気がする。第一に父が自分を対等な大人として扱つてくれてゐることへの高揚と、第二に父の死といふ「劇的」なことへの心の揺れとでも言ふべき高揚を感じてゐたのだらう。勿論、これらの説明は、今にして言葉にすればといふ修辞に過ぎない。しかし、どんな形であれ、親の死を目の前に突きつけられて、しかも覚悟を促されたならば、たとへ小学生であれ、誰しも何がしかの動揺はするであらう。これが私にとつて初めての肉親の死に纏る記憶となつた。

もう一つ、思ひ出した父の言葉を記しておく。これもまだ、私が若かつたときのことだが、高校だつたか、大学に入つて後のことか定かではない。父がかう言つた。「人類を総体として、一人の個人として考へてみろ。大正生まれの俺はお前より若いんだ、俺の方が人類の若い時代を生きて死んでいくんだよ」――なるほどと思はされた。

確かに、我々は現代を、この醜悪な混沌の現代を、老いさらばへた悪臭芬々たる人類の終末と見做すことが可能などころか、それは否応ない現実なのではないか。恆存は恐らく人類の終末について正確な予言をしてゐたのかもしれない。そして、先に死んだ者は、我々「生残者」のみが味はゝなくてはならぬ、この老耄の果てを喘ぐ人類の醜悪に付合はずに済むといふわけだ。

＊

それから長い年月を経て父を見送り、その折からもまた既に二十数年を経た。私は今、父が初めて脳梗塞に襲はれた時と同じ年齢である。それだけに、私は自分の死をも時折考へざるを得ない。「死」とは何か、私には分からない。死後の世界があるかどうか、さういふことを余り考へないのは、私が呑気なのか、実はまだ己の死を本当の意味では考へてゐないのかもしれない。そこまで考へると、実は「生きる」こと自体を我々は本当の意味で考へてゐるのだらうかといふ疑問が湧く。

青春を謳歌したり、仕事に達成感を味はひ「生き甲斐」を見つけたりはするかもしれない。ではしかし、「生きる」ことは何かといふことを本当に考へたことなど、我々にはあるのだらうか。「生きる」ことの実体を理解してゐるのだらうか。恐らく、我々は真の意味で「死」の意味を理解してゐない。といふことは「生きる」ことの意味も理解してゐないはずだ、さういふことになるだらう。ましてや、日常、我々は「生きよう」などと意識するはずもない。

ところで、私は庭弄りが好きで、薔薇を育てたり桜を実生《みしやう》から育てて地植ゑにしたりする。中に土佐水木の仲間で南国でしかお目に掛からぬ霧島水木といふ樹がある。この水木は土佐水木と違つて、甘く淡い香りがする。これを鉢植ゑにして苗から育ててゐる。この一代目は既に鉢植ゑには大きくなり過ぎ、地植ゑにした。一代目が鉢植ゑの時に、難しい受粉をさせてその種から何とか二代目を一本だけ無事に育てた。で、どちらの樹も鉢植ゑの間は盛んに花を付ける。ところが一代目は地植ゑにした途端、ぱたりと花を付けなくなつてしまつた。丁度その頃から二代目は、今やわが世の春とでも言ひたげに鉢の中で小さな樹にも拘らず盛んに花を付けるやうになつた。一代目は地植ゑにされてから数年（たしか四年近く）して二房ほどの、その翌年には三房四房の花を付け、今年漸く（つまり八年程して）やつと何十かの蕾を持つやうになつた。と言つても鉢植ゑと較べたら、株の大きさで比較すれば僅かの蕾、と呼んでよい。

なぜ、かういふことが起るのか――恐らくかういふことではないか。鉢植ゑの間は、年々育つ樹は徐々に窮屈になる鉢の中で、いつか根詰まりを起して樹そのものが枯れて、俗に言ふ「死」を迎へることになる。その前に、何としても子孫を残さうと、若い樹にも拘らず、年を追つて沢山の花を付け、実を生らせて次の世代に命を繫がうとするのではないか。一方、地植ゑの樹は鉢から大地に下された途端に、根詰まりの危機から解放されて、世代を繫ぐことよりも自らがさらに成長することに専念し始めるに違ひない。これは全くの素人考へではあるが、恐らくこの素人の見立ては間違つてゐないだらう。

つまり、かういふことではないか。「生命体」といふものは、「命」といふものは未練がましく「生」に執着し、生き続けようとする。意味もなく遺伝子を残さうと足搔く。なぜか。「死」に意味がないから？　さうかもしれない。が、何より、一旦、「生れ」てしまつた「生命」は、それがいかなるものであれ、生き延びようとするしかない、已に意味があらうと無からうと、生れてしまつたものは生きるほかはないのだ。生きるほかないから生きようとする、生き延びようとする。それが否が応でも「生」の負はねばならぬ、いはば「宿命」であらう。霧島水木は素直に「生きもの」の宿命に、自然の摂理に従つてゐるだけだ、さういふ言ひ方が一番素直だらう。

この霧島水木と同じことだ。我々はただ生きるやうに宿命づけられてゐる。生き延びること自体を目的とするやうに宿命づけられてゐる。無論、人間にしても意識的に生きようとしてゐるのではない。植物や動物が無意識に生きようとするのと同じことだ。生きるといふことは、さういふことなのだらう。無意味と言へば無意味かもしれない。「死」を避けるために生きる——消極的な、余りに消極的な話なのかもしれない。だが、反対に、この無意識かつ無意味な生命欲ほど積極的な営為はない、さういふ言ひ方も出来る。生きられるところまでは、なんとしても生きるしかない。それだけのことなのだ。「死」が宿命なのではない。「生きる」ことこそ宿命だ、父の「晩年」を書き終へた今の私は、取り敢へず、さう考へてゐる。

＊

先に挙げた若い頃の私が遭遇した様々の「死」に纏はる記憶に平仄《ひやうそく》を合せて、父の「死」に纏はる話でこの稿を終る。父がどこだかに書いてゐたが、「死など少しも怖れない」といふ主旨の発言をしてゐる。が、元気な頃に「死など少しも怖れない」と言ひ切つた父も、平成六年（一九九四）十月下旬、最後の入院をし、自分の死期を悟つたであらう折、ある日のこと病院を見舞つた母に向つて、死にゆくことを「怖い」と言つたといふ。

理性悟性を備へ、「生きる」ことを宿命として受け容れた人間は「死など少しも怖れない」はずだ。が、あらゆる動物は死を目前にすれば、本能に従つて「死」の恐怖に慄く。人間もまたその例外ではない。それが自然なのだ、それでいいのである。

あとがき

本書出版までの経緯を書く。六、七年前になるだらうか、私は今迄あちこちに書いたエッセイや論文を一冊に纏めておく気を起して、父の全集を出してくれた文藝春秋の編集者に、以前書いたものをコピーしてドサッと渡した。こちらも急いでいたわけではなく、そのままになつたのだが、さうかうするうちに、神奈川近代文学館が平成二十四年（二〇一二）の十一月下旬から翌年の二月下旬に掛けて三ヶ月、『生誕100年　福田恆存資料展』を催し、その資料を我家から多く提供することになつた。資料展終了後、お貸ししたものを返却に来た、資料課の藤木尚子女史が私に言つた、恆存と大岡昇平の往復書簡は意味がある、いつか機会があつたら何らかの形で公開すべきだ、と。さう言はれるまで、実は私はその書簡を読んではゐなかつたのだが、藤木氏の言葉がずつと頭に残つてゐたため、何かの折に引張り出して読んだ。

たしかに、このまま眠らせ、やがて文学館に収めてしまふのは「勿体ない」と思つた。そこで、本書の構想が漠然と頭に浮かび、先づ神奈川近代文学館に足を運んで、中村光夫宛の恆存の手紙を全て写して読んでみた。それが切掛けとなり、恆存の書いたものを中心に新たな稿を書き下ろした方がいいのではないかと思ひ始めたわけだ。翌、平成二十五年に、私が演劇における師とも仰ぐ文楽浄瑠璃語り、人間国宝の竹本住大夫が菊池寛賞を受賞、その授賞式出席の折、控室に師匠を訪ねた。たまたま居合はせた文藝春秋の飯窪成幸氏に、「親父の書いた手紙等々、我家に残つてゐる資料を元にいろいろ書いてみようかと思ふ、ある程度書いたら読んでくれ」と伝へた。これが本書の始まりである。

その後、直ぐに仕事に取り掛かつたかといふと、とんでもない、生来の怠け者のこと、ぽつぽつと書き始めたのが一昨年、詰まり平成二十七年の暮れからだつた。その間、丸二年、ほつたらかしたわけだ。尤も、その間、未だに出版に漕ぎ着けない、ある戯曲集の翻訳をしたといふ事情もないではなかつたが。

書いた順番は第一部から第三部まで、殆ど本書の配列のままである。

自分自身への父の手紙を幼少期から成人するまでの三章書き、実は四章目に「恆存の晩年」に挙げた手紙二通を引用した稿を書き掛けて未完のまま、第二部の大岡昇平との往復書簡に取り掛かつてしまつた。それは、「恆存の晩年」を読んで頂いた方にはお分かりだらうが、最後の二通の手紙、殊に『マクベス』上演に関する手紙のことを書き出すと、その周縁部分に及び、相当複雑なことになると判断し、といふか、二進《につち》も三進《さつち》も行かなくなつて後回しにしたわけである。

さうして、第二部を中村光夫宛、吉田健一宛、三島と福田論と順調に書き進めたのだが、さうしてゐる間にも、最後に書くつもりの「恆存の晩年」を書くべきか——果たして本当に書けるのか、心のうちでは煩悶してゐた。が、第二部すべてを書き終へ、平成二十八年の暮れに第三部の「近代日本をいとほしむ」に取り掛かる頃には、腹を括つて「晩年」を書くことを自らに課す、といふ気分にはなつてゐた。そこまでに書いたもののうちに、それぞれの稿で恆存の手紙や日記まで相当数公開してしまつた訳でもあり、没後四半世紀近くも経つたことを思へば、「晩年」に描かれる福田恆存の私的ことごとを書いても、もはや構はないのではないかと思ひ始めたのだつた。

それでも「近代日本をいとほしむ」を昨年の暮れから今年に掛けて書いてゐる時には、取り敢へずその稿を書くことで、なほまだ「晩年」を避けようとしてゐたのも事実なのだ、そのくらゐ、私には気が重かつた。で、今はエピローグとして付けた一章を先に書いてしまつた。それが二月のことである。そこまで来ると後は書かねばならぬと、何の理屈もなしに、自分に父の晩年との「対峙」を強制して、三月、大学の仕事から解放された時に一気に、と言へば聞こえはいいが、唸りながらなんとかかんとか書き上げた次第である。

出来上がつた原稿を見て、担当編集者の田中光子女史が「生きることと死ぬことと」をエピローグにしたらどうかと提案してくれ、内容を思ひきり変へて、章の題名（もとは「死の認識」だつた）も変へ、今の形でエピローグに置いたわけである。

もはや書くべきことは何もない――「恆存の晩年」を書き終へた今はそんな心境である。十五年に亙る父の晩年を書くこと自体、私にとつては父との軋轢の追体験であつたことは、お分かり頂けよう。今は精も根も尽き果てたといつてもいい。いづれにせよ、さみだれではあるが、完成まで、ほぼ一年と四ヶ月掛けたわけで、書いてゐない時でも、四六時中本書のことが頭を離れなかつた。つまり父のことが頭を離れないわけである。これは精神上いいわけがない、と自分では勝手に思つてゐる。しかし、考へてみれば私の人生は父の存在と影響なしでは成り立ち得なかつた。それが私の宿命で、さういふ息子を持つたことが父の宿命でもあつた――これが「晩年」を一言で言ひ表す、つまり主題、モチーフなのではないかと書き終へた今、さう思つてゐる。これを書き終へて私は父への負債を返したのかもしれない。が、一方、いやいや、まだまだお返しするものはタップリあるぞといふ気もしてゐる。取り敢へず田中氏らと話してゐる次なる企画もある、が、これには越えねばならぬハードルが幾つもある、具体的なことは言はないでおく。が、かうまで勿体つけて記したことを私はそのままにする気は無い、それだけは自らへ（と文藝春秋へ）の貸として、返済を急き立てるために、かうして認《したた》めておく。

なほ、表紙カバーに使つたルオーの『ジルベールの手帖』扉絵についても書いておく。「恆存の晩年」で触れた、私が鬱を患つた頃、たまたま立ち寄つた神保町の画廊で「ルオー特別展」をやつてゐた。そこで、このエッチングに吸ひ寄せられたといふか、これを目にした途端、鬱ゆゑの胸部の不安や締めつけがすつと消え、光明が差し、キリストの顔と全体の醸す空気に救はれた。が、当時の売価は私の月収を軽く超えてゐた。画廊に置かれた宣伝用葉書をもらひ、以来四半世紀仕事机の書見台に置いてあつたのだが、五年程前、ふと思ひ立ち、ルオー専門の日本橋の画廊に探してもらつたところ、パリで一部見つかり、しかも、値段は三十年前と変化なし。かうして『ジルベールの手帖』は私が購入した、最初で、恐らくは最後の絵画といふことになるだらう。(文庫版註・『ジルベールの手帖』は、ネットを検索すると散見されるが、東京の「パナソニック汐留ミュージアム」が所蔵してゐる。)

著者書斎に掲げる『ジルベールの手帖』

ところで、翻訳を別にすると、本書は私にとつて初めての単著単行本となる。さういふ意味からしても、父のことを私なりに書いたつもりではある。が、書き終へた今でも、実は、書いたことに自ら疑念を持つてゐるといふのが、正直な気持である。著者自身がさうなのだから、恆存ファン、あるいは知人の中には違和を感じた方もいらつしやるかもしれない。それは如何ともし難い。それを言ひ出せば、よくぞここまで書いたと感ずる読者もゐるに違ひない。これはあらゆる書物に言へることであらう。「よくぞここまで書いた」といへば、書き終へた私の中にもさういふ思ひは明らかにある。あとはそれぞれの読者の気持に委ねるのみである。

が、今のところは、本書を書き終へ、これ以上、「あとがき」すら書き進める力さへ残つてゐないといふのが正直なところである。

最後に、本書を書くにあたつて、私を力づけてくれた方々に御礼を申し上げたい。書き進める途中で何度か、若き友人や知人、そして編集者に、あれこれの章を読んでもらひ、感想を聞かせてもらつた。それが批判であれ、賞賛であれ、彼等の信頼と反応が私にはいつも力になつた。それらの知友の助言なしに、本書を書き続けることは出来なかつたらう。敢へて名前を挙げることは控へるが、私の未完成の原稿を読んでくれた人々すべてに心からの敬意を捧げる。本書執筆の切掛けを作つてくれた神奈川近代文学館の藤木氏にも御礼申し上げたい。そして、文藝春秋の飯窪成幸、西泰志、田中光子の各氏には全幅の信頼を寄せつつ、その数知れぬ助言に感謝の念を記しておきたい。中でも田中氏は、ややもすると不安になる私を叱咤激励し、裏づけとなる資料を完璧に渉猟収集して執筆を助けてくれた。どれだけ助けられたか、言葉には表せない。改めて、感謝申し上げる。そして、最後までお読み頂いた読者諸兄にも心からの御礼を申し上げる。そして泉下の父にも感謝を、ここに記すことを許して頂く。

平成二十九年端午

福田　逸

偶像破壊――文春学藝ライブラリー版へのあとがきにかへて

本書に改めて「あとがき」を書く必要もないと思はれる。また、父のことでわざわざ書き留めておくほどのエピソードも、さうは残つてゐない。

そこで、読んでゐない方もいらつしやるかもしれないので、以前「かまくら春秋」(平成十四年十月号)に書いた「粗忽親父」と題したエッセイを再録しようと思ふ。実はその後河出書房新社から出た『総特集 福田恆存――人間・この劇的なるもの』(平成二十七年五月刊)に再録されたので「再々録」と言つた方がいい。手抜きのやうで気が引けなくもないが、本書の少々重い第三部の後の口直しに、謂はば軽いデザートのつもりでお読みいただきたい。(「かまくら春秋」同年十一月号に連載として書いた「断片」はここでは割愛する。)

* * *

父のセッカチと、それゆゑのそそつかしさは天下一品だつた。しかも、始末の悪い事にそれを半ば自慢の種にしてゐた。

家の中で、殆ど日常茶飯といつていいくらゐ頻繁に起こるのが、廊下の角を早く曲がり過ぎての柱との衝突、そして悲鳴。その後に必ずつく言訳が、「最も合理的に柱すれすれに曲がらうとした」といふ、余りに不合理な屁理屈だつた。

父がよく口にした自慢で、およそ自慢にもならぬ自慢が、人混みを他人にぶつからずに猛スピードですりぬけるといふ「特技」。しかし、人混みでもない家の中で動かぬ柱にすらぶつかる人間に、そんな事が出来るはずがないことは容易に想像がつく。多分、あちこちでぶつかつては謝つてゐたか、相手がぶつかつて来たと決めて掛かつたか、どちらかに相違ない。百歩譲つても、猛然と歩く父の勢ひに怖れをなしたか呆れたか、周囲の人間の方でぶつからぬやうに気を配つてくれたに違ひない。さらに——その猛スピード歩行で某ホテルから外へ出ようとした父は、まだ開き切らぬ自動ドアに激突、掛けてゐた鼈甲《べつこう》の眼鏡を修理不能なまでに壊しながら、「それでも怪我一つしなかつた」と嘯《うそぶ》いてゐた。

その父が、一九六八年の秋、トロント大学から短期の客員教授に呼ばれ、大学三年の私に七十年安保を前に騒然とする大学の授業などほつぽらかして一緒に来ないかといふ。要は一人で行くのが面倒な父が運転手兼料理人兼掃除夫を無給で連れて行かうといふわけだ。

当時、学生の分際で海外に気楽に行けるものでもなく、自分が一生のうちに外国に行く機会などいつ巡つて来るか知れぬと思つてゐた私は二つ返辞で引き受けた。

カナダへの往き復りに父は自分の第二の故郷と思つてゐるロンドンを経由して行かうといふ。このあたりが父のいいところで、「運転手兼……」は紛ふ方なき事実なのだが、英文科に在籍してゐた私に、若いうちにイギリスを見せてやらうと思つたのだらう。が、この旅でも忘れられぬことといふと、やはり父の粗忽振りであつた。

初めての海外旅行で、私は緊張のせゐか時差ぼけかロンドンに着いた途端にダウンしてしまつた。最初の宿はハイド・パークの北東の角、マーブルアーチから数分北へ歩いたホテル・コンコード。私は到着早々ベッドに潜り込んでしまつた。

優しき父は、直ぐにホテルを飛び出し、懐かしのロンドンを散策がてら、近くの薬局に寄つてアスピリンを買つて来てくれた。そのついでに、多分私が風邪を引いたと考へたのだらう、自分の健康を気遣つてビタミンCの錠剤を買つて来た。

指示通りの分量のアスピリンを飲み終はつた私は、何か引つ掛るものがあり、口に水を含んだ父が、いざ錠剤を口にせんとした時、ビタミン剤の効能書きと飲み方の説明に目を通してゐた。

「アッ！」といふ私の声と殆ど同時に、「ウワッ！」と悲鳴を挙げる父——服用法のところには、「コップ一杯の水に溶かして服用のこと」と書いてあつた。つまり、水に溶かすとレモン味か何かの炭酸水になる錠剤だつたのだ。口の中で泡立つ錠剤に、目を白黒させて洗面所に駈込む父の後姿を見て私は笑ひ転げたものだつた。

その夜、おそらく私は食事もせずに寝込んでゐたと記憶する。あるいは軽い食事を父に付き合つたか、そのあたりは忘れたが、私がベッドで昏々と眠つてゐる間のこと。（全て後に父から聞いたまま、私が日記に書いた記録に基づくが）風呂に入つた父は、着替への下着一枚を手にしたまま一糸纏はぬ鶏がらの如き痩身を晒したまま、浴室を出て私が寝てゐるはずの寝室へのドアを開けて歩を進めた。一瞬、父の頭は空白、逸がゐない！——いや、そもそもベッドもなければ部屋もない！

さう、このホテル、よくある通り浴室は外部と寝室の間に位置してゐる。が、変はつてゐるのは、浴室のドアを出ると、さらに左右に二枚のドアがあつて、それぞれ寝室（室内）と廊下（外部）に通じる仕掛けになつてゐた。お分かりだらうが、父はそそつかしくも寝室へ入るつもりで廊下に出てしまつた！　たまたま誰も通りかからなかつた事、後ろ手にオートロックのドアを閉めなかつた事が、不幸中の幸ひだつた。もし閉めてゐたら、呼べど呼べど、二枚のドアを通して、昏睡状態の私にその声は届かなかつたはずだ。かうして半日のうちに二度、腹の皮がよぢれるほど笑ひ転げさせてもらつた私は、翌朝すつかり元気になつてゐた。父の力は偉大である。

イギリスに二週間ほど滞在した後トロントへ移動し、アパート暮らしを始めてからも父の粗忽振りは波状攻撃のやうに私の腹の皮と腹筋を襲つてくれた。

私がトロント大学の授業の聴講に出かけて留守の間に、好奇心旺盛な父は、アパートから数分の所にあつた、当時まだ日本では見かけない大型スーパーに出かけ、私の役割を奪つて食料を買ひ込んで来た。その中に卵が一ダース。そのパックをキッチンの調理台に置いて、左にある冷蔵庫のドアの卵入れに移さうとしたらしい。例の合理的すれすれカーブを描いて移動させられた卵は、次々に冷蔵庫の角にぶつかり、帰宅した私が数へると残りの卵の数は一桁だつた。「一つや二つなら、食べたと言つて誤魔化さうと思つたが、幾らなんでもお前にばれると思つて白状する」といふ父の告白であつた。

さらに……これも私が留守をしたある日、手洗ひに行つた父は、事もあらうに用を済ませて出て来る時、無意識にだらうが内側のロックボタンを押してしまつた。で、数時間後尿意を催した父が手洗ひに入らうとすると!!　……その後の顚末は父の名誉のため読者諸兄のご想像に任せる。

かうして、我が家にはいつも笑ひが絶えなかつた。いや、我が家ではいつも父は物笑ひの種になつてくれた——自分の粗忽を笑ひの種にしてくれる愛すべき剽軽者であつた。そしてそれは、今、私にとつては父を偲ぶよすがとなつてゐる。

＊　＊　＊

以上が、福田恆存の粗忽ぶりのお粗末な一席である。「尿意を催した父」がいかなる手を打つたかは、やはり父の名誉のためにここでも伏せておかうか。

そのお詫びとして、「粗忽」とは異なるが、剽軽な父のエピソードを一つ——母と兄が亡くなつた今となつては、私の記憶の中にのみ存在する恆存のある日の姿である。昭和の四十二、三年（一九六七〜六八）のことになるから、五十年余り前、父は五十代半ばだつた。

当時、大ヒットしたザ・フォーク・クルセダーズの「帰って来たヨッパライ」は恐らく年配の方のみならず、若い方々でも知つてゐる人は多いのではないか。当時二十歳の私は、その頃開始され、若者の間ではブームになつてゐたラジオの深夜放送で既にこの曲を聴いて知つてゐた。（ご存じない方は、読み進める前に、是非YouTubeで検索してお聴きになる事をお薦めする。曲を知ると知らぬとでは、以下の話のイメージが大分違ふだらう。）

誰でもこの曲を初めて聴いたらおそらく吹き出すとは思ふが——食堂のテレビを家族で観てゐた時のこと、この曲が流れて来た。勿論、父もその場にゐた。その父がテレビから流れ始めたこの曲を少し聴いたところで、ゲラゲラと笑ひ出し、我慢できないとでもいふがごとく、やをら立ち上がり——なんと……ゲラゲラと笑ひながらといふか、吹き出しながらといふか（何か喋つたと思ふが、なんと言つたかは全く憶えてゐないが）、面白くてしかたがないといふ顔をして、着崩れた着物姿で曲に合はせ、膝を曲げ両手を斜め前に出して左右に振り振り、いはば踊り（!?）出した……。

痩せてゐて、その時は、たまたま椅子の上に両脚を組んで載せてゐたため着物のだらしなさも、それ相応の状態だつた父が、その半ばはだけたままの着物姿で立ち上がつて、体のパーツをすべてチグハグに動かす。あの曲のリズムに乗つてゐるわけでもないのに、なにやらそれらしきリズムとテンポで「踊つて」すつかり嬉しがつてゐる。譬へて見れば、着物を着流した鶏がらだか骸骨だかが、全身からガシャガシャと音を立てて「帰って来たヨッパライ」に合はせて、アハアハと笑ひながら踊つてゐるやうなものである。

音痴の極みに鎮座すると言つてもあながち間違ひとは言へぬ福田恆存にとつて、音楽のリズムに合はせて体を動かすことなど、歌ふこと以上に不可能だつたはずであるが……。

私には、あの歌そのものよりも父のギクシャクとした鶏がらダンスと、この曲を嬉しがつてゐる父の方がよほど可笑しくて、今度はこちらが笑ひ転げたといふ次第である。かういふ剽軽は家族の中では、いはば一種、父の「トレードマーク」のごときものだつた。とはいへ、他にこの「鶏がらダンス」を超える可笑しさは残念ながら私の記憶に残つてゐない。

この曲の録音は、当然ながら前以つて普通の速度で録音した演奏をおそらく半分の速度に落として流し、そのテンポの遅い再生音に合はせて「オラ〜ハ死ンジマッタダァ〜」とゆつくり歌つて録音し、それを今度は倍速で流したのだらう——結果、楽器は正常に聞こえ歌声部分だけが剽軽な倍速で聞こえるのではないか。しかし、さうなると、当時、テレビでこの歌を放送する時はどうしたのか？　私の曖昧な記憶に過ぎないが「フォークル」達は姿を見せず、録音音声のみを流して画面にはアニメーションで、例へば雲の階段をトボトボ登つて行く男や綺麗なネエチャンが描かれてゐたやうな気がする。しかも、歌詞に登場する「神様」は白い衣装に頭は禿げて、丸い間の抜けた顔をしてゐたやうな気がするのだが、あるいはこれはその後、私が頭の中で創り上げた妄想かもしれない。

以上、福田恆存の「偶像破壊」が過ぎただらうか。その行為が息子とはいへ許されるのか否か私は知らない。が、かういふ家庭における父の姿こそ、私の最も好きな父と言へるのだ。いづれにせよ、父が逝つて三十年近くを経た今となつては、「偶像破壊」のなんのといふより、家庭人としての恆存の突飛な、しかし、愛すべき姿をどこかに残しておきたくなつて、「粗忽親父」ならぬ「剽軽親父」の逸話を披露した——これをもつて本書のあとがきとしたい。

なほ、単行本出版の折以来、文藝春秋の飯窪成幸、田中光子両氏には一方ならずお世話になつたが、文庫化に際しては瀬尾巧氏にすつかり甘えてしまつた。小生の我が儘をお聞き届け下さつた氏には心より深甚なる謝意を表したい。

令和三年端午

福田　逸

解説　宿命を「いとほしむ」ということ

浜崎洋介

Ｉ

ここ数年来、私と福田逸氏との間には親交がある、と書くと誤解を与えるかもしれないが、それは、単純に逸氏が私の福田恆存論を評価しているからということではない。この本を読んだ方ならお分かりだろうが、それは、おそらく福田恆存との「距離」の問題なのだ。

私自身は、幸か不幸か福田恆存に会ったことはなく、死後十年以上を経て、自分の読書遍歴のなかで勝手に「福田恆存」を発見したという人間だが、そのために、恆存の政治評論が持っていた同時代的なインパクトや、それゆえの論壇的威光などには、ほとんど興味がない。福田恆存に対する畏敬の念はもちろんあるが、要は「恆存ファン」ではないのである。

しかし、それを言うなら、福田恆存の家族こそ「恆存ファン」になることのできない最たるものではなかろうか。言葉という舞台で恆存が演じて見せた「福田恆存」に魅せられるのがファンなのであれば――それ自体が福田恆存の凄みなのだが――、一方で、魅せられるばかりでは生活が成り立たず、恆存が隠そうとした楽屋までも共にせざるを得ないのが家族であろう。とはいえ、福田恆存抜きで自分たちの生活があるわけではない以上、その家族が、単なる好き嫌いで「福田恆存」を処理することなど、なおさらできるはずもない。そこに、恆存と最も親密に付き合い、その言葉を最も深く理解しながら、しかし、単なるファンではあり得ない独特の「距離感」、家族だけが強いられる宿命的な関係が現れることになる。

その点、本書の言葉が、偶像破壊の嫌らしさから全く無縁なのも、その宿命的な関係に、ということはつまり、福田恆存と、それを父とした自分自身の宿命に徹底的に忠実たろうとしているからだろう。本書は、福田恆存という特異な文学者を父に持った息子による一世一代の文芸評論、そう言って大袈裟に聞こえるなら、人が一生に一度きりしか書けない、亡き父に向けた、長い長い「手紙」である。

Ⅱ

実際、『父・福田恆存』のなかには多くの「手紙」が登場する。まず第一部で示されるのは、親子の間に、まだ「決定的な亀裂」がもたらされてしまう以前の風景、「友達のやうな親子」（丸谷才一）だと評されるまでに仲の良かった父と子の信頼関係であり、また、それを支えてきた福田恆存の家族に対する「優しさ」である。

かつて、福田恆存は「家庭の意義」というエッセイのなかで次のように書いていた。

「人が人を信頼できるというのは、一人の男が一人の女を、あるいは一人の女が一人の男を、そして親が子を、子が親を信頼できるからではないでしょうか。それをおいてさきに、国家だの社会だの階級だの人類だのという抽象的なものを信頼できるはずはありません。それゆえにこそ、家庭が人間の生きかたの、最小にしてもっとも純粋なる形態だといえるのです。信頼と愛とが、そこから発生し、そのなかで完成しうる、最小にしてもっとも純粋なる単位だといえるのであります。」

（『私の幸福論』ちくま文庫、所収）

しかし、この「純粋なる単位」を筆一本で守っていくことは並大抵のことではなかったはずだ。洋行前に「茶の間で両親が真剣な顔で我家の経済状態を話してゐた」という話は生々しいが、なかでも、舞台稽古と同時進行で進められていた『ハムレット』翻訳の話は驚きであるという以上に、筆で食べていくということのある種の「すさまじさ」を感じさせる。

これは年譜を調べれば誰でも分かることだが、福田恆存が『ハムレット』に取り組むのは、例の平和論争や洋行後の日本人論（「日本および日本人」）などに取り組むのとほぼ同時期の昭和三十年前半のことであり、さらに言えば、『ハムレット』の翻訳直後に恆存は、自身の主著となる『人間・この劇的なるもの』や『幸福への手帖』（『私の幸福論』に改題）の連載、あるいは、国語国字論争や『マクベス』翻訳の仕事にまで手を付け始めているのだ。それらの仕事がほぼ同時並行的に進められていたことを考えると、福田恆存の「やつつけ仕事」は、ほとんど奇蹟のレベルだと言いたくなる。が、それらの仕事の背後に、福田恆存の「家庭」への気遣いがあったことを想うと、その奇蹟にも妙に納得がいくのである。

そして、第二部で、鉢木會の友人たち――大岡昇平・中村光夫・吉田健一・三島由紀夫・神西清など――との関係を見るに及んで、読者は、恆存の気遣いが、「同じ輪（和）の中に互ひを閉ぢ込め合」うような日本人的性向からも自由だったことを知るだろう。

かつて、福田恆存は、大岡昇平の言葉――「『鉢木會』の連中はみんな孤独である。徒党を組むなんて、殊勝な志を持つた者は一人もゐない」（『わが師わが友』）――を引き合いに出しながら、鉢木會メンバーのことを、「自分の孤独の始末をつけるのに友達の手は借りぬ人たち」（「鉢木會」）だと評していたが、第二部の手紙が示しているのも、まさに、そんな大人の文学者たちの、馴れ合わぬ乾いた友情の姿だろう。

「仮面の使ひ分けを一つの完成した統一体として為し得るものが人格なのである」（「防衛論の進め方についての疑問」）という福田恆存自身の言葉を借りれば、まさに、第一部から第二部にかけて描かれているのは、生活者の「仮面」と同時に、演劇人の「仮面」や、文学者の「仮面」を操る、福田恆存の「人格」の姿だと言えよう。

Ⅲ

だが、本書の語り口は、その第三部、特に「恆存の晩年」に入ってから転調していく。脳梗塞の後遺症もあって、恆存は、その「仮面」を操る巧みさを失ってしまうのである。逸氏自身、その「あとがき」で「恆存の晩年」を書くことは「私には気が重かつた」と述べているが、しかし、だからこそ注目すべきなのは、それを書くまでの氏の心の動きである。

「最後に書くつもりの「恆存の晩年」を書くべきか——果たして本当に書けるのか、心のうちでは煩悶してゐた。が、第二部すべてを書き終へ、平成二十八年の暮れに第三部の「近代日本をいとほしむ」に取り掛かる頃には、腹を括つて「晩年」を書くことを自らに課す、といふ気分にはなつてゐた。」（本書「あとがき」）

この言葉が、私にとって印象的なのは、第三部の「近代日本をいとほしむ」で論じられていた主題こそ、まさに他者との「距離感」であり、また、その「距離」を「いとほしむ」ことだったからである。つまり、逸氏は、恆存の言葉によって「距離」を論じて後に、実際にその教えを、父・福田恆存に向けて実践することを決心しているのだ。

むろん、「距離感」というのは、冷たさとは違う。冷たさとは、そもそも関係することᅳ距離をとること自体の否定であり、本書で言及される遠藤浩一の言葉を借りれば、それは、「他者（西洋）との交流を排して自己（日本）に内向すること」に近い。つまり、「孤独」というよりは、「孤立」を内に宿した態度だということである。

が、「距離感」というのは、一度はそれに近づき、同一化までしようとした人間が、しかし、それとは同一化し切れぬギリギリの場所（ずれ）に見出した一つの自己認識、つまり、「孤独」の自覚として浮かび上がってくるものだろう。だから、それは常に、相手に対する「いとほしさに近い感情」を伴うことになるのだ。

たとえば、「骨身に応へる話―吉田健一（二）」のなかで逸氏は、恆存の吉田健一宛の手紙にあった言葉――「真似が不可能といふことの方が骨身に応へます」を引きながら、そこに「完璧を求めることの不可能と無意味が滲み出てゐる気がしてならない」と書いているが、「恆存の晩年」に感じられるのも、その「完璧を求めることの不可能と無意味」の感覚ではなかろうか。

父のことを「一番解つてゐるのは自分だといふ自負」と、その裏返しとしての、「完璧」ではなくなりつつある父への苛立ち。そして、その苛立ちの背後から次第に立ち昇ってくる「父殺し」と「王位簒奪」の無意識の衝動。第三部を読み進めるにつれて、それら一連の葛藤自体が、父・福田恆存に真似ぶこと（学ぶこと）を運命づけられた人間の悲劇のように見えてくる。が、しかし、そのなかから次第に生まれてくるものが、「私の人生は父の存在と影響なしでは成り立ち得なかつた」という逸氏自身の、諦めとは全く違う、静かな自己認識だったのだとしたらどうだろう。それこそは、半世紀近くを福田恆存と一つ屋根の下で過ごしてきた息子の「距離感」、そのなかで引き受けるべくして引き受けられた、親子の「宿命」の形だったのではないか。

しかし、それなら、ここにある親子の交わりこそ、あのマルセルの語った「相互主体性」の生きた姿だったのかもしれない。恆存が、わざわざ夕刊を切り抜いてまで息子に送ってよこしたという、マルセルの講演を紹介したエッセイには、「自分が自分でありながら他でもあり、他が他でありながら自分でもある」（西谷啓治）という言葉があったというが、恆存と逸氏もまた、そんな「相互主体性」を生きていたのではなかったか。いや、だからこそ、その「主体性」は、自他の融解ではなく葛藤を、馴れ合いではなく緊張を二人に強いたのであり、また、その葛藤と緊張を通じてこそ逸氏は、ようやく、父・福田恆存を「いとほしむ」ための「距離」を手にしたのではなかったか。

果たして、マルセルの言うように、その「相互主体性」のなかから生い立ってくるものが「文化」なのだとすれば、本書が描いているものこそ、その「文化」の具体的様相にほかなるまい。他者との信頼と葛藤、喜びと悲しみ、愛と憎しみ、そして、それにまつわる悲劇の全てをその身に引き受けながら、なお、その宿命を「いとほしむ」こと。

「福田恆存」を「文化」として生きるということは、おそらく、そのようなことを言うのだろう。

（文藝批評家）

『福田恆存全集』（文藝春秋刊）『福田恆存評論集』（麗澤大学出版会刊）からの引用は、原則として、原文の旧字体を新字体に改めました。また、本書には、今日では不適切とされる表現がありますが、当時の時代状況を鑑み、底本・原資料のまとしました。ご理解賜りますようお願い申し上げます。

＊本書は、『父・福田恆存』（二〇一七年七月刊、文藝春秋）を底本とし、加筆修正しました。

ＤＴＰ制作　エヴリ・シンク

福田 逸（ふくだ・はやる）
1948（昭和23）年神奈川県生まれ。上智大学大学院文学研究科英文学専攻修士課程修了。明治大学名誉教授、翻訳家、演出家。訳書に『名優 演技を語る』（玉川大学出版部）、『エリザベスとエセックス』（中公文庫）、『谷間の歌』『スイートルーム組曲』（而立書房）など、編共著に『七世竹本住大夫 私が歩んだ90年』（講談社）、『人間の生き方、ものの考え方』（文春学藝ライブラリー）などがある。また、シェイクスピアから現代演劇、新作歌舞伎まで多数の舞台演出を手掛けている。

文春学藝ライブラリー
雑33

父《ちち》・福田恆存《ふくだつねあり》

2021年（令和3年）6月10日　第1刷発行

著者　福田　逸
発行者　花田朋子
発行所　株式会社　文藝春秋
〒102-8008　東京都千代田区紀尾井町3-23
電話（03）3265-1211（代表）

定価はカバーに表示してあります。
落丁、乱丁本は小社製作部宛にお送りください。送料小社負担でお取替え致します。

印刷・製本　光邦
Printed in Japan
ISBN978-4-16-813092-2

（ ）内は解説者。品切の節はご容赦下さい。

（　）内は解説者。品切の節はご容赦下さい。

西部　邁
大衆への反逆

気鋭の経済学者として頭角を現した著者は本書によって論壇に鮮烈なデビューを果たす。田中角栄からハイエクまでを縦横無尽に論じる社会批評家としての著者の真髄がここにある。

思-1-10

福田恆存（浜崎洋介　編）
国家とは何か

「政治」と「文学」の峻別を説いた福田恆存は政治をどう論じたのか？　福田の国家論が明快にわかるオリジナル編集。「個人なき国家論」批判は今こそ読むに値する。（浜崎洋介）

思-1-12

江藤　淳
一九四六年憲法——その拘束

アメリカの影から逃れられない戦後日本。その哀しみと怒りをもとに、戦後憲法成立過程や日本の言説空間を覆う欺瞞を鋭く批判した20年にわたる論考の軌跡。（白井　聡）

思-1-13

福田恆存（浜崎洋介　編）
人間とは何か

『保守とは何か』『国家とは何か』に続く「福田恆存入門・三部作」の完結編。単なるテクスト論ではなく、人間の手応えをもった文学者の原点を示すアンソロジー。（浜崎洋介）

思-1-15

本居宣長・津田左右吉　他（上野　誠　編）
日本の古代を読む

この国の成立の根幹をなす古代史の真髄とは？　本居宣長、津田左右吉、石母田正、和辻哲郎、亀井勝一郎など碩学の論考を、気鋭の万葉学者が編纂したオリジナル古代史論集。（上野　誠）

思-1-16

山内昌之
民族と国家

21世紀最大の火種となる「民族問題」。イスラム研究の第一人者が20世紀までの紛争を総ざらえ。これで民族問題の根本がわかる、新時代を生きる現代人のための必読書！（佐藤　優）

思-1-17

田中美知太郎
人間であること

「人間であること」「歴史主義について」「日本人と国家」など八篇の講演に「徳の倫理と法の倫理」など二篇の論文を加え、日本を代表するギリシア哲学者の謦咳に接する。（若松英輔）

思-1-18

（　）内は解説者。品切の節はご容赦下さい。

内藤湖南
支那論
博識の漢学者にして、優れたジャーナリストであった内藤湖南。辛亥革命以後の混迷に中国の本質を見抜き、当時、大ベストセラーとなった近代日本最高の中国論。（與那覇　潤）
歴-2-1

磯田道史
近世大名家臣団の社会構造
江戸時代の武士は一枚岩ではない。厖大な史料を分析し、身分内格差、結婚、養子縁組、相続など、藩に仕える武士の実像に迫る。磯田史学の精髄にして、『武士の家計簿』の姉妹篇。
歴-2-2

野田宣雄
ヒトラーの時代
ヒトラー独裁の確立とナチス・ドイツの急速な擡頭、それが国際政治にひきおこしてゆく波紋、そして大戦勃発から終結まで――二十世紀を揺るがした戦争の複雑怪奇な経過を解きあかす。
歴-2-5

勝田龍夫
重臣たちの昭和史（上下）
元老・西園寺公望の側近だった原田熊雄。その女婿だった著者だけが知りえた貴重な証言等を基に、昭和史の奥の院を描き出す。木戸幸一の序文、里見弴の跋を附す。
歴-2-6

原　武史
完本　皇居前広場
明治時代にできた皇居前広場は天皇、左翼勢力、占領軍それぞれがせめぎあう政治の場所でもあった。定点観測で見えてくる日本の近代。空間政治学の鮮やかな達成。（御厨　貴）
歴-2-9

シャルル・ド・ゴール（小野　繁　訳）
剣の刃
「現代フランスの父」ド・ゴール。厭戦気分、防衛第一主義が蔓延する時代風潮に抗して、政治家や軍人に求められる資質、理想の組織像を果敢に説いた歴史的名著。（福田和也）
歴-2-13

小坂慶助
特高　二・二六事件秘史
首相官邸が叛乱軍により占拠！　小坂憲兵は女中部屋に逃げ込んだ岡田啓介首相を脱出させるべく機を狙った――緊迫の回想録。永田鉄山斬殺事件直後の秘話も付す。（佐藤　優）
歴-2-15

（　）内は解説者。品切の節はご容赦下さい。

猪木正道
日本の運命を変えた七つの決断
加藤友三郎の賢明な決断、近衛文麿の日本の歩みを誤らせた決断。ワシントン体制下の国際協調政策から終戦までを政治学の巨人が問い直す！　（特別寄稿　猪木武徳・解説　奈良岡聰智）
歴-2-16

秦　郁彦
昭和史の軍人たち
山本五十六、辻政信、石原莞爾、東条英機に大西瀧治郎……陸海軍二十六人を通じて、昭和史を、そして日本人を考える古典的名著がついに復刊。巻末には「昭和将帥論」を附す。
歴-2-17

江藤　淳
完本　南洲残影
明治維新の大立者・西郷隆盛は、なぜ滅亡必至の西南戦争に立ったのか？　その思想と最期をめぐる著者畢生の意欲作。単行本刊行後に著した「南洲随想」も収録した完全版。　（本郷和人）
歴-2-25

三木　亘
悪としての世界史
ヨーロッパは「田舎」であり、「中東と地中海沿岸」こそ世界史の中心だ。欧米中心主義の歴史観を一変させる、サイード『オリエンタリズム』よりラディカルな世界史論。　（杉田英明）
歴-2-26

本郷和人
新・中世王権論
源頼朝、北条氏、足利義教、後醍醐天皇……彼らはいかにして日本の統治者となったのか？　気鋭の日本中世史家が、王権の在り方を検証しつつ、新たなこの国の歴史を提示する！
歴-2-27

飛鳥井雅道
明治大帝
激動の時代に近代的国家を確立し、東洋の小国を一等国へと導いた天皇睦仁。史上唯一「大帝」と称揚され、虚実ない交ぜに語られる専制君主の真の姿に迫る。　（ジョン・ブリーン）
歴-2-28

繁田信一
殴り合う貴族たち
宮中で喧嘩、他家の従者を撲殺、法皇に矢を射る。拉致、監禁、襲撃もお手の物。〝優美で教養高い〟はずの藤原道長ら有名平安貴族の不埒な悪行を丹念に抽出した意欲作。　（諸田玲子）
歴-2-29

（　）内は解説者。品切の節はご容赦下さい。

林　健太郎
昭和史と私
過激派学生と渡り合った東大総長も、若き日はマルクス主義に心酔する学生だった。自らの半生と世界的視点を合わせて重層的に昭和史を描ききった、歴史学の泰斗の名著。（佐藤卓己）
歴-2-30

高木俊朗
陸軍特別攻撃隊（全三冊）
陸軍特別攻撃隊の真実の姿を、隊員・指導者らへの膨大な取材と、手紙・日記等を通じて描き尽くした記念碑的作品。特攻隊を知るために必読の決定版。菊池寛賞受賞作。（鴻上尚史）
歴-2-31

清水克行
耳鼻削ぎの日本史
なぜ「耳なし芳一」は耳を失ったのか。なぜ秀吉は朝鮮出兵で鼻削ぎを命じたのか。日本史上最も有名な猟奇的習俗の真実に迫る。「中世社会のシンボリズム——爪と指」を増補。（高野秀行）
歴-2-34

江藤　淳
新編　天皇とその時代
日本人にとって天皇とは何か。戦後民主主義のなか、国民統合の象徴たらんと努めてきた昭和天皇の姿を、畏敬と感動を込めて語る。新編では次代の皇室への直言を加えた。（平山周吉）
歴-2-35

松本清張
昭和史発掘　特別篇
『昭和史発掘』全九巻に未収録の二篇「政治の妖雲・穏田の行者」「『お鯉』事件」と、城山三郎、五味川純平、鶴見俊輔と昭和史の裏側を縦横無尽に語った対談を掲載。（有馬　学）
歴-2-36

ドナルド・キーン（角地幸男　訳）
日本人の戦争
作家の日記を読む
永井荷風、高見順、伊藤整、山田風太郎など、作家たちの戦時の日記に刻まれた声に耳をすまし、非常時における日本人の精神をあぶり出す傑作評論。巻末に平野啓一郎との対談を収録。
歴-2-37

（　）内は解説者。品切の節はご容赦下さい。

吉田　満
戦中派の死生観
死んだ仲間は何のために戦ったのか？　戦後日本は戦争と敗戦から何かを学びえたのか？　死を覚悟して生き残った戦中派が「日本人として生きる」ことの意味を問う。（若松英輔）
雑-3-19

阿部眞之助
近代政治家評伝
山縣有朋から東條英機まで
明治から昭和まで第一線で活躍した名物新聞記者が、原敬、伊藤博文、大隈重信、犬養毅、大久保利通、桂太郎など、戦前の大物政治家十二人の生身の姿を容赦なく描く。（牧原　出）
雑-3-20

徳岡孝夫
五衰の人
三島由紀夫私記
一九七〇年十一月のあの日、市ヶ谷の自衛隊駐屯地で「檄」を託された著者だから見透すことのできた三島由紀夫の本質とは？　新潮学芸賞を受賞した、傑出した三島論。（寺田英視）
雑-3-21

山本七平
小林秀雄の流儀
小林秀雄があれほどの影響力をもったのはなぜか？　過去を語ることで未来を創出したからだ。「書きたいことだけ書いて生活した、超一流の生活者」の秘密に迫る。（小川榮太郎）
雑-3-22

斎藤隆介
職人衆昔ばなし
大工、左官、庭師、指物師、蒔絵師など、明治に生を享け、戦後まで活躍した名工27人。その貴重な証言は、未来のモノ造りへの示唆に富む。その豊穣たる「語り」をご堪能あれ！
雑-3-23

新保祐司
内村鑑三
近代日本の矛盾と葛藤を体現する男、内村鑑三。多くの知識人に多大な影響を与えた破格の人物の核心に迫り、近代日本を貫く精神を明らかにする。（附録・郡司勝義）
雑-3-28

和田利男
漱石の漢詩
「少年期は英語より漢学が好きだった」と語る漱石。未だ色あせないその漢詩の世界の魅力を、杜甫や王維と比較しながら縦横に論ずる。没後百年を期して待望の復刊！（齋藤希史）
雑-3-29

（　）内は解説者。品切の節はご容赦下さい。

文藝春秋 編
藤沢周平のすべて
惜しんであまりあるこの作家。その生涯と作品、魅力のすべてを語り尽くす愛読者必携の藤沢周平文芸読本。弔辞から全作品リスト、年譜、未公開写真までを収録した完全編集版。

ふ-1-94

福田恆存
私《わたくし》の國語教室
「現代かなづかい」の不合理を具体例を挙げて論証し、歴史的かなづかひの原理を語意識に沿つて解説しながら、国語問題の本質を論じて学界、論壇、文壇に衝撃を与へた不朽の名著の復刊。

ふ-9-3

藤原正彦
名著講義
時に人生相談、時に激論、時に脱線し爆笑しつつ、名著(「武士道」「忘れられた日本人」等)を読み解く。感涙&白熱の「文藝春秋読者賞」受賞の藤原読書ゼミ・師弟問答を全公開！　（岸本葉子）
ふ-26-3

丸谷才一
思考のレッスン
いい考えはどうすれば浮かぶのか？　「ひいきの学者を作れ」「文章は最後のマルまで考えて書け」……。究極の読書法、文章の極意、発想のコツを伝授する画期的講義。　（鹿島　茂）
ま-2-16

松岡修造
本気になればすべてが変わる
生きる技術をみがく70のヒント
「自分の人生を、自分らしく生きる」方法を松岡修造が伝授。「自分の取扱説明書を書く」、「決断力養成トレーニング」など、70の具体的な実践例を紹介し、より輝く生き方へと導きます。
ま-27-1

岸本佐知子・三浦しをん・吉田篤弘・吉田浩美
『罪と罰』を読まない
ドストエフスキーの『罪と罰』を読んだことのない四人が挑んだ「読まない」座談会。前半では読まずに作品の中味を推理しあい、読後の後半では溢れる〝ドスト〟愛を語り合う。　（矢部太郎）
み-36-50

文藝春秋 編
向田邦子ふたたび
飛行機事故で急逝した向田邦子の死を惜しみ、文壇関係者らが寄せた追悼文、弔辞、回想からその素顔に迫る。若き日のポートレートなど百余点の秘蔵写真も収録、全魅力が蘇る一冊。

む-1-24